이마를
비추는,
발목을
물들이는

이마를 비추는, 발목을 물들이는

전경린

장편소설

문학동네

: 차 례 :

임시 동거인

희도는 해외 출장에 적응되어 몸 자체가 단단한 트렁크 같았다. 그는 일주일쯤은 단벌 양복으로 거뜬히 지낼 수 있었다. 비가 오거나 눈이 와도 마찬가지였다. 코트를 벗거나 입는 차이가 있을 뿐 사철 내내 흡사 제복처럼 양복을 입었다. 심지어 그가 입은 옷에는 구김도 가지 않았다. 항상 곧은 자세와 깔끔한 태도를 유지했기 때문이다. 희도는 아무리 긴 출장이라 해도 기내에 반입되는 캐리어로 충분했다. 공항에 도착하면 배기지 클레임으로 가는 절차를 생략하기 때문에 누구보다 빠르게 차를 찾아 공항을 빠져나왔다. 차가 도로 위를 제대로 달리기 시작한 즈음에 내게 전화를 했다. 그는 자신이 있는 곳에 명확하게 존재했다. 희도의 특성은 항상성이었다. 표정마저 경제적이었다. 무표정한 얼굴, 웃는 얼굴, 정색한 얼굴. 단 세 가지로 하루를, 일 년을 살았다. 그는 요즘 남자 같지 않았다.

자주 한계점까지 취해서 귀가하지만 그것은 사업상의 일이었다. 사적인 자리에서 희도는 알코올을 단 한 방울도 마시지 않았다. 어느 땐 술을 혐오하는 것만 같았다. 그런데도 사업상 필요하면 그 술을 몸 가득히 받는 것이었다.

피로란 폐유처럼 끈끈하게 몸에 고이고 산화된 녹처럼 부스러져 혈관에 쌓이는 실재였다. 희도의 몸은 비행기로 날아다닌 추상적인 거리와, 호텔의 잠과 서류들을 사이에 둔 격렬한 전쟁과, 술이 주가 되는 저녁식사 자리와, 오가며 스쳐간 타인들과의 부대낌이 쌓은 피로로 가득차 있었다. 그러나 집에 들어선 희도는 내색하지 않았고 쉬이 기울어지지도 않았다. 그는 의전 같은 간단한 인사를 나누고, 정장을 서둘러 벗고 욕실로 가서 기름진 먼지를 씻어냈다. 몸이 깨끗해진 뒤에 희도는 부엌으로 와 두 팔을 벌려 나를 안았다. 내가 밀어내거나 도망가면 그는 웃음을 터뜨렸다. 별 내용도 없고 의미도 없는, 무사히 돌아와 재회하는 기쁨과 안도감이 불러일으키는 순수한 웃음이었다. 그런 웃음에는 햇살을 핥는 아이 같은 무방비한 표정이 드러났다. 그것은 전에 없던 것이었다. 희도의 표정이 분화를 일으키고 섬세한 차이를 드러낼 때면, 나는 놀라곤 했다. 그것은 먼 여행지의 호텔에 체크인을 하고 들어가 처음 커튼을 걷고 내다본 모스크나 타워, 혹은 이제 막 도개교가 열리는 도심의 강변처럼 예상치 못했던 얼굴이었다. 희도는 점점 자주 그런 웃음을 터뜨렸다. 그럴 때면 나는 마음이 무거워졌다. 나보다 다섯 살 어린 희도의 나이가 나보다 연약한 부분인 것처럼 근심이 되었다.

그는 섭식 과잉 상태였다. 비즈니스중에는 어디를 가든 진수성찬이 차려지는 것이 문제였다. 희도는 대개 자신이 무엇을 먹었는지도 모르는 식사를 했다. 점심이나 저녁을 두 번씩 먹는 경우도 드물지 않았다. 그저 합석한 상대와의 협상과 거래와 서류에 기입되는 억대의 숫자들과 그가 내어줄 다음 연결선이 중요할 뿐이었다. 일본, 싱가포르, 홍콩, 중국, 러시아…… 희도에게 출장은 일상이었다. 그는 항공기 조종사만큼이나 많은 비행을 하고 있었다. 그중에서도 본사가 있는 일본에는 한 달에 두어 번씩은 들어갔다.

희도가 출장에서 돌아오면 나는 밤늦게라도 상을 차렸다. 희도는 간소한 채식과 생선을 좋아했다. 흰쌀밥, 다진 김치를 살짝 올린 콩나물국과 갈치나 굴비구이, 양념한 깻잎이나 부추무침, 두부가 들어간 묽은 된장국이나 버섯국 같은 것. 희도가 특히 좋아하는 것은 밀가루를 입혀 찐 꽈리고추무침이다. 희도가 밥을 먹는 동안 나는 쇼핑백을 풀었다. 그는 내가 부탁한 화장품과 함께 즐겨 먹는 더덕장아찌와 바나나 케이크, 홍차를 빠뜨리지 않았다. 그는 내가 바나나 케이크를 무척 좋아한다고 여겼다. 나는 그에 걸맞은 호응을 해주었다. 면세점으로 에워싸인 나리타공항 로비에서 보딩타임까지 지루하게 대기해야 하는 승객 중의 하나인 희도를 위해서 그런 유의 반복적인 암호 하나쯤은 있는 편이 나은 것이다. 나는 맛보다는 바나나 케이크라고 말할 때의 어감과 혀에 감기는 식감과 커다란 노란 바나나를 흰색 레이스 리본으로 살짝 묶은 일러스트를 좋아했다. 희도는 모르지만 냉동실에는 바나나 케이크가 쌓여 있었다. 주변에 선물하곤 했지만 홍차도 이젠 처치 곤란이었다. 희도는 도무지 마음에 들지 않는 목걸이들을 몇 번이나 사오기도 했고, 들고 싶지 않은 명품 백을 사오기도 했다. 한 번은 자주색 리본으로 묶은 커다란 종이 상자를 사온 적도 있었다. 눈 결정체 무늬가 찍힌 반투명 포장지를 여니 상자 속에 아귀를 꼭 맞춘 다양한 색과 크기와 모양의 종이들이 들어 있었다.

"이게 뭐지?"

"보다시피 종이."

"어디에 쓰는 거야?"

"접기도 하고, 편지지로도 쓰고, 유리문에 붙이기도 하고. 선물 포장할 때 장식하기도 한다던데."

"난 종이를 가지고 놀지는 않아."

"왜, 평화롭잖아. 꽤 어울릴 거 같은데?"

나는 파란색 종이를 꺼내 배를 접어보았다. 오랜만에 종이를 접는 기분이 나쁘지 않았다. 여름마다 나는 얼마나 많은 종이배를 접었던가, 얼마나 많은 종이배를 물위에 떠내려 보냈던가. 종이배를 접은 뒤로 종이학과 종이꽃도 하나씩 접었다. 까맣게 잊었다고 생각했지만 손끝이 기억하고 있었다. 희도의 말대로 평화로웠다. 백지 가득 말줄임표를 쓰고 있는 느낌.

"괜찮아. 아무렇지 않아."

희도는 쓰러질 지경이면서도, 침대에 들어가자마자 코를 골면서도, 그 직전까진 괜찮아, 아무렇지 않아, 라고 했다. 희도가 가장 자주 하는 말이었다. 그럴 때면 나는 희도가 견디는 것과 숨기는 것들을 느꼈다. 많은 사랑을 나누었고, 많은 이야기를 했고, 많은 음식을 함께 먹었다. 많은 웃음을 터뜨렸고, 많은 여행을 다녔고, 많은 사물과 시간을 공유했다. 하지만 둘 사이에는 어느새 최초의 간격으로 돌아가는 탄성이 있었다. 희도는 처음 본 날과 똑같이 자물쇠가 잠긴 타인의 트렁크 같았다. 스스로 보편적이고 평범하다고 표명하는 희도는, 나로선 아직 겪어본 적 없는 의문의 남자였다. 절제된 항상성과 보편성 속에는 자신을 숨길 수 있는 공간이 무한한 것 같았다. 그리고 희도의 입장에서 나란 상대는 끊임없이 변해가는 미확인 생물체 같은 것이었다.

희도는 나를 봄장미라고 놀렸다. 봄장미란 철을 모르고 다른 계절에 핀 꽃이었다. 희도로선 도무지 알 수 없는 계절을 사는 여자였지만, 현재로선 자신이 유지하는 형식의 공허함을 채워주는 유일한 내용물이었다. 나는 희도를 밍크고래라고 불렀다. 그의 바다는 내가 알지 못하는 세계였지만, 보편타당이라는 부드러운 피하지방에 둘러싸인 희도는 항상적이고 안전하고 포근했다. 그리고 나는 등불을 들고 홀로 세상을 지나가는 여자였다.

희도가 서울이나 경기도 같은 곳이 아니라 일본에서 태어났다든가, 내가 알 수 없는 교육을 받았다든가, 새어머니가 일본인이라든가, 아버지가 돌아가신 뒤론 삼촌에게 의지했다든가, 결혼과 이혼 경험이 있다든가, 그의 태도에 어딘가 산업 스파이 같은 수상쩍은 데가 있다든가 하는 점들이 외모의 평범함을 상쇄해주었다. 희도가 개방적이거나, 밀착하려 하거나, 무르거나, 뜨거웠다면, 이만큼 오래가지 못했을 것이다. 그가 함부로 쏟아지지 않고 잘 정돈된 트렁크처럼 단단하게 잠겨 있어서 안심되었다.

하지만 잠든 희도 곁에서 의혹에 사로잡힐 때가 있다. 희도는 누구인가. 그가 원하는 건 무엇인가. 그는 어떤 교육을 받았는가. 그는 무엇이 되려고 하는가. 일본에서 자랐고 생모를 일찍 여의었고 계모가 들어온 가정에서 피가 섞이지 않은 누나와 자랐다는 건 어떤 의미인가. 그는 강한 척한다. 천지가 요동쳐도 끄덕 않는 군함처럼 강하고 단단하고 변함없는 사람이 되려고 한다. 희도는 사회적 명분과 사명감에 충실하려고 한다. 희도는 그런 사람이 자신이라고 믿는다. 희도는 외롭고 순진무구한 웃음을 갑옷 속에 꼭꼭 숨기고 와서 오직 내 앞에서만 드러낸다. 나는 희도가 가여워서 갑옷 속에서 꺼내주고 싶다. 하지만 희도는 거부할 것이다. 누구에게나 무대의 역할극에 어울리는 생존 방식이 있으니까. 나는 대신 희도를 안아준다. 가여운 희도, 지친 희도, 내 앞에서만 피 묻은 갑옷을 벗는 희도를.

피곤할 때면 희도는 나를 끌어안고 호흡의 리듬이 나와 같아질 때까지 가만히 있었다. 만 마일의 야간 비행을 끝내고 지상에 착륙한 비행기 조종사처럼 자기 안의 고도를 바꾸는 것만 같았다. 희도에게 안겨 있으면 나는 아무도 찾을 수 없는 곳에 잠적해 있는 기분이었다. 내 몸안에서 막연한 불안으로 빠르게 뛰던 심장도 안정을 찾았다. 본능적인 불안, 내일이 다가오기에 생겨나는 구체적인 이유를 알 수 없는 불안, 자율신경의 활동과 같은 불안이었다. 웃을 때나 울 때 그런 것처럼, 사랑을 할 때는 불안을 잊을 수 있어서 좋았다. 비극인지 희극인지, 쾌감인지 통감인지 알 수 없었지만 자신의 윤곽에서 벗어나 형체를 잃고 물처럼 흐르는 느낌이 좋았다. 자신에서 벗어나 너무나 먼 지점까지 흘러갔으니 매번 제자리로 되돌아왔는지 알 수 없다. 어쩌면 사랑을 나눌 때마다 조금씩 다른 곳에서 다른 얼굴로 복제되었는지도 모른다. 나는 희도를 조금 닮고 있었고 희도는 나를 조금 닮고 있었으니.

"이야기해줘, 아무거나……"

사랑을 나눈 후에 희도는 헹군 듯 맑아진 얼굴로 이야기를 해달라고 부탁했다. 대개 자정이 살짝 넘은 시각이었다. 그때 우리는 다른 세상으로 옮겨져 단둘만 존재하는 것 같았다. 그곳은 아무것도 침범할 수 없는 둘만의 장소여서 무슨 말을 해도 좋았다. 내용보다는 우리가 함께 있다는 사실을 체감하는 방식이었다. 희도는 나의 목소리를 듣고 있으면 기분이 신선해진다고 했다.

"네 목소리는 세상과 섞이지 않은 것 같아."

내 목소리가 어떠냐고 물으면 그렇게 말했다. 그에겐 내 목소리를 표현할 더이상의 단어가 없었다. 하지만 내 목소리를 듣는 것이 휴식을 취하는 방법인 것은 사실이었다. 다행히 나는 많은 이야기를 알고 있었다. 어떤 이야기는 몇 번이고 해도 좋았다. 희도는 뱀 여인 이야기를 특히 좋아했다.

옛날 옛적에 신근이라는 선비가 나라에서 벼슬을 얻어 부임지로 가는 중에 높은 고갯길에서 휘몰아치는 눈보라와 매서운 추위를 만났어요. 때는 저녁이라 날도 갑자기 어두워졌죠. 지치고 겁먹은 말이 앞으로 나아가지 못하고 비틀거리자 신근은 말에서 내려 인가를 찾기 시작했답니다. 첩첩산중 숲속에 집이 있을까, 의심하면서도 달리 방법이 없었어요. 신근은 자꾸만 버티는 말을 끌고 눈보라가 치는 숲속으로 들어가 헤매게 되었지요. 아래로 내려가는가 하면 위로 올라가고, 위로 올라가는가 하면 아래로 내려가며 몇 번이나 굽이를 돌고 몇 번이나 계곡을 지나니, 밤은 깊어지고 눈보라는 비바람으로 변해 살을 적시고 눈앞은 장막이라도 친 듯 캄캄했어요. 수리부엉이와 늑대와 호랑이가 서로를 염탐하며 기를 겨루듯 울고, 몰래 천적을 쫓는 짐승들 발소리가 사방에서 바스락바스락 울리기 시작했답니다. 말은 공포에 질려 굳어버렸어요. 이제 꼼짝없이 죽나보다 하는 참이었는데, 숲 안에 희미한 불빛 하나가 반짝 돋았어요. 처음엔 반딧불이처럼 작았지만, 바라볼수록 조금 더 밝아지고 커졌어요. 신근이 허겁지겁 달려가보니, 가시나무 울타리 안에 한 칸 초가가 어둠에 묻혀 있고, 방안에서 금빛이 은은하게 새어나왔어요. 그리고 방문에 사람의 그림자가 비쳤지요. 신근은 죽을 지경이라, 앞뒤 헤아릴 겨를도 없이 뛰어들어 방문을 두드렸어요. 그러나 방안의 사람 그림자는 미동도 없었어요.

나는 뱀 여인 이야기를 오내과 안채인 병원집에서 들었다. 아홉 살과 열 살, 이 년에 걸쳐 병원집에서 식객 노릇을 할 때였다. 남의 집에서 잠드는 것이 두려웠고, 잠에서 깨어날 때도 두렵던 나이였다. 그런데도 그 무렵의 나는 자주 낮잠이나 초저녁잠에 빠지곤 했다. 선잠에서 깨면, 그 집의 적막과 소독약 냄새가 밴 집안의 공기가 이물스럽고 내 몸도 겉과 속이 뒤집힌 듯 생경해 소스라치곤 했다. 안과 겉이 너무 멀어 막막한 전율이 지나면, 맨몸으로 오들오들 떨며 돌아오는 나의 영혼과 마주치곤 했다. 내 영혼은 틈틈이 빠져나가 예전 집을 찾아다니고 있었다. 나와 내 영혼은 서먹했고 서로가 헐거운 옷처럼 몸에 맞지 않았다.

병원집에는 홀아비인 내과 의사와 세 여자가 살고 있었는데, 여자들은 저녁 설거지를 한 뒤에 가운뎃방에 모여 라디오를 틀어놓고 저마다 뭔가를 하며 시간을 보냈다. 오원 언니는 담뱃갑 은박지와 껌 은박지를 같은 크기의 삼각형으로 반듯하게 잘라 침을 발라가며 돌돌 말았다. 나중에 실을 꿰어 종이 발을 만드는 것이었다. 종이 발뿐 아니라 종이로 인형을 꾸며줄 핸드백도 만들고 방석도 만들었다. 봉자는 고사리나무, 고구마나 쑥 같은 것을 말리기 위해 손질하거나 술이나 청을 만들 과일과 열매를 다듬으며 오원 언니가 늘 쓸모없는 것들만 만든다고 핀잔을 주었다. 십장생이 들어 있는 자개장과 자개 문갑으로 둘러싸인 안방은 마흔한 살이 되는 생일 아침에 심장마비로 돌연사한 큰어머니의 방이었다. 다리가 높은 제상 위에 영정사진과 향로와 나무로 깎은 부처상과 염주가 놓여 있었다. 일 년 동안 매일 밥을 올리며 제를 지내고 또 일 년이 지난 뒤였는데도 가끔 누군가가 향을 피우는가 하면, 귀한 과자나 서울에서 유학하는 남매가 보내온 편지와 사진을 올려놓았다. 특히 곶감이나 양갱, 사탕이나 꿀에 절여 말린 생강 같은 것은 빠지지 않았는데, 죽은 큰어머니가 오원 언니 꿈에 나타나 단것이 너무 먹고 싶다고 호소했기 때문이다. 큰어머니는 살아 있을 때는 단것을 입에도 대지 않았던 사람이다. 큰어머니는 일 년상을 치를 동안 오원 언니의 꿈속에서 살며 이것저것 알려주고 가르치고 함께 집안일을 해서 모녀 사이가 생전보다 오히려 더 돈독해졌다고 했다.

식구들은 주인 없는 가운뎃방을 아무나 언제든 드나드는 거실로 사용했다. 종려할매는 마루에 앉아 장죽에 담뱃가루를 꾹꾹 눌러 빨거나, 긴 염주알을 굴리며 정원과 텃밭을 장막처럼 덮은 어둠을 복잡한 계산이라도 하듯 오래 바라보았다. 낮 동안 집을 비우는 종려할매는 무엇을 하고 다니는지 몹시 지친 기색이었다. 나는 숙제를 하거나 구구단과 국민교육헌장을 암기했고 노래를 불렀다. 그러다가 잠이 보자기처럼 눈썹 위로 내려오면 도망갈 곳을 찾듯 이야기를 졸랐다. 이야기를 굳이 아끼는 사람은 없었다. 오원 언니든 봉자든 종려할매든 침묵보다는 누군가가 말을 하는 편을 다들 좋아했다. 머리로 종을 쳐 죽어가면서도 은혜를 갚은 까치 이야기, 주인공이 버린 손톱을 먹은 쥐가 주인공과 똑같은 모습으로 변신해 그를 집에서 쫓아내는 이야기, 피 묻은 빗자루가 밤마다 도깨비로 변해 나그네들과 씨름하는 이야기, 자매를 독 안에 넣어 잔인하게 죽인 무서운 계모 이야기, 혹은 고타마 싯다르타의 일대기나 삼국시대의 역사 이야기일 때도 있었다. 셋은 같은 이야기를 시치미 뚝 떼고 조금씩 다르게 했고, 전에 한 이야기를 처음 하는 것처럼 능청스럽게 반복했지만, 아무도 지적하거나 말리지 않고 묵묵히 들었다. 이야기보다는 함께 있는 시간 속에서 정적을 밀어내는 음성과 숨소리가 더 절실했다. 이야기를 하고 그 음성을 듣는다는 것은 거기에 함께 있다는 의미였다. 그것이 중요했다.

"지나가는 나그네요. 하룻밤만 묵어가게 해주시오."

신근이 요란하게 문을 두드리며 호소하자 방안에서 대답 소리가 들렸어요.

"안 됩니다."

"제발. 얼어죽을 것 같소. 잠시 몸이라도 녹이게 해주시오."

방안의 사람은 주저했어요.

"목숨만 살려주시오. 몸이 풀리는 대로 내일 일찍 떠나겠소."

이윽고 방안의 사람이 일어나 문을 열었는데, 뜻밖에도 젊은 여자였어요.

"내일 일찍 떠난다는 약속을 지켜야 합니다."

신근은 몇 번이나 다짐했어요. 그러곤 여자가 가리키는 대로 마루 기둥에 말을 묶고, 몸을 던지다시피 방안으로 들어갔어요. 방은 작지만 아늑했고, 아랫목엔 화롯불이 타고 있고 곁에는 바느질감이 놓여 있었어요. 그 바느질감에서 은은하게 금빛이 새어나오고 있었지요. 그것이 방안에서 새어나온 환한 빛의 정체였어요.

여자는 신근에게 더운물과 나물밥을 올린 밥상을 차려주고 말에게도 낡은 이불과 짚을 끓인 더운물을 내어주었어요. 덕분에 신근과 말은 목숨을 부지하게 되었지요. 신근이 겨우 정신을 차리고 보니, 조용한 여자는 남루한 옷을 입고 머리카락은 헝클어졌지만 백옥 같은 살결에 양쪽 뺨이 복사꽃 빛으로 물들어 있었어요. 그리고 눈의 흰자위는 푸르도록 희고 검은자위는 젖은 듯 빛났습니다.

"마루에서 유숙하세요."

여자가 화로와 모포를 내어주었어요. 신근은 은인에게 감사의 인사를 거듭하고 마루로 나왔어요. 모진 추위에 화로를 끌어안고 밤을 새우려니, 방안 일이 궁금하기 짝이 없었지요. 신근이 문틈으로 훔쳐보니 여자는 아랫목에 꼼짝 않고 앉아 바느질을 하고 있었어요. 보고 또 보다가 그 아름다운 모습에 신근은 넋을 빼앗기고 말았답니다. 날이 밝아오자 여자는 검은 천으로 얼굴을 가렸어요. 신근은 더이상 참지 못하고 방안으로 들어가 무릎을 꿇고 청혼을 했어요.

"부임지로 가는 길이니 내일 해가 뜨면 함께 가서 백년해로합시다."

여자의 눈에서 눈물이 흘러 얼굴을 가린 검은 천이 젖었어요.

"오래전에 가족을 잃고 의지할 데 없이 숲속에서 더운 여름과 추운 겨울을 견뎌왔습니다. 아름다운 말을 들었으니, 당장 뒤따르고 싶지만, 피치 못할 사정이 있어 삼 년 안에, 이 옷을 다 지어야 떠날 수 있습니다."

여자의 가여운 사정으로 고뇌가 깊어진 신근은 다음날 떨어지지 않는 걸음으로 집을 나섰어요. 하지만 어찌된 일인지 신근은 숲에서 나갈 수가 없었지요. 낮 동안 숲에서 길을 찾아 헤매다가, 밤이 되면 초가에서 비치는 빛을 따라 돌아가 더운물과 나물밥을 먹고 모포를 쓰고 화로를 곁에 둔 채 마루에서 잠자기를 반복했어요. 신근은 날이 갈수록 여자를 사모하게 되었지요. 그러던 어느 날, 무서운 천둥이 치고 벼락이 떨어져 숲에 불이 붙은 밤에 둘은 그만 서로의 형태를 잃고 한몸이 되었답니다.

"당신이 옷을 다 지을 동안 기다리겠소."

신근은 그날밤 몇 번이나 약속했습니다. 다음날 신근이 눈을 뜨니 검은 천으로 얼굴을 가린 여자가 말했어요.

"당신은 삼 년 안에 나의 숨은 이름을 불러야 합니다. 그러면 나는 낮의 얼굴을 되찾고 당신과 함께 갈 수 있어요."

신근은 여자의 이름을 알아낼 자신이 있었습니다.

"당신은 매일 밤마다 하나씩 이름을 부를 수 있어요. 하지만 도중에 그만두거나 끝까지 이름을 알아내지 못하면 무서운 일이 생길 거예요."

신근은 벌써 이런저런 이름을 떠올리느라 그 말을 흘려들었습니다.

신근은 처음엔 자신이 부르고 싶은 이상적인 여자의 이름을 지어서 불러보았습니다. 다음에는 세상에 있는 온갖 여자의 이름을 하나씩 불러보았습니다. 다음에는 자신이 아는 모든 글자를 섞고 조합해 불러보았어요. 하지만 모두 여자의 숨은 이름이 아니었어요. 다음에는 자신이 아는 남자의 이름을 불러보았습니다. 세상에 있는 모든 남자의 이름을 불러보았고, 자신이 아는 모든 글자를 조합해 불러보았지만 아니었습니다. 그다음에는 온갖 풀의 이름을 불렀어요. 온갖 나무의 이름, 과일의 이름, 달의 이름, 별의 이름, 강과 산과 마을의 이름을 불러보았어요. 모두 여자의 숨은 이름이 아니었습니다. 다음에는 온갖 사물의 이름을 불러보았고 온갖 색의 이름을 불러보았어요.

이야기가 그쯤에 이르면 희도는 잠들었다. 호흡이 고르게 퍼지며 나를 끌어안은 팔이 묶은 끈이 풀리듯 스르르 풀렸다. 그러다 마침내 세상일을 다 내려놓고 얕게 코를 고는 것이었다. 나는 그때의 희도를 좋아했다. 근육이 이완되고 내게 모든 것을 내맡기고 자신을 잊어버리는 희도, 잠든 희도는 완전히 나의 것이었다. 나는 잠든 희도의 귀에 대고 뱀 여인의 말을 흉내냈다.

"당신은 삼 년 안에 나의 숨은 이름을 불러야 합니다. 그러면 나는 낮의 얼굴을 되찾고 당신과 함께 갈 수 있어요."

희도의 잠은 묵직하고 깊고 풍요로웠다. 나는 희도의 뺨이나 배를 쓰다듬으며, 희도의 숨소리 속으로 이야기를 흘려넣었다. 그러다가 두 팔로 그의 몸을 끌어안은 채 잠이 들었다. 팔월의 무른 복숭아 속살에 파고든 벌레의 잠처럼 달고 깊은 잠이었다. 하지만 자다가 화상을 입은 듯 화들짝 놀라 깰 때가 있었다. 잠결에 손에 닿은 희도의 가슴이 잉걸불처럼 뜨거웠기 때문이다. 그러나 정신을 차린 뒤 조심스럽게 손바닥을 갖다 대보면 흡사 거짓말처럼 그 자리는 그저 은은하게 따뜻했다. 나는 잠을 깨운 뜨거움의 정체를 모른 채 다시 희도를 끌어안곤 했다.

"밤에 네 가슴이 불에 타듯 뜨거워서 무서웠어."

다음날 내가 말하면 희도는 간밤에 어려운 고백을 한 사람처럼 쑥스러워했다.

"마음을 들키고 말았네."

그럴 때의 희도는 온화하고 둔감하고 과묵하고, 그리고 사랑스러웠다. 피하지방이 가득한 밍크고래처럼.

반지를 빠뜨린 구멍

삼월에 퇴사한 후 집에 있던 회사 달력부터 치웠다. 이 년 계약을 두 번 더 연장했으니 생각보다 오래 일한 셈이었다. 한동안 달력 없이 지냈다. 달력 같은 것은 우연히 생기는 물건이 아니다. 더구나 신년이 한참 지난 후에는. 내 사정을 알고 달력을 보내준 사람은 강이었다. 그 무렵 강은 부쩍 자주 전화를 했다. 강은 회사로 돌아오라고 설득했다. 나는 강앤오커뮤니케이션을 함께 창업한 동업자였다. 내가 떠난 후 강은 십여 년 동안 직원 둘만 데리고 광고기획사를 운영해왔다. 두어 번 큰 위기가 있었지만, 위기 때마다 배에 몸을 묶은 선장처럼 사무실 소파에서 먹고 자며 이십사 시간 매달려 폭풍우를 헤쳐나왔다. 이제 회사가 제 궤도에 올라 직원도 더 뽑았고 경력 있는 팀장도 필요했다. 강은 내 의사를 알고 싶어했을 뿐 독촉하진 않았다. 그는 신경성 시력 저하증을 앓은 나의 사정을 잘 알고 있었다. 내 시력은 오 년 정도 일하면 침침하게 떨어졌다가 삼 개월쯤 쉬면 다시 돌아오곤 했다. 노동의 리듬도 자연히 그런 식으로 자리잡았다. 휴지기와 노동기 사이에 공백이 생기는 것은 피할 수 없었다. 강은 자신이 집을 알아볼 테니 이참에 좀 쉬라고 조언했다.

나는 천천히 숨쉬는 연습을 하곤 했다. 내 호흡을 자각하며 숨을 쉴 때면 자신의 시간을 스스로 쓰고 사는 것이 세상에서 가장 사치스러운 일로 느껴졌다. 소비는 가능한 한 줄였다. 긴축하며 지내는 것이 나쁘지만도 않았다. 인생의 흐린 창문을 닦는 기분이었다. 점점 맑아지는 시력으로, 하루가 왔다가 아무 일도 없이 지나가는 것을 그저 바라보는 것으로도 충분했다. 애써 내려놓으려던 마음이 저절로 비고, 금욕과 절약이 몸에 익고, 명상의 시간이 많아졌다.

전화가 왔을 때는 가계부 뒷장에다 정기예금과 전세금과 퇴직금 등 숫자화된 전 재산을 합쳤다가 떼어놓았다가 하며 그 돈으로 어디쯤에 어떤 집을 구할 수 있을지 궁리하고 있었다. 그 무렵에는 자주 그런 막연한 짓을 했다. 내가 가진 현금과 비교하며 강북의 빌라 시세 정보를 샅샅이 찾아보는 것이었다. 또 여행책자를 쌓아놓고 안달루시아와 리스본, 발리, 양곤, 뭄바이와 라싸의 여행 정보를 꼼꼼히 읽으며 어디부터 갈지 순위를 정하기도 했다. 이스탄불이나 베니스와 로마, 파리와 런던, 상하이와 베를린 등 한 번이라도 가본 여행지는 피했다. 가고 싶은 순위는 매번 바뀌었다. 강화도 지도를 펴놓고 상상으로 여행을 하기도 했다. 초지대교를 지나 함허동천과 동막해수욕장을 지나 외포리까지 가는 길이 눈에 아른거릴 정도로 그리웠다. 강화도 정도라면 언제든 차를 몰고 충동적으로 달려갈 수도 있었다.

밤 아홉시가 넘은 시간이었고 창밖에는 비가 내리고 있었다. 발신인은 출장중인 희도가 아니었다. 께느른한 음성의 중년 여자였다. 잘못 걸려온 전화인 줄 알았으나, 수화기 저쪽에서 내 이름을 불렀다. 뱀허물같이 허전하고 징그러운 것이 불현듯 살에 닿은 느낌이었다. 도무지 내게 전화할 법한 사람이 아니었다.

"나 명희야. 오명희."

십여 년 전에, 흔한 동창 찾기 모임 자리에서 한 번 본 적이 있는 초등학교 동창이었다. 그때도 나는 왜 그런 식으로 오랫동안 잊고 지내던 사람들이 다시 만나야 하는지 동의하지 못했다. 그렇게 먼, 제 속의 아이를 앞세우고 그보다 더 먼 타인들의 얼굴을 본다는 것은 도무지 실없는 짓거리가 아닌가. 거의 잠적 상태와 다를 바 없는 나의 연락처를 어떻게 알아냈는지 동창 찾기 모임의 정보 수집력이 감탄스럽긴 했지만, 그런 만남을 주도한 사람들의 무례함과 진부한 감상에 짜증이 솟구쳤다. 그 사람은 자기 인생의 지루함을 감당 못할 만큼 공허한 나머지 도를 넘게 용감해졌거나, 아니면 원래 어디든 다니고 무엇이든 엿보기를 좋아하는 관음증이 있는 부류일 것이다. 혹은 그중 누군가가 명함을 돌리며 보험이나 정수기나 차 같은 것을 팔려고 할지도 모를 일이었다. 그런 거북한 생각을 하면서도 그 자리에 가기로 했다. 나의 심중 가장 깊숙한 곳에 무언가 걸리는 것이 있었기 때문이다. 때론 우연이 계획보다 더 필연적일 때가 있다. 그에 비하면 의도나 계획은 오히려 부주의하다. 나는 다만 도이의 소식이 듣고 싶었다. 누군가가 도이를 기억하는지, 도이가 어디서 무엇을 하고 어떻게 지내는지. 그 정도면 충분했다.

"본 지 한참되었네."

그날 신세계백화점과 남대문시장 사이에 자리한 대형 횟집에서 열댓 명이 모였는데, 그중 여자라곤 셋뿐이었다. 그나마 한 명은 잘못 찾아들어온 사람처럼 두리번거리며 생뚱맞게 굴다가 일찌감치 자리를 떴다. 명희는 그때도 먼저 말을 걸었다. 나 명희야. 오명희. 기억나니? 같이 무용반도 했는데…… 우리 먼 친척이야. 무용 발표회 날 너희 엄마가 우리 둘을 쌍둥이처럼 똑같이 화장해주었지. 엄마라는 단어가 나왔을 때 은밀한 프라이버시를 건들린 듯 얼굴이 화끈 달아올랐다. 있지도 않은 손톱 거스러미가 함부로 스친 느낌이었다. 타인이 나의 엄마를 입에 올릴 때면 내가 단 한 번도 가진 적 없는 것에 관해 말하는 것 같았다. 우리 엄마가 부탁했거든. 내가 막내라 우리 엄만 화장품과는 인연이 먼 노인네였어. 벌써 큰며느리를 봤을 때니까. 너희 엄만 무척 젊었는데……

"엄마는 잘 계시니?"

사람들은 엄마와의 관계가 얼마나 개인적이고 은밀한 사생활인지 잊은 채 쉽게 입에 올렸다. 마치 하나의 엄마가 세상 모든 엄마인 것처럼 천차만별의 성격을 하나의 단어에 수렴시키는 데도 무리를 느끼지 않았다. 명희는 나의 엄마에 기대어 오래전에 돌아가신 자신의 엄마를 불러보고 싶은 건지도 모를 일이었다. 물론 엄마에겐 모든 엄마를 그러모아 말할 수 있는 하나의 특성이 있긴 할 것이다. 엄마는 엄마일 수밖에 없고, 엄마가 엄마 아닐 수 없는 인류의 공통 부분. 거기엔 인습적인 강요와 모성의 본능이 구별할 수 없는 형태로 얽혀 있었다. 명희는 안다시피 바짝 끌어당겨 턱을 쥐고 눈썹을 진하게 그려주던 젊은 엄마의 따뜻한 손길을 아직도 간직하고 있는지 모를 일이었다. 어쩌면 내가 기억하는 것처럼 코와 뺨에 엄마의 날숨과 립스틱 냄새가 깃털처럼 간지럼을 태웠는지도 모른다. 엄마의 체온이 고인 품 안에서 비릿한 자궁의 내음이 났을지도 모른다. 그 기억은 나에게도 엄마와 오랫동안 몸을 맞대고 보낸 유일한 장면이었다.

"그런데 목소리가 왜 그러니? 어디 아프니?"

나는 용건을 묻는 대신 처음부터 불쾌했던 께느른한 음성을 지적했다. 눅진한 풀이 성대와 혓바닥에 쩍 들러붙은 듯했다. 어차피, 그렇게 늘어진 음성으로는 그럴싸한 볼일이 있을 것 같지는 않았다. 나는 시계를 힐끗 보았다. 일본 출장중인 희도가 전화할 시간이었다.

"아, 몸살이 나서 약 먹고 누워 있어. 어제부터 일도 못 나가고 꼬박 누워 있었어. 그래서 그런가봐."

몸살이 들어 약까지 먹고 누운 환자가, 굳이 잘 알지도 못하는 나를 찾아 밤중에 전화를 했다니 의아했다.

"아파 누워서 전화를 한다고?"

나는 소파 등받이에 몸을 밀어붙이며 다리를 올렸다. 명희는 얼마간 침묵이 지난 뒤에 무언가를 암시하듯 한숨을 내쉬었다.

"그렇게 되었어."

숨소리를 통해 명희를 에워싼 지방과 근육의 묵직한 통증이 전해졌다. 명희는 뼈대가 굵고 체구가 컸다. 어느 정도는 그 고장 사람들의 특징이었다. 햇볕과 흙먼지와 비바람에 적나라하게 노출되는 시골의 환경과 관계있는지 모른다. 꼭 닫힌 상자 같은 고향에서 같은 공기를 숨쉬고, 같은 물과 흙먼지를 마시고, 같은 농작물을 먹고 자랐으니 열 매로 치면 서로 외과피 정도는 닮았을 것이다. 명희도 나도 적지 않은 나이였다.

"일도 못하고 이틀 내내 누워 있으니, 온갖 생각이 다 드네."

명희가 어떤 일을 하는지는 알 수 없었지만 남편은 안정된 사업을 하고 아들은 그해 S대에 합격했다고 자랑을 했었다. 지금쯤엔 고시에 합격했다거나 대기업에 다닌다든가, 좋은 집안의 딸과 결혼을 했다고 자랑할 순서였다.

"너, 수호 알지?"

기습적인 질문이었다.

"알아."

나는 마지못해 대답했다.

"수호 죽은 거는 아니?"

너무 예사로운데다 어딘가 심술궂은 말투였다. 나는 미처 그 말을 받아들이지 못한 채 다급하게 되물었다.

"언제?"

"일 년 반쯤 되었다."

"어쩌다가?"

"추락사였어. 의식 없이 있다가 사흘 만에 죽었어."

명희는 아무 감정도 없이 말했다. 잇뿌리가 빠근하게 저리더니 잇새로 미지근한 쓴 물이 올라왔다. 나는 손으로 입을 덮고 눌렀다.

"여보세요?"

명희는 허전했는지 전화 연결 상태를 확인했다.

"어쩌다가 그렇게 되었어?"

"일하다가. 수호가 간판 철거하고 수리하는 일을 했잖아."

그리고 수호의 취미는 사교댄스였다. 낮에 몸이 아프도록 노동한 뒤 밤에 춤으로 근육통을 푼다고 했다. 노동과 춤 사이의 괴리가 너무 커서 사는 데까지 살다 가는 거지, 하는 식으로 느껴졌다. 그러나 수호는 노동과 사교춤 사이에서 애써 밝았고 몸은 가벼웠다. 그리고 가무스레한 피부에 잔근육이 다져진 아담하고 예쁜 몸을 가졌었다.

"고가 사다리나 로프에 의지해 고층 상가의 벽을 탔으니, 한 번은 떨어지게 되어 있었지."

명희의 말투는 다 그런 것 아니냐는 듯 무정하고 예사로웠다. 나 역시 덤덤해야 했다. 나는 일 년 육 개월 전 죽은 사람의 부고를 우연히 접한 먼 타인일 뿐이었다. 그것도 몸살로 약을 먹고 지루하게 뒤척이던 중년 여자가, 뭔가 잊었던 것을 되살리고는 께느른한 음성으로 걸어온 전화를 통해서.

"그런데 알고 보니까, 간암도 앓고 있었더라. 그 무렵 이상하게 살이 빠지고 얼굴이 검어진다 했는데. 동거했던 여자가 어찌나 슬프게 울던지, 춤 파트너로 만났다는 여자 말이야. 그 여자는 나도 처음 봤어. 너무 가녀리고 작아서 어떻게 그 몸으로 음식을 먹고 소화를 시키는지 궁금할 지경이더라."

나는 거실 창문을 열었다. 비가 들이치며 이내 발등을 적셨다. 오월의 비에는 쇠붙이 비린내가 났다. 슬픔도 아니고 아픔도 아닌 그저 삶이 남기고 가는 부식의 냄새.

"그 당시엔 워낙 갑작스러워서 아무에게도 연락을 못했어. 나는 수호 누나랑 가족처럼 지내니까 곧바로 알게 되었지만."

그것도 모르고 그즈음에 수호에게 몇 번 전화를 했었다. 전원이 꺼져 있다가 마지막엔 결번이라는 안내 멘트가 흘러나왔다.

"수호가 너를 만나러 갔었다고 한 게 오늘 느닷없이 생각이 나서 전화했어. 꽤나 먼 거리인데 찾아간 것이 이상하기도 하고, 수호 소식을 네가 알고나 있나도 싶고. 수호가 찾아간 거 맞아?"

"왔었어."

나는 마음을 누그러뜨리고 고분고분 대답했다.

"그땐 대수롭지 않게 넘겼는데, 지금 생각해보니 친한 사이도 아닌데 수호가 거기까지 너를 찾아간 게 이상스러워. 네게 무슨 부탁을 했다던데……"

저녁 무렵에 고속버스 터미널 근처 거리에 수호를 내려준 장면이 생생하게 떠올랐다. 수호를 내려준 뒤 정지 신호에 걸린 차들이 줄지어 서는 바람에 고개를 돌려 차창 너머로 수호의 뒷모습을 보았다. 걸어가는 수호의 등으로 냉기가 바늘처럼 파고드는 것이 보였다. 청바지와 솜을 댄 유틸리티 점퍼는 추워 보였다. 체구가 어색할 정도로 왜소했고, 어깨에 멘 가방이 금세 떨어질 듯 불안하게 흔들렸다. 나는 수호의 뒷모습이 건물 모퉁이를 돌아 사라질 때까지 시선을 놓지 못했다. 뭔가 잘못된 부분을 느끼면서도 정확히 인식할 수 없는 기분이었다. 차에서 내려 다급하게 수호를 불러 세우고 싶었다. 하지만 그렇게 하지 않았다. 나는 수호를 멈추게 할 수도 없고, 가게 할 수도 없는 먼 타인이었다. 몸안의 물그릇 하나가 차갑게 식어 살얼음이 끼는 느낌이었다.

"수호가 했다는 부탁이 뭐니?"

간단하게 대답하기 불가능한 이야기였다. 더군다나 타인에게 털어놓을 내용은 아니었다. 나는 전화기를 잡고 가만히 있었다.

"수호도 내용에 대해선 얼버무리더니, 너도 그러네."

다그치고 싶은 것을 간신히 억누르는 화가 느껴졌다. 궁금증이나 의문을 풀지 못할 때의 좌절도 소외감의 일종일 것이다. 그러나 타인들 사이에서 배제는 어쩔 수 없는 일이다.

"그냥 사적인 이야기야."

난감한 침묵이 뒤따랐다. 명희는 단념했는지 목소리를 바꾸어, 고향에 갈 일이 생기면 연락하겠다고 작별 인사를 했다. 고향이라는 단어에 얼굴이 화끈거렸다. 다시 있지도 않은 손톱 거스러미가 스친 것같이 불쾌한 통증이 느껴졌다. 고향 부근에 살고 있다는 사실에 알 수 없는 열패감이 들었다. 통화가 끝난 뒤에도 무슨 소리가 들려오기를 기다리는 사람처럼 전화기를 귀에 대고 있었다. 좁은 구멍에 반지를 빠뜨린 기분이었다. 한동안 그 구멍 곁을 떠나지 못할 거라는 예감이 들었다.

볼륨을 낮춘 텔레비전에서는 뉴스가 흘러가고 있었다. 뉴스의 질이 점점 더 나빠졌다. 빈곤과 질병으로 인한 자살과 친족 살인이 줄을 이었다. 운전자끼리의 폭력 사건, 일면식도 없는 사람에게 저지르는 묻지 마 폭행 사건들, 강간 살해, 보험 사기, 차량 파손, 방화, 계모와 계부가 아이를 학대하다가 죽이고, 친부모가 아이를 굶겨 죽이거나 때려죽이는 사건들이 자주 일어났다. 영아 살해 사건들도 부쩍 증가했고, 편의점이나 마트에서 생필품을 도둑질하는 청년들이 생기고, 노인들이 길바닥에 넘어져 있다가 가짜 뺑소니 사고 신고를 해 위로금을 타기도 했다. 정부도 기업도 지자체도 개인도, 이십대 학생들까지도 전부 빚더미에 올라 있었다.

같은 자세로 소파에 우두커니 앉아 있다는 것을 깨달았을 때는 자정이 지났을 때였다. 비는 그쳤고 밤바람이 불어왔다. 나는 수호가 아니라 도이와 상을 생각하고 있었다. 도이를 떠올리면 이상하게도, 줄곧 그를 생각해온 것만 같았다. 하지만 어떻게 그럴 수 있을까? 누군가를 줄곧 생각할 수는 없는 일이다. 그런데도, 도이를 떠올리면 줄곧 그를 생각해온 것만 같았다. 좀더 정확히 말하면, 급류와 같은 삶의 흐름이 끊어지고 잠시 걸음을 멈춰 고개를 숙여 발등을 내려다볼 때면 눈앞의 먼지가 가라앉듯 생각이 다시 이어졌다고 해야 할 것이다. 어느 때는 얼마간, 어느 때는 망각의 괄호처럼 긴 시간을 건넌 뒤에.

*

그날 동창 모임은 대형 횟집에서 식사와 술을 한 뒤에도 이차, 삼차 자리로 이어졌다. 서먹하게 서로의 행색을 살피며 얼굴과 이름을 익힌 시간이 지나자 이내 와락 가까워져서는 술잔을 부딪치고 옛 기억 속의 에피소드들을 두서없이 끌어내 왁자하게 웃고 떠들어댔다. 그러고는 차차 하는 일 이야기, 살아가는 이야기로 옮아갔다. 이내 각자의 형편들이 보였다. 대기업 부장과 중소기업 임원은 이차 자리로 옮긴 뒤 미리 계산을 해주고 자리를 떴다. 그들은 나가면서 여전히 앉아 있는 나를 의아하다는 듯 돌아보았다. 그들이 간 뒤론 화제가 공허하게 헛돌았다. 도모할 일은 없고, 회상과 현실에 대한 넋두리뿐이어서 이야기할수록 시든 배춧잎을 뜯어내듯 시들해졌다. 다행히 아무도 물건을 팔지는 않았다. 누구도 절실하게 누군가의 소식을 묻지도 않았다. 가슴에 한 사람의 이름을 숨기고 때를 기다리는 절박한 사람은 나뿐인 것 같았다. 해장국집에서 겨우 다섯 명의 잔당만 남았을 때에야 어색한 침묵 사이로 참석하지 못한 사람의 뒷이야기가 나왔다. 누구는 베트남에 파견 가 있고, 누구는 삼교대로 일하고, 누구는 행방불명이고, 누구는 병원에 누워 있고, 누구는 벌써 암으로 죽었다.

"상이가 네 이야기를 자주 했어."

옆자리에 앉아 있던 수호가 내게로 얼굴을 기울이고 낮게 말했다.

"뭐라고 했는데?"

"그게, 상은 왠지 모르게, 늘 네가 마음속에 있다고 하더라. 너를 라애라고 불렀어. 그러면서, 사람 마음이 뭔지, 어떻게 생겨나는 것인지 모르겠다고 하더라."

나를 라애라고 부른 사람은 세상에 세 사람 있었다. 나는 내내 기다려온 사람답게 때를 놓치지 않고 물었다.

"너, 도이하고 연락되니?"

"손도이?"

수호는 한 손에 술이 채워진 잔을 든 채 고개를 약간 숙인 각도로 내 눈을 쳐다보았다. 눈썹이 일그러져 있었다.

"나애, 너희들 뭐가 있냐? 셋이 뭐냐?"

나는 대답하지 못했다. 도이와 상과 라애라는 그 우연한 구성을 무슨 관계라고 해야 할지 알 수 없었다. 특별한 의미가 있다고 할 수도 없고 유별난 가치를 부여할 수도 없고 서로에게 대단한 것을 해준 적도 없었다. 굳이 말하자면 도이와 상과 나는 가족 외에, 집밖에서 만난 첫 타인들이었다. 그런데 왜 나는 우리를 생각하면, 눈에 보이지 않는 어떤 존재가 입양한 두번째 집의 아이들 같을까. 어째서 나는 그 집에서 더 많이 살고 더 많이 키가 자란 느낌이 들까. 아니 어느 때는, 지금도 여전히 그 집에서 살고 있는 것만 같았다. 도이도 없고, 상도 없는 빈집에서 나 홀로.

수호는 내게 눈짓을 하더니 갑자기 일어서서 자리를 빠져나갔다. 내가 뒤따라 일어나자 테이블 하나에 붙어 앉아 있던 다른 동창들이 의미심장한 눈빛을 보냈다. 수호를 따라 조금 걸어나가니 종로구청과 소방서가 나왔다. 수호는 그 사이에 엉거주춤 멈추어 섰다. 새벽 두시였다. 이 차선 도로로 밤바람이 공허하게 지나가고 어디선가 누런 서류봉투 하나가 질질 끌리듯이 우리 앞으로 다가왔다. 맞은편은 법무사와 번역 사무실이 이어진 거리였다. 불빛을 등지고 선 우리의 커다란 그림자는 우리 자신과 별개의 존재들처럼 낯설었지만 공모자처럼 보여서 이상한 기분이 들었다. 수호가 불량스럽게 침을 뱉었다.

"그런데 상에 대해서는 안 물어보냐?"

길바닥에 침 뱉는 인간은 질색이었다. 나는 한 발 떨어졌다.

"상이 죽기 전날 밤에도 봤었어. 그땐 매일 보다시피 했지. 그게, 내가 제대한 뒤 철도 건널목 어귀에서 포장마차를 할 때였거든. 상은 매일 밤 들러서 내가 장사하는 것을 쳐다보다 갔어. 덕분에 아무도 나를 건드리지 못했지. 그게, 상은 늘 소주를 몇 잔 했는데, 그날은 한 모금도 마시지 않았어. 한겨울이었고, 추워 보였는데…… 새끼, 추운 겨울에 하필이면 저수지에 빠져 죽냐…… 그게, 지나고 보니, 그날 참 이상한 말을 했더라."

수호는 또 침을 뱉었다.

"스물아홉 살만 넘기면 그뒤로는 어떻게든 살 거 같은데, 그때까지 살 자신이 없다, 그렇게 말했어. 우린 스물세 살이었어."

나는 상의 자살 소식을 누구에게 들었는지 기억나지 않았다. 바람이 불어오듯, 빗방울이 날려오듯, 달빛이 비쳐들고 이슬이 맺히듯 알게 되었다. 봄이 오듯, 새들이 날아오듯, 꽃들이 피어나듯 알게 되었다. 아침에 잠이 깨고 밤에 꿈을 꾸듯 알게 되었다.

"그 무렵에도 상은 늘 싸움질을 했지. 애들이 사고를 친 뒤로 조직도 해산해버리고 혼자였는데, 그게, 또 이상하게도, 계속해서 싸움 거는 놈들이 나타났어. 어떤 놈이 상에게 져서 피를 보고 가면, 그놈이 더 센 놈을 불러오고 다음 놈은 더 센 놈을 불러오는 식이었어. 또 한편으로는 그 바닥에서 난다 긴다 하는 놈들이 상의 소문을 듣고 겨루어보자고 구석구석에서 다 기어나오는 식이었어. 세상일이란 참 이상해. 그게, 뭔가를 잘하면 잘할수록 더 잘하는 것이 덤벼들고, 강하면 강할수록 더 강한 것이 뒤를 쫓거든. 나중엔 그것에 에워싸여 갇히게 돼. 결국 인간이 쓸모없어질 때까지 말이야. 파괴될 때까지 말이야. 상의 문제는 질 줄 모른다는 거였어. 어느 선에서 적당히 지고 그 판을 떠났어야 했는데, 지지를 못하니 죽을 때까지 싸움에서 헤어날 수가 없는 거야. 그게, 또 그렇다고 도망갈 수도 없었겠지. 도망갈 수가 없어. 도망가면? 패배고 파괴지. 그것도 일종의 죽음, 죽음이야. 도전이 있다, 그러면 받아야 해. 그게, 그 수밖엔 없는 거야."

수호가 또 침을 뱉었다. '그게'는 수호의 말버릇 같았다.

"소문에는 다른 사람이 지은 죄를 덮어썼다고도 하던데."

"사람들은 그 때문에 분을 못 이겨 죽었다고 했지만, 그게, 다 모르고 하는 말이야. 그 어처구니없는 혐의는 풀린 뒤였어. 세상은 온통 오해의 바다야. 오해, 오해, 다들 자기 생각으로 짐작하고 판단하고 떠들어대지."

상은 엄마 없이 아버지와 누나와 남동생과 살았다. 누나는 일찌감치 가출을 감행했고 그때마다 아버지 장씨에게 뒷목을 잡혀 금강철물점 안집으로 끌려들어가곤 했다. 잡혀들어갈 때마다 어김없이 머리카락을 잘려 수건을 쓰고 지냈다. 시장의 가겟집들은 대개 엄마나 아버지 중 한쪽은 없었고, 어른들은 거칠었고, 가난한 살림은 큰딸들의 몫이었고, 아들들은 험한 환경 속에서 싸움질로 단련되었다. 상은 제 몸뿐 아니라 누나와 남동생과 도이와 시장의 또래 아이들을 지키느라 어릴 때부터 주먹질에 단련되며 자랐다.

"상을 묻던 날, 도이가 왔었어."

"도이가 왔었다고?"

"상과 연락을 하고 있었던 모양이지."

"어땠어?"

수호는 나의 질문을 못 들은 것처럼, 구두코에 닿은 누런 서류봉투를 툭툭 찼다. 끈을 묶는 검은색 구두는 어둠 속에서도 광택이 흘렀다. 가죽이 얇고 전체적으로 갸름하고 가벼워 보이는데다 어딘가 화려했다. 아마도 댄스화 같았다.

"도이 말이야, 잘 지내는 거 같았어?"

수호는 나의 얼굴을 잠시 쳐다보았다. 가로등 불빛이 내 얼굴에 어떤 음영을 드리우는지 나는 알 수 없었다.

"그거 네게 중요한 거냐?"

어딘지 시비조였다. 이번에는 내가 대답하지 못했다.

"중요한 거 아니면 공연히 묻지 마."

"중요해."

나는 결심이라도 한 기분이었다.

"그래봤자 오래전의 이야기잖아."

"중요하니까, 말해줘."

수호는 아예 서류봉투 위에 서서 바작바작 소리를 냈다. 봉투 아래에 흙먼지 알갱이가 밟히며 신경을 긁는 소리를 냈다.

"왜 그래? 그냥 안부를 묻는 거잖아."

"담배빵 알아?"

나는 눈썹을 찡그렸다.

"담뱃불로 지진 자국 말이야."

수호는 눈을 내려뜬 채 생각을 끊어내듯이 띄엄띄엄 말했다.

"그게 얼굴과 손등에, 소매 속으로…… 어느 놈이 지졌는지 담배빵 자국이, 연이어 나 있었어. 차마 쳐다보기 힘들더라. 그게, 왜 그렇게 되었냐고 물을 수도 없고, 도이도 말 안 하고……"

나는 두 손으로 뺨을 싸안았다.

"겨우 스물세 살이었는데, 도이는……"

수호는 거기서 입을 다물었다. 갑자기 뱃속이 떨렸다. 늦가을밤의 추위 탓은 아니었다.

"도이의 연락처를 아니?"

"연락처는 알아서 뭐하려고 그래?"

"그냥 알고 싶어."

"알려고 하지 마."

"왜 그러니?"

"너 괜한 감상과 호기심으로 그러는 거 아니다. 그저 너의 감정일 뿐이잖아. 도이 입장을 생각해봐. 도이는 원하지 않을 거다."

수호는 매몰찼다.

"누가 연락한대? 알고만 있을 거야."

"그러니까, 연락도 안 할 거면서 값싼 호기심으로 왜 그러느냐고!"

수호는 완강했다. 수호가 서류봉투를 툭툭 찼다.

전화번호 따위를 손에 쥐고 있다는 것이 아무 소용 없는 일이지만, 나는 언젠가 할말이 있었다. 도이야, 너를 줄곧 생각했다. 너를 잊은 적이 없었다. 하지만 그것은 틀린 말이었다. 사람이 줄곧 그것을 생각할 수는 없다. 이따금 생각한 것이다. 늘 잊고 살다가 문득문득 생각한 것이다. 평생 그럴 것이다. 수호의 말대로 나의 감상이고, 나의 입장이고, 도이와는 상관없는 내 삶의 조각일 뿐이었다.

"너, 은하수 알아?"

수호가 내 팔을 건드렸다.

"은하수 아느냐고 물었어."

도이는 늘 하얀 광휘의 너울 너머에 있다. 하얗게 산란하는 빛 속을 눈이 아프도록 계속 바라보면 우물 밑바닥같이 먼 곳에서 희미한 윤곽이 간신히 나타났다. 머리통은 약간 납작하면서 동그랗고, 까까머리였다. 피부는 창백하고, 조용한 사람이 그렇듯 눈동자는 몹시 검었다. 귀는 양쪽으로 뿔처럼 치켜붙은 당나귀 귀였다. 도이는 눈송이가 소리를 빨아들이듯, 세상의 소음을 제 안으로 흡수하는 고요의 정령 같았다. 어린 스님 같고 외계인 같고 두루미 같았다. 그런 도이의 얼굴을, 손등과 팔과 몸을 누군가가 담뱃불로 지졌다니…… 도이는 아파도 비명을 지르지 않았을 것이다. 아무리 깊이 지져도 가만히 있었을 것이다. 살 타는 냄새조차 나지 않고 지진 자리가 눈처럼 녹았을 것이다. 그리고 한쪽 다리로 서서 하염없이 물속을 들여다보는 두루미처럼 울었을 것이다. 나는 두루미의 울음소리를 들은 적이 없다. 두루미가 어떻게 우는지 알 수 없다. 나는 다리에 힘이 풀려 쪼그리고 앉았다. 눈물이 흐르기 시작했다. 나는 손바닥으로 얼굴을 가리고 소리를 죽여 울었다. 수호는 다시 누런 서류봉투를 바작바작 밟았다.

흔한 이별

"퇴각 결정이 떨어졌어."

희도는 심각할 때면 이따금 전쟁 용어를 썼다. 몇 달 전부터 예고된 일이었다. 마침내 '퇴각'이었다. 나를 보는 희도의 동공이 단단하게 응축되어 있었다. 나는 아직 뜨거운 커피잔을 들고 있었다. 소파 테이블에 토스트와 오믈렛을 놓고 아침을 먹는 중이었다. 지난밤에 이런 말을 할 그 어떤 징후라도 있었는지 되짚어보았다. 다른 밤과 다른 것은 아무것도 없었다. 그것이 희도였다.

"여기엔 생산 공장을 관리할 최소한의 인원만 남기기로 했어. 당장 다음주부터 일본 본사로 출근해야 해."

희도의 일본 회사는 지난 이십 년간 급성장한 신재생에너지 회사 중 하나로 태양광과 에너지 저장 시스템 ESS를 결합한 통합 에너지 사업을 추진하고 있었다. 몇 년 전부터는 전기차 배터리에 주력하면서 한국의 기업과 MOU를 체결하고 신에너지 저장 시스템 생산 공장 건설을 추진하고 있었다. 하지만 그사이에 국내외 정치적, 경제적 상황이 급변하고 예상보다 사업 진행 속도도 느린데다 상대 기업에 문제가 생겨 진퇴양난이었다. 불확실성이 더 깊어지고만 있었다. 본사는 이 문제로 회의를 거듭해왔고, 희도가 예민하게 대응해왔기에 나 역시 상황을 잘 알고 있었다. 본사는 중국과 러시아, 인도에도 얼마든지 기회가 있었다.

나와 희도는 침묵 속에 앉아 있었다.

"나와 함께 가는 거 생각해본 적 없어?"

생각해보지 않은 건 아니었다. 한때, 얼마간 흔들렸지만 이미 마음을 접은 일이었다.

"나애, 함께 가자."

말은 그렇게 하지만 희도는 내 마음의 윤곽을 짐작하고 있었다.

"너는 나 없이 살 수 있어?"

희도가 그런 말을 할 줄은 몰랐다. 좀처럼 표현하지 않는 사람이었다. 그런 말은 우리 사이에 암묵적인 금기였다. 물론 나는 살아갈 수 있었다. 그도 살아갈 수 있었다. 서로가 만나기 전에도 살아왔던 것처럼. 희도의 동공은 단단하게 응축되어 조금 위쪽으로 떠올라 있었다. 그것은 몹시 심각할 때만 드러나는 희도의 특성이었다. 나는 그 단단한 눈동자에 매료되곤 했다.

함께한 지 꼭 삼 년이 지났다. 삼 년이면 함께 많은 경험을 할 수 있다. 집 앞 공원 울타리에 줄장미꽃이 줄기가 휘어지도록 탐스럽게 피는 것을 세 번이나 함께 보았다. 수영복을 입고 워터파크에서 아이처럼 놀기도 했고, 찜질방도 거리낌없이 같이 갔고, 감기나 위장장애 같은 일로 몇 번인가 병원 대합실에서 함께 순서를 기다리기도 했고, 몇 번이나 공항에서 함께 비행기를 타기도 했다. 계절이 순환하는 동안 많은 곳을 여행하고, 수많은 풍경 속을 함께 걷고, 많은 음식을 먹고, 많이 웃고, 잠 속에서 서로의 꿈을 꾸고, 몇 번쯤은 눈물을 보이기도 했고, 다신 안 볼 것처럼 심하게 다투기도 했다.

남자가 생기면 좋은 일 중 하나는 드라이브이다. 운전하지 않고 조수석에 앉아 세상 속을 미끄러지듯 실려가는 것이다. 희도가 퇴근해 집 앞에 차를 세우고 전화를 하면 외출 준비를 하고 있다가 내려갔다. 스타킹까지 신고 완전히 채비를 끝낸 뒤 전화를 기다리며 보낸 내 모습이 타인의 영상처럼 보였다. 나는 내가 나가고 없는 것만 같은 실내에서 발끝을 들고 살금살금 침실과 서재와 거실과 부엌과 욕실을 오갔다. 서둘러 벗어던진 옷들을 개어 선반에 정돈하거나, 싱크대에 담긴 컵을 씻거나, 갑자기 요의를 느끼고 젖은 슬리퍼와 바닥을 피해 마른 타일을 디디며 변기에 앉거나, 소파에 가만히 앉아 있거나, 무엇을 하든 나는 나의 잔영 같았다.

그날의 행선지에 따라 달라지지만 희도는 도로 건너편에 차를 세우기를 좋아했다. 겨우 사 차선 도로지만 도로를 횡단할 때마다 전혀 다른 세계로 이동하는 것만 같았다. 희도는 차창을 내리고 내가 건너오는 것을 지켜보았다. 나의 옷차림을, 나의 걸음걸이를, 자신을 바라보는 나의 표정을 눈여겨보는 것이었다. 차문을 열고 타면, 내가 몰고 온 공기와 차 안의 공기가 다급하게 섞였다. 희도가 곁에 있으면 나와 세계의 관계는 가볍고 청량해졌다. 희도의 곁에서 나는 나의 무게를,

나의 근심을, 나의 불안을 느낄 수 없었다. 우리 함께 지낼까? 그렇게 물었을 때도 희도의 동공은 단단하게 응축되어 위로 떠올라 있었다. 희도는 나를 만나고 일 년이 채 지나지 않아 회사에서 빌려준 오피스텔을 정리하고 나의 빌라로 들어왔다.

첫날 함께 잠에서 깨어 창문을 열었을 때 S자로 굽은 내리막길 양편에 늘어선 가로수의 벚꽃이 달콤하고 쓸쓸하게 피어 있었다. 희도가 말했다. 너와 함께 있는 풍경이 좋아. 너와 함께 있으면 어디서나 풍경이 아름다워져.

도시의 남쪽은 평지가 거의 없는 좁은 해안 지형이어서 바다를 조금씩 매립하고 산을 깎으며 발전했는데 산을 타고 올라간 고층 아파트의 측벽은 깎아지른 절벽처럼 아찔한 라인들을 형성했다. 안개 낀 새벽과 맑은 낮과 음영이 선명한 저녁과 조명이 켜지는 밤의 풍경은 다양한 스펙트럼으로 표정을 바꾸었고, 그 사이로 변함없는 단 하나의 시간처럼 새들이 날아갔다. 노인 인구가 많은 정체된 도시였지만 소문난 음식점이 많고 기후는 온화했다. 산에서 골을 타고 내려가는 맑은 바람과 바다에서 올라오는 습기 찬 바람이 지붕 위에서 기분좋게 부딪치며 일 년 내내 거리와 골목을 팔랑팔랑 쓸고 다녔다.

도심 깊숙이 들어온 바다는 부두들과 어시장과 공원과 여객 터미널로 둘러싸여 있고, 만의 입구 오목한 곳에는 긴 다리가 화려한 목걸이처럼 걸려 있었다. 휴양지 같은 도시지만 관광객은 전혀 없이 한적하고 태연했다. 풍경은 사람들의 일상 속에 스며들어 잘 보이지 않았다. 푹 파묻혀 잠적하기 좋은 도시였다.

희도와 함께한 삼 년 동안, 전에는 먹지 않았던 밀가루 음식을 많이

도 먹었다. 육류와 밀가루 음식 소화장애를 가진 나로서는 상상할 수 없는 일이었다. 희도와 식사할 때는 신기하게도 단 한 번도 체하지 않았다. 나는 두려워하고 꺼려했던 음식들을 전부 먹었다. 백 년이 넘은 낡은 중국집의 간짜장과 사천짬뽕을 먹기 위해 바다 위에 걸린 다리를 건너곤 했다. 근처 계곡을 오르내리며 산장에서 먹은 기름진 백숙과 오리탕, 바닷가의 레스토랑에서 먹은 스테이크와 피자와 와인, 혹은 공원에서 먹은 햄버거와 콜라…… 여름 한낮에 외진 해수욕장 그늘막 아래서 먹었던 팥빙수, 자주 가던 극장 근처의 일식집 초밥, 이태리 식당의 파스타와 곁들여 마시던 모히토, 감기가 들면 찾아갔던 샤브샤브집과 감자탕집, 여행중에 호텔에서 먹었던 화려하고 다채로운 음식의 축제 같은 조식 뷔페들, 긴자 거리의 일식집에서 먹은 아보카도 샐러드와 초밥, 일본 온천 저녁의 정갈한 정식들, 인터넷으로 검색해서 찾아갔던 낯선 여행지들의 투박한 음식들, 일상적으로 집에서 걸어내려가 먹곤 했던 관공서 앞 식당의 백반 정식, 집 앞 횟집의 회덮밥과 단골 술집의 꼬치구이 안주들…… 나는 마치 도전하듯, 열의를 가지고 음식에 탐닉했다. 음식은 실체였다. 혀에 스미는 맛으로, 치아에 저작되는 물질의 감각으로, 목구멍 안으로 넘어가는 즙액으로, 내 몸안에 스며들었다가 하루이틀 동안 소화되어 흡수되고 배설되어 나갔다. 음식의 속성은 우리 관계와 같았다. 허기와 욕망과 포만과 소화와 흡수와 배설과 허기와 욕망의 순환…… 현재의 지속 자체를 위한 순환이었다. 희도를 만나는 동안 나는 그 순환을 맹렬하게 되풀이했다.

희도는 무거운 상자처럼 앉아 있었다. 자기 속을 다스리는 중이었다. 희도는 실망하거나 화가 날 때면 무거워졌다. 그를 답답하게, 화나게 만들고 싶지는 않지만 달리 할말이 없었다. 오래된 신사와 동경예술대학교 사이의 평화로운 동네에 자리한 희도네 이층 목조주택이 떠올랐다. 그 집에는 일본인 어머니가 희도의 아들을 키우며 살고 있었다. 바로 옆집엔 희도의 누나네가 살고, 그 뒷집에는 이혼한 일본인 전처가 꽤 나이 많은 일본인 남자와 동거하고 있었다. 희도는 일본에 갈 때면 그 집 이층 방에서 자고, 아이와 어머니와 누나와 아이를 챙기러 수시로 들락거리는 전처와 저녁을 먹었다. 나 역시 처음 일본을 방문했을 때, 희도의 방에서 잤다. 그리고 그들과 저녁식사를 했다. 예의바르고 조용하고 작은 일에도 리액션을 분명히 하는 반듯한 사람들이었다. 그땐, 이렇게 사는 사람들이 있구나, 했다. 그들은 화목해 보였고, 서로 진심으로 도왔다. 아이에게도 엄마에게도, 그리고 아빠에게도 좋은 구조였다.

희도가 뭐라고 말하려는데, 전화 신호음이 울렸다. 엄마였다.

내게 엄마가 있다는 사실은 항상 낯설었다. 더구나 그런 순간에는. 언제나 그렇듯 엄마는 내 삶의 채널을 획 돌리며 절묘한 타이밍에 들어왔다. 다음날 오전 아홉시에 예약되어 있는 백내장 수술 건이었다. 자신은 택시로 병원에 갈 테니, 나는 병원으로 바로 오라는 내용이었다. 나는 네, 네, 하고 간신히 대답만 했다. 용건만 오간 전화를 끊은 뒤 나는 손바닥으로 두 눈을 눌렀다. 엄마와 통화한 뒤엔 속절없이 감정이 흐트러졌다. 내 존재의 근원, 삶의 근원, 불행의 근원이 다시 자극을 받고 흔들리는 것이다. 아무리 퍼내고 퍼내도 소용없이 엄마와 나 사이엔 바로 오늘 일처럼 생생하고 격렬한 무언가가 시작도 끝도 없는 감정들의 형태로 흐르고 있었다. 희도는 조금 기다렸다. 그래야 한다는 것을 알고 있었다. 희도는 식은 커피를 마셨다.

"묻고 싶은 게 있어. 나애, 너는 나를 정말로 원하지는 않는 거니?"

나는 당황했다. 정말로 원하는 것을 잃어버려본 사람에겐 무의미한 질문이었다. 사람은 대개 원하는 것을 갖는 게 아니라 주어진 것을 갖는다. 나는 그런 종류의 사람이었다. 나는 무언가를 원하지 않는 대신 빚이든, 사람이든, 관념이든, 제도든, 조직이든, 나를 포획하려는 모든 것에서 빠져나갔다. 그러고 남은 것은 내 호흡이 그리는 자유로운 곡선과 가벼운 일상과 우연, 약간의 일탈과 사치로 구성된 소박한 삶이었다. 세계라는 허상의 파도 위에서, 가능한 한 어디에든 갇히지 않고 하루하루 또박또박 살아가는 것으로 충분했는지 모른다. 희도는 그런 때에 내게 왔다. 아무런 기대도 없이, 떨림도 없이. 내가 원하기 전에, 갈망하기 전에.

"내가 원하는 건 중요하지 않아."

희도의 눈에 의혹이 번졌다. 나의 눈도 그럴 것이다. 우리는 이별을 염두에 두고 늘 서로에게 조심해왔다. 가능한 한 더 알려고 하지 않고, 더 다가가지 않았다. 봄장미라고 부르고 밍크고래라고 놀리면서, 함께할 수 없는 부류라는 것을 시위하고 다짐해온 것이다.

"내 일이 마음에 들지 않는 거니? 너를 혼자 두고 출장을 너무 자주 가서 그래?"

나는 희도의 일을 좋아했다. 태양열을 모아 에너지로 전환하고 전기로 차를 달리게 하는 일이었다. 그 일은 시적이고 신성했다. 거기엔 환경오염도 없고, 자원의 고갈도 없다. 에너지는 신속하게 대체되어야 하고, 인류의 종말을 불러올 수도 있는 원자력 발전소는 하루빨리 없어져야 했다. 희도나 그의 회사가 자기 일에 인류를 구원할 의미를 부여하고 있는 건 아니겠지만, 심지어 핵으로 원자력 발전소를 지은 사람들이 그랬듯이 태양열 에너지 역시 그들에겐 돈이 되는 사업일 뿐일지도 모르지만 나는 그 일이 좋았다. 일본으로 돌아가도 희도는 중국으로, 인도나 러시아로, 심지어 아프리카로 출장을 갈 것이다. 태양은 어디에나 내리쬐고, 에너지를 모을 장치는 어느 나라나 필요하고, 희도가 입은 보편타당의 갑옷은 누구에게나 통할 것이었다. 희도의 회사에서는 심지어 해류 발전까지 연구중이었다. 곧 바다에서도 전기를 뽑아낼 것이다. 너무 많은 가능성, 그로 인해 나는 희도가 떠도는 가능성의 바다 위에서 희도를 기다리며 의지를 놓치고 부유할 것이다. 그곳에서 나는 늘 희도가 내게로 돌아오기를 기다리고 다시는 떠나지 않기를 바라며 살 것이다. 나는 희도의 일을 좋아하지만, 당연하게도 나의 일만큼 좋아하지는 않았다. 희도를 좋아하지만 나의 인생만큼 좋아하지는 않듯이. 희도는 의식하지 못하는 모양이지만, 그는 이미 너무 많이 삶을 떠나 있었다. 그는 하늘 위에서, 공항과 공항 사이에서 살고 있었다.

"물론 내게 마음에 들지 않는 부분이 있겠지만, 내가 잘할게."

희도는 진심을 다해 말했다.

"언어는 금방 배우게 될 거야. 혹시 우리 가족 때문에 그러니?"

희도의 눈빛이 흔들렸다.

"하즈키가 가까이 있어서 그래?"

하즈키는 희도의 전처 이름이었다. 단정하고 조용하고 찹쌀로 빚은 듯 피부가 희고 고운 여자였다. 하즈키라는 이름을 듣자 강의 얼굴과 함께 허윤주가 떠올랐다. 미안하지만 내게 우선권이 있어요. 나애씨는 그다음이에요, 라고 허윤주는 커다란 눈을 똑바로 뜨고 당당하게 말했었다. 그림처럼 고요한 하즈키와 허윤주는 전혀 다른 타입이었다. 허윤주는 좀 덜렁거리고 헐렁한 옷을 즐겨 입고 짧은 머리카락을 양쪽 귀 뒤로 넘겨 가느다란 목과 쇄골을 드러내던 중성적인 스타일의 여자였다. 자기가 원하는 목표를 향해 곧바로 직진하는데도 진심을 다하는 그 방식이 너무 깨끗해 미워할 수 없었던 사람이었다. 그러고 보니 하즈키와 허윤주는 기이한 데칼코마니였다. 방향과 색깔과 성격이 다른데도 물감을 찍어 접었다가 편 듯 형태가 비슷해서 어리둥절할 지경이었다.

허윤주는 헤어진 지 십이 년이나 지난 뒤 돌연히 강의 집에 들어가 살기 시작했고, 하즈키는 십이 년 동안 산 뒤 이혼하고 희도의 집을 떠나 뒷집에 세 들어 살면서 남자친구와 동거하고, 직장에 다니고, 아이를 돌보았다. 그녀는 아이를 보기 위해 매일 앞뒷집을 오가며 예전의 가족과도 무람없이 어울리고 간간이 전남편의 얼굴을 보며 사는 것이다. 여자는 다른 여자의 눈빛이 말하는 것을 민감하게 알아챈다. 말이 통하지 않는 외국인이라 해도. 하즈키는 남자가 자기 몸에 착 달라붙어 있어주기를 바라는 여자였다. 창백하고 새침하지만 몹시도 감각적인 여자였다. 희도가 곁에 있었더라면 절대로 먼저 떠나지 않았을 여자였다. 희도와 나를 바라보는 하즈키의 눈빛이 그렇게 말하고 있었다. 하즈키는 마음을 숨기려고 하지도 않았다. 희도를 잃은 좌절감을 그대로 드러냈다. 희도는 한국에 온 지 일 년 이 개월 만에 아내에게 남자가 생겼고 이혼을 요구했다고 내게 설명했지만, 먼저 떠난 사람은 하즈키가 아니라 희도인 것이다. 하즈키의 젖은 눈빛과, 집, 가족 같은 것을 떠올리자 조용히 마음이 얼어붙었다.

"도쿄는 서울의 두 배나 되는 도시야. 다른 곳에 집을 얻을 수 있어."

나는 고개를 저었다. 피로를 느꼈다. 관계의 허상이 백일하에 드러난 기분이었다. 가능한 것이 단 한 가지도 없으면서, 삼 년을 함께 보낸 것이다.

"이미 충분히 이야기 나누었잖아. 우린 어떻게 해야 할지 알고 있어. 그러니 그만해."

나는 고통을 느꼈다. 더이상 질문받고 싶지 않았다.

"대체 우리가 뭘 알고 있다는 거야. 하나만 더 물을게. 괜찮아?"

나는 괴로움을 느끼며 허락했다.

"그래."

"나와 갈 수 없는 가장 큰 이유는 뭐니?"

"그만한 투지가 생기지 않아."

툭 튀어나온 말이었다. 투지라는 단어는 이런 순간에 어울리지는 않았다. 너무 난폭하다. 하지만 투지라는 단어야말로 전체적인 진실에 근접한 단어였다.

"투지라고?"

희도가 기다렸지만, 나는 뱉은 말을 주워 담지 않았다. 희도의 숨소리 사이의 틈으로 내가 빠져나가고 있었다. 포근하고 아둔하고 어딘가 골치 아픈 꿈을 허물처럼 벗고 나의 등불을 안고 떠나가 있었다.

"너는 불현듯 다른 여자가 되어버려. 아무리 붙잡아도 소용이 없이, 마치 연극이라도 한 것처럼 내가 알던 한없이 다정하고 관대한 너는 모래 위의 물처럼 사라져버려. 그리고 내가 전혀 모르는 잔인한 여자가 나타나. 그 여자는 아무 기억도 없고 마음도 없어. 난 그게 늘 두려웠어."

희도는 말을 마친 뒤 예의바르게 찻잔을 정리하고 조용히 자리에서 일어섰다. 이제 막 현실이 끊어지고 있었다. 나는 또다시 소중한 것을 잃는 중이었다. 내 속에서 돌아가던 초침이 멈춘 듯 적막했다. 희도는 욕실과 거실, 서재를 돌아다니며 자신의 물건을 챙겼다. 나는 희도가 먹다 남긴 토스트 조각에 눈길을 두고 있었다. 푸른 접시 위의 빵 조각이 마르고 있었다. 버터는 조금씩 녹고 있었다. 베란다의 낡은 수도꼭지에서 떨어지는 물방울 소리가 문득 들리기 시작했다. 똑똑똑…… 물방울은 고요히 물통의 수면을 두드리며 넘쳐 바닥을 적시고 있었다.

물의 지하 궁전 예레바탄 사라이의 깊고 무거운 그늘이 떠올랐다. 스물여덟 개씩 열두 줄, 총 삼백삼십육 개의 기둥을 따라 끝까지 들어가면 메두사의 머리가 달린 기둥 두 개가 있다. 하나는 옆얼굴 두상, 하나는 온 얼굴로 기둥을 받치고 있는 전면 두상이 물속에 처박혀 있다. 도시에서 십구 킬로미터 떨어진 숲에서 끌어온다는 지하 저장고의 물은 이제는 마실 수는 없는, 누군가의 얼굴을 적시고 흘러온 해묵은 눈물 같았다. 나는 예레바탄 사라이에 누구와 갔던가? 지금은 얼굴이 흐릿하고 이름조차 얼른 기억나지 않는 남자였다. 그 남자는 그

랜드 바자르에서 몰래 사둔 팔찌를 예레바탄 사라이에서 내 손목에 채워주었다. 사물의 존재감은 강하다고 생각했지만, 화려하게 빛나던 터키석 도금 팔찌도 그와 헤어지자 흐린 물속에 빠진 듯 빛을 잃었다. 그때 나는 그 남자와 나의 진심에 아무런 관심이 없었다. 핑계를 대자면, 나는 너무 불행했다. 누구나 알다시피 불행한 사람을 조심해야 한다. 그에겐 자신이 원하는 것이 중요하지 않다. 희도, 이 선명한 이름도 언젠가는 기억에서 흐려질 것이다. 그리고 우리 사이에서 광휘를 발하던 사물들도 스스로 어두워지며 하나둘 사라져갈 것이다.

상실은 두려우면서도 친숙했다. 언젠가 몇 번이고 겪었던 일이 또다시 일어나는 것이다. 그런데 나는 왜 잃어버릴 때 안심하는 것일까. 왜 잃어버린 것들이 오히려 더 안전하게 느껴질까. 오히려 더 확고하게 나의 것 같을까. 현실은 여기까지이다. 여기서 끝이 난다. 희도는 떠나지만, 이제 현실의 이름을 지우고 내 안의 세상을 살 차례였다. 나의 안에는 그런 장소가 있다. 한번 일어난 일은 영원히 복기되는 곳, 그곳에서는 아무것도 사라지지 않는다. 영원히 떠돌며 암흑의 틈새에서 꿈으로 삼투되거나 불현듯 날아오르는 그림자 새처럼 이따금 현실의 벽 위에 출몰한다. 그 위로 현실은 계속 흘러가고, 나는 등불을 안고 그 사잇길을 홀로 걸어간다.

희도가 트렁크를 현관 앞에 놓았다. 그러고는 소파에 앉아 있는 내게로 다가와 몸을 굽히고 내 얼굴을 들여다보았다. 나는 물방울 소리를 세고 있었다. 불안정한 심장이 내게만 들리는 물방울 소리에 의지해 뛰는 것 같았다.

"내게 약속한 거 기억하니?"

희도가 물었다. 나는 내가 했다는 약속이 무엇인지 알 수 없었다. 나는 눈빛으로 물었다.

"네가 생각해내."

수수께끼를 받은 기분이었다.

"전화할게."

반응이 없자 희도가 나무랐다.

"그러지 말고."

나는 희도를 마주보았다.

"전화해도 되지? 전화 받아야 한다."

희도가 뭐라고 말하든 떠나는 사람은 내가 아니라 희도였다. 나는 한사코 달라붙지만 유리창에 매달리지 못하고 흘러내리는 빗방울 같았다.

내가 일어서려 하자 희도가 말렸다.

"그대로 있어. 갈게."

희도는 출장 갈 때처럼 내 어깨에 손을 얹고 부드럽게 두드렸다. 잠시 후 희도가 가방을 들고 현관을 나갔고, 문이 닫혔다. 물방울 소리가 조금 더 크게 들렸다.

병원집

읍내의 중심 거리는 고속도로 주변으로 들어서는 아파트 인구를 흡수하며 나날이 규모가 커지고 있었다. 건물 사이의 빈틈을 메우며 엘리베이터가 든 상가가 들어서고, 재건축과 구조 변경이 이루어지고, 의류와 음식 브랜드 체인점이 오픈하고, 병원들이 개업을 했다. 노천 시장이 플라스틱 지붕을 쓰고 비에 젖지 않는 아케이드가 된 지도 오래였다. 그곳은 이제 어느 한 장소이면서 동시에 모든 장소 같았다. 그곳이 그곳이어야 할 어떤 작은 변별력조차 없어 보였다. 비슷한 역사가 퇴적된 비슷한 환경 속에서 비슷한 사람들이 비슷하게 살아가는 어디에나 있는 평범한 소읍, 그런 소읍은 우리나라 도처에 있다. 어느 곳이든 크기만 조금씩 다를 뿐 구조는 같은 삶의 테마파크였다.

안과 병원이 보이는 사거리에서 정지신호를 받고 브레이크를 밟았을 때 노인은 아웃도어 체인점이 있는 건물 모퉁이를 돌아서 나타났다. 나는 한눈에 그를 알아보았다. 종려할매의 아들이었다. 그는 눈부시게 흰 셔츠를 입고 있었다. 살이 다 말라 뼈에 걸쳐진 형국이었지만 결 고운 백발은 햇살에 빛나고, 피부는 여전히 희고 맑고, 걸음도 바르고, 정신도 온전해 보였다. 노인이 내 앞의 횡단보도를 느릿느릿 지나갔다. 머리를 조금씩 떨면서 무릎관절을 덜거덕거리며. 어림잡아봐도 백 살은 되었을 것 같았다. 예전에도 그랬지만, 백 살이 다 된 지금도 그 나이치고는 수려한 노인이었다.

안과 병원은 종묘상 이층에 있었다. 접수대를 지나자 로비에 벽을 따라 소파가 놓여 있고 그 맞은편이 수술실이었다. 수술실이 유리벽으로 되어 있어서 안이 훤히 보였다. 이젠 수술도 오픈 키친처럼 개방하는 모양이었다. 엄마는 이미 수술실에 들어가 있었다. 마취하기 전이라 보호자가 들어가볼 수 있다고 했다. 엄마는 체구가 갑자기 줄어든 듯 작아 보였지만 표정만은 평소와 다름없었다. 수술대에 누워 불안과 두려움을 억누르고 있는 경직된 그 표정이 바로 엄마의 평소 얼굴이었던 것이다. 엄마가 내게 손을 내밀었다. 손가락 마디마다 옹이가 박히고 비틀리고 핏기 없는 손에 단주短珠가 쥐어져 있었다. 수술하는 동안 맡아두라는 뜻 같았다. 나는 무덤덤하게 단주를 받았다. 의사가 엄마의 상태와 수술에 대해 설명했다. 수정체 혼탁, 인공수정체 삽입 같은 전문용어가 지나갔다. 의사는 아무 걱정 말고 한잠 자면 끝나 있을 거라고 엄마를 안심시켰다. 엄마의 표정엔 딱히 변화가 없었다. 간호사는 수술실 밖에 설치된 모니터를 통해 수술 장면을 볼 수 있다고 안내했다.

모니터에 크게 확대된 동공이 떠 있었다. 전체적으로 녹색 톤이었고 해파리를 연상시켰다. 화면은 고요했다. 약간 구부러진 가느다란 기기가 망막을 절개했지만 피는 보이지 않았다. 화면은 평화로운 녹색이었다. 망막 속으로 들어간 기기가 수정체를 휘저었다. 내가 늘 쇠붙이 같다고 느껴온 눈은 고체도 아니고 액체도 아닌 채 묽은 묵처럼 흐늘흐늘했다. 나는 박달나무로 만든 단주를 손에 쥐고 보호자의 의무인 양 엄마의 눈이 고문을 당하는 것을 지켜보았다. 그것은 내 전생의 몸이었다.

내가 그 속에서 수정되고, 착상되고, 생성되고, 분리되어 나왔는데도, 단 한 번도 동일성을 느껴본 적이 없는 이물스러운 본체였다. 엄마와 내가 마주볼 때면, 각각 다른 나라의 항구에서 실려온 두 개의 컨테이너 같기만 했다. 언제 봐도 낯설고 불편하고 신뢰할 수 없는 사람, 나는 엄마를 어떻게 대해야 할지 몰라 오래된 습관처럼 늘 안절부절못했다.

그런데도 나는 엄마에게 계속 불려다녔다. 자식들 중에서도 내가 가장 가깝다는 핑계였다. 하지만 엄마는 내가 가지 않으면 다른 형제를 부르지 않고 크고 작은 일을 혼자 해결했다. 왜 나만 부르냐고 물으면, 네가 눈에 밟혀서, 라고 했다. 눈에 밟힌다는 말뜻을 정확히 알 수는 없었지만 막연히 짐작할 수는 있었다. 나는 엄마가 부르면 묵묵히 찾아갔다. 부르는 것이 엄마의 일이라면, 찾아가는 것은 나의 일이었다. 그 길은 매번 현실의 벼랑 아래로 떨어지는 것처럼 낙차가 아득했다. 나를 부른 엄마는 차를 얻어 타고 읍으로 나가 일을 보고 시장에서 찬거리를 사와 음식을 만들고, 나와 겸상을 하고 먹었다.

밥을 먹는 동안 엄마는 말이 없었다. 원래 잡담이 없는 사람이었다. 형제자매들의 이야기조차 거의 하지 않았다. 간섭할 수도 없고 개입할 수도 없는 서로 다른 삶이었다. 도울 수도 없고 방해할 수도 없으니 알아도 몰라도 마찬가지였다. 오히려 자세히 아는 것이 무례한 짓 같았다. 엄마와 나 사이엔 다가갈 수 없고, 만질 수 없고, 사랑할 수도 없고, 미워할 수도 없는 서늘한 고독이 흘렀다. 고독 속으로 때론 미움이, 때론 사랑이, 때론 분노를 품은 원망과 금세 울음을 터뜨릴 것 같은 슬픔이 물고기처럼 비늘을 반짝이며 헤엄쳐갔지만 나는 모르는 척했다. 그러니 일정 시간 이상 한자리에 있는 것을 피하고, 하룻밤조차 한방에서 자지 않았다. 내 속에서 말이 새어나오는 것이 두려웠는지 모른다.

지난달엔 새 틀니를 맞추느라 치과에 다녔고 그전에는 침을 맞느라 한의원에 다녔고 사이사이 제사나 명절 장을 같이 보기도 했다. 중학교를 졸업하자마자 집을 떠나 도시에서 하숙 생활을 전전한 나로선 엄마와 단둘만 마주하는 겸상이 불편하기 짝이 없었지만, 견디는 사이에 둘의 접촉면은 조금씩 무심해지고 있었다. 근래 들어서는 그 쇠붙이 같은 눈으로 문득 화사하게 웃기도 해 나를 놀라게 했다. 사람의 눈이 꽃잎처럼 겹겹이 열리며 향기롭게 피는 것이었다. 나는 방심해 있다가 재빠르게 시선을 돌렸다. 엄마의 마음을 느끼는 일이 엄마의 치마 속이라도 본 것처럼 당혹스러웠다. 나는 그 웃음을 수용할 수 없었다. 아니 허용할 수 없었다. 내게 그러지 마세요, 하며 금지라도 시키고 싶었다. 헤어질 때 내가 자칫 방심하기라도 하면, 링 위의 권투 선수가 홀딩을 하듯 돌발적으로 끌어안곤 했다. 내 몸이 굳어버리는 것을 뻔히 알면서도 엄마는 뻔뻔하고 비겁하기로 작정한 것 같았다. 그 횟수는 점점 잦아지고 있었다.

"병원 앞에서 그 사람 봤어요. 종려할매 아들."

엄마는 안대를 대지 않은 눈으로 나를 못마땅하게 쳐다보더니 미역국을 한술 떠먹었다. 수술을 마치고 집에 돌아와 늦은 점심을 먹는 중이었다. 수술을 받으러 가기 전에 엄마는 나물과 국을 준비해두었다. 나는 생선만 구워 밑반찬과 함께 상을 차렸다.

"그 사람을 네가 알아?"

엄마는 세상에 존재하지 않는 사람에 관해 묻듯이 묘한 표정을 지었다. 원래 종려할매 이야기라면 질색을 했다.

"알아요."

"어떻게 알아?"

"병원집에 있을 때 종려할매를 따라 몇 번이나 산동네 집에 갔는걸요. 열 살 무렵에 겨우 몇 번 봤는데도, 순식간에 알아봤어요."

엄마는 딴생각이라도 하는 것 같았다.

"아직도 살아 있을 거라곤 상상도 못했는데, 정정하던걸요. 백 살쯤 되지 않았을까요?"

"아흔한 살이다. 네 아버지보다 다섯 살 많거든."

엄마는 불쑥 대답했다. 좁은 동네이긴 해도 왕래도 없이 살아온 노인의 나이를 아버지와 비교해 정확히 아는 것이 오히려 이상했다.

"그 나이에도 아주 말끔하던데요."

아흔한 살은 나에겐 백 살이나 마찬가지였다. 어차피 살아 있는 미라가 아닐까.

"그 양반만한 팔자가 없지. 평생을 한가하게 살아서 그런지 늙어도 곱더구나. 마누라 죽은 지 이십 년도 더 되었는데, 혼자 살아도 일류 신사더라."

엄마 역시 거리에서 보기도 하고 이런저런 소식도 전해 듣는 것 같았다.

"더구나 지금은 아들과 딸이 지척에 살면서 냉장고에 반찬 차곡차곡 넣어주고, 옷 챙기지, 추울까 더울까 염려하며 잠자리 돌보지, 갖은 외식에다 여행에다 바람을 쏘여준다니 말끔하지 않을 이유가 없지. 용돈도 넉넉해서 지금도 매일 아침마다 다방으로 출근해서 신문 보고 커피 마시고 아가씨들과 노닥거리다가 그 아래 추어탕집에서 점심 사먹고 집에 간다더라. 그 일과를 하루도 안 빠지고 매일 한다니 세상에 그런 한량이 어디 있겠냐."

"지금도 산동네에 살아요?"

"아파트에 혼자 산다."

"예전에, 나한테 잘해주었어요."

"뭘, 어떻게?"

"그냥, 갈 때마다 꼭 먹을 것을 내주고, 편히 놀라고 권하고, 가만히 눈을 들여다보기도 하고…… 아버지나 큰아버지와 달리 자상하던데요."

"가만히 눈을 들여다보는 게 자상한 거냐?"

안대에 덮이지 않은 쪽 눈이 어딘가 비웃는 듯했다.

"엄만 한 번도 내 눈을 가만히 들여다본 적이 없잖아요."

나는 그만 모진 소리를 하고 말았다. 엄마는 못 들은 척했다. 엄마는 한 번도 내 이야기를 가만히 들어준 적이 없었다. 나는 단 한 번도 엄마와 의논한 적이 없었다.

"그 양반은 옛날 사람 같지 않게 연하고 살갑지. 네가 알 줄 몰랐다. 네 오빠나 다른 아이들은 모를 텐데…… 모르는 척해라."

"뭐를요?"

"그 영감도 그렇고, 종려할매도 그렇고, 모르는 척하라고."

"왜 모르는 척해야 해요?"

"모르는 게 좋지. 알아봤자 지저분하고 복잡하기만 한 이야기 아니냐."

나는 지저분하다는 생각이 전혀 들지 않았다. 엄마가 그런 식으로 조금이라도 불리하다고 판단한 것들을 얼마나 많이 삼키고 함구했을지 가늠조차 할 수 없었다. 나는 조금 뒤로 물러나 앉았다.

"나도 병원집에서 지내지 않았으면 몰랐겠죠."

엄마는 갑자기 숟가락을 탁 내려놓았다. 그러고는 눈살을 찌푸리며 상을 내 앞으로 밀었다.

"어디 불편해요?"

내 말을 못마땅해한다는 것을 알면서도 물었다.

"수술한 눈이 시리고 따갑구나."

엄마는 눈 탓을 했다.

"눈 만지지 마세요."

나는 진통제와 소염제 같은 것이 들었을 약봉지를 찢어 물과 함께

건넸다. 엄마는 약을 꾸역꾸역 삼키고 나의 등뒤에 깔린 요 쪽으로 가서 드러누웠다. 몸속을 채우고 있었던 무언가가 다 빠져나간 듯 부쩍 몸피가 줄어 있었다. 엄마 속의 그 많은 엄마도 세월 속에서 껍질을 벗고 또 벗는 뱀처럼 이미 사라진 뒤였다. 희미한 연관성만 있는 최후의 외피만 공허하게 남은 셈이었다. 힘들었는지 눈을 감자마자 엄마의 입이 기운 없이 헤벌어졌다. 미역이나 콩이 상한 듯한 고약한 체취가 순식간에 목에서 올라와 공기 중에 번졌다. 철거, 공가라고 표시된 폐가를 보는 느낌이었다. 엄마를 조금이라도 자극하는 말을 한 뒤엔 언제나 후회가 뒤따랐다. 스트레스를 받으면 병원 갈 일만 늘어날 뿐이었다. 나는 엄마가 아프지 않기를, 미라같이 말라서도 오래 살아 있기를 바랐다. 사랑과 미움 너머에서 흘러나오는 비논리적이고 간절한 바람이었다.

"너는 내가 죽어도 울지 않겠지?"

질문이 아니라 고백 같았다. 나는 엄마가 죽은 날 눈물 한 방울 흘리지 않는 나를 상상했다. 울지도 않고 그날을 보낼, 세상에서 가장 외로운 나를.

"그런 생각을 해요?"

"밤마다 너를 생각한다."

"왜요?"

엄마는 대답하지 않았다. 자신에게 불리한 해명을 굳이 할 필요가 없는 것이다.

"울지 않는 자식이 어디 있어요."

나는 퉁명스럽게 말했다. 자식은 어떤 이유로든 결국은 울게 되는 것이다.

"사는 게 너무 지겨워서 밤마다 죽고 싶었다. 정말 내가 이렇게 오래 살 줄은 몰랐다. 참 이상한 물건이지, 무슨 물건이 이렇게 오래 산다니. 아침마다 눈을 뜨면 내가 놀란다. 살아 있는 게 실망스러워."

늘 하는 타령이었다. 평생의 우울증과 결벽증이 말년에는 삶에 대한 염증으로 변했다. 지겨워서 못 살겠다면서 정돈과 청결과 노동과 사람의 도리에 대한 결벽증은 전혀 누그러지지 않았다.

"그런데 왜 내가 마음을 바꾸어 눈 수술을 했는지 아니?"

"왜 했는데요?"

"내 장례식장에서 네가 슬피 울 때까지 살기로 했다. 그래서 눈 수술을 했어."

아슬아슬하게 쌓아온 블록 같은 감정의 탑이 위태롭게 흔들렸다. 나의 가장 취약한 지점을 정확히 파고든 것이었다. 속이 울렁거리는데도 나는 아무렇지 않은 척했다.

"오래 살기로 했다니 잘됐네요. 눈은 괜찮아요?"

나는 화제를 돌렸다.

"시리고 따갑다."

엄마는 반갑게 눈 탓을 했다. 사실인지 아닌지 알 수 없었다.

"마취 풀리면 원래 그렇대요. 불편해도 만지지 마세요."

나는 엄마의 손을 이불 속에 넣고 이마 위에 흐트러진 머리카락을 넘겨주었다.

"나쁜 생각 하면 수술 뒤가 안 좋아요. 혈액 속에 염증 수치가 올라

간다고요. 공연히 힘든 생각 말고 쉬세요."

"단주는 어쨌니?"

나는 가방을 끌어당겨 맡아두었던 단주를 꺼내려 했다.

"너 가지라고 준 거다."

"필요 없어요."

"그런 건 필요해서 갖는 게 아니다."

나는 공연한 일로 엄마와 설전을 하고 싶지 않았다. 엄마의 고집을 이길 사람은 아무도 없다. 나는 단주를 다시 가방 안에 넣었다.

쇳덩이 같은 고집으로 닫힌 사람, 지독하게 성실하고 꿋꿋하고 부지런한 사람이었다. 엄마는 관성적인 순종으로 아버지가 없는 집안에서 가부장의 귀신을 모시고 살았다. 엄마의 삶에는 놀라울 정도로 아무런 취미도, 기쁨도, 맛있는 것도, 좋은 사람도 없었다. 씻는 거며, 닦는 거며, 먹는 거며, 입고 벗는 거며, 밤이며 낮이며, 짐승이며 여자며 남자며 조상이며 다 지겹다고, 너무나 지겨워서 살 수가 없다고 염증을 내면서도, 눈과 코와 입을 봉해버린 순교와 같이 죽음 외엔 방법이 없는 막다른 길로 자신을 몰아갔다. 삶 전체가 불감의 노역일 뿐이었다.

엄마는 당연히 그렇게 살아야 한다는 듯, 불감의 삶을 나에게 물려주려 했다. 다른 삶에 대한 상상력이 없었고 가능성도 몰랐을 것이다. 어린 나로서는 엄마의 요구를 거절하고 엄마의 삶과 다른 방향으로 한 걸음씩 떼는 일이 목숨을 건 싸움과 같았다. 불감의 몸에서 태어난 나는 삶을 느끼고 싶어했다. 내가 불감의 노동에 분노했던 만큼 엄마

역시 뜻대로 되지 않는 딸에게 분노했을 것이다. 느껴지지 않는 것은 하지 않는다니, 나는 어쩌다가 그토록 사치스러운 꿈을 꾸었을까.

식사가 끝나면 질척거리는 늪에서 빠져나가듯 엄마의 집에서 허둥지둥 나왔다. 그러고서 나의 집에 오면 엄마가 싸준 음식을 냉장고에 넣어두고 파스타를 해먹었다. 다음날은 샐러드와 토스트를, 카레라이스를 해먹었다. 대부분의 음식은 냉장고 안에서 상한 뒤 버려지곤 했다. 그런데도 나는 허기에 시달리는 사람처럼 엄마가 싸주는 음식을 꼬박꼬박 받아와서 냉장고 안에 보관했다.

아버지가 발령을 받고 임지의 좁은 관사로 떠나게 되자 나는 오내과의 병원집에 맡겨졌다. 매사 그렇듯이 나의 의견을 묻는 절차는 없었고 설명조차도 없었다. 나는 하루아침에 가방 하나와 함께 병원집 마루에 뚝 떨어진 것이었다. 공무원이 어떤 일을 하는지 알 수 없었지만 아버지가 아침에 집을 나설 때와 밤중에 귀가할 때면 오빠와 나와 두 여동생은 순서대로 차렷 자세로 서서 입을 모아 구호를 외치며 인사해야 했다. 때론 한밤중에 자다가 깨어 비틀거리며 줄을 설 때도 있었다. 아버지는 항상 겁주는 눈으로 아이들을 제압했고 교감이나 공감, 의견 일치의 가능성은 전혀 없었다. 권위와 두려움, 명령과 복종, 지시와 순종이 있을 뿐이었다. 낮 동안에 엄마는 아버지의 권위를 유용하게 활용했다. 아이들이 저지른 잘못을 엄마가 보고하면 밤에 들어온 아버지는 반드시 그에 상응하는 벌을 주는 것으로 가정의 질서를 잡고 가장의 권위를 극대화했다. 권위와 폭력적인 체벌과 아이를 겁박하는 양육 방식은 당시 사회 전체의 분위기였다. 집이든 학교든

군대든 직장이든 온갖 조직과 모임에서 강자와 약자, 상사와 부하, 남자와 여자 사이의 일은 같은 방식으로 작동했다. 대화라는 단어조차 아직 도착하지 않은 시대였다. 어쩌다가 아이가 제 느낌과 생각을 이야기할라치면, 대답 대신 '쓸데없는 소리, 턱도 없는 소리, 하나만 알고 둘은 모르는 소리' 같은 관용구가 날아왔다. '입 닥쳐'와 다를 바 없었다.

아버지가 떠난 뒤 나는 신도 벗지 않고 마루 끝에 앉아 버텼다. 도로 집으로 가겠다고 고집을 부린 것은 아니었다. 그보다는 고독의 충격에 빠진 것이었다. 봉자와 오원 언니가 생선 비린내와 된장 냄새가 섞인 밥상을 차려놓고 나를 몇 번 부르다가 소용이 없자 자기네끼리 밥을 먹었다. 적막한 집이라 헐떡거리는 듯한 오원 언니의 숨소리, "짜다"와 같은 중얼거림과 수저 부딪치는 소리 같은 것이 너무 선명하게 들렸다. 오원 언니에 비해서 봉자의 수저질 소리는 부산스러웠고, 자주 밥상과 그릇에 부딪쳤다. 병원집은 낯선 장소는 아니었다. 아버지의 형님 댁이어서 제사나 명절이나 장례식 같은 대소사를 치를 때면 오가는 장소였다. 그런 때에 내가 오원 언니의 방이나 종려할매 방에서 자는 일은 드물지 않았다. 하지만 가족과 떨어져 혼자가 되니 한 번도 와본 적 없는 낯선 집 같았다.

나는 봄꽃들이 다 진 정원을 향해 꼼짝도 않고 앉아 있었다. 몸안에 얼음덩이가 박혀 천천히 녹는 것만 같았다. 눈물이 겉으로 흐르지는 않고, 몸 깊은 곳에서 흐르는 소리가 들렸다. 밤과 낮, 여름과 겨울, 먼 곳과 가까운 곳, 나와 나 아닌 것의 경계들이 모두 붕괴되고, 우주의 막막함이 몸안에 밀려드는 것만 같았다. 우주의 고독이 밀려들기에는 턱없이 작은 몸이었다. 어둠이 내리자 처마에 집을 지은 제비가 날아들며 나의 새 운동화에다 묽은 똥을 떨어뜨렸다. 백열전구가 달린 처마 위를 올려다보니 서까래에 기대어 지은 제비집은 흙으로 빚은 구슬을 정교하게 쌓은 모양이었다. 숨어 있던 새끼들이 노란 입을 벌렸다. 어미 제비가 커다란 구멍 같은 새끼들 입에 물고 온 벌레를 넣어주었다. 어둠이 마당의 정원을 장막처럼 뒤덮자 암흑 속에서 검은 연탄이 퍽퍽 소리를 내며 떨어지는 것 같았다. 눈에 보이지 않는 허공의 벽이 무너져내리는 것 같았다. 문득 혀에 밀린 앞니가 흔들렸다. 나는 두 손으로 뺨을 감싸안았다.

"라애 왔나."

눈물이 굴러떨어지는 참인데 별채 통로 쪽 사철나무가 흔들리며 장승처럼 키가 큰 종려할매가 나타났다. 종려할매는 나를 나애가 아니라 학교에 들어가기 전처럼 라애라고 불렀다. 종려할매는 나의 팔을 덥석 쥐고 다짜고짜 마루 위로 끌어올렸다. 그러고는 마루 위에 두 발을 세운 채 제비 똥이 묻은 운동화를 벗겼다. 나는 얼굴에 눈물이 번진 채 가운뎃방으로 들어가 밥상 앞에 앉았고 종려할매가 숟가락에 올려주는 생선살에 떠밀려 밥을 먹었다. 아무 맛도 느낄 수 없었다. 어쩐지 찬물에 만 맨밥을 먹는 느낌이었다. 식객이 된 첫날이었다.

잠이 깼을 때 뜰 쪽으로 난 장지문들이 바람에 밀려 덜컹덜컹 소리를 냈다. 창호지 위로 드리운 정원의 나뭇가지 그림자가 어지럽게 흔들렸고 곁에서는 푸, 푸, 하며 숨을 내뿜는 소리가 들렸다. 마음이 파랗게 시렸다. 방안에 쑥 향이 가득했고 어디선가 사과 냄새도 났다. 봉창 아래 작은 상 위에 놓인 금빛 불상 주변으로 달빛이 동그랗게 모여 있었다. 나는 일어나 앉아 달빛과 그림자의 명암이 교차하는 방안을 둘러보았다. 머리맡엔 사과 조각과 찐감자와 물컵이 담긴 양은 쟁반이 놓여 있었다. 종려할매가 사는 별채 방이었다. 새로 지은 병원과 달리 안채와 별채는 낡은 한옥 그대로였다. 반듯하게 누운 종려할매가 깊은 숨을 내쉴 때마다 푹 곤 봉초 담배 냄새가 풍겨나왔다. 종려할매의 가슴 위엔 뱀처럼 똬리를 튼 염주가 호흡을 따라 오르락내리락했다. 방 뒤쪽에 닭장이 있는지 묵직한 닭들이 푸드덕거리며 날갯짓할 때마다 닭똥 냄새가 벽을 넘어 들어왔다. 온갖 냄새로 가득찬 방이었다. 나는 사과 조각을 베어물고 종려할매의 옆구리에 바싹 달라붙었다. 사과를 씹자 종려할매의 가슴 위에 있던 염주가 나의 한쪽 귀를 타고 주르륵 흘러내렸다. 염주에서 오래 묵은 나무 냄새가 났다.

아침 일찍 누가 별채 뒷문을 두드렸다. 봉창을 열고 내다본 종려할매는 뭐라고 중얼거리며 변색한 사과 조각과 찐감자 몇 알을 손에 쥐고 나갔다. 닭장 옆의 작은 쇠문을 열자 휘황찬란한 이불을 몸에 두른 남자가 서 있었다. 얼굴이 밀가루를 바른 듯 희고 코밑과 입술 가에 숯처럼 검은 수염이 난 남자였다. 공작을 떠올리게 하는 기이한 모습이었다. 나는 그가 덮어쓴 온갖 무늬와 색깔의 천조각들이 잇대어진 조각 이불에 넋을 빼앗겼다. 다채로운 색깔과 무늬에 압도되어 어린 눈에 흙먼지에 찌든 얼룩들은 보이지도 않았다. 종려할매는 나무아미타불 관세음보살 하는 주문을 읊으며 감자와 사과 조각을 남자의 손바닥에 올려주고 문을 닫았다.

"누구야?"

내가 목소리를 잔뜩 낮추어 묻자 종려할매는 담 너머로 들릴 정도로 큰 소리로 대답했다.

"우똥상이다. 첫새벽부터 문을 두드리고 동냥질하는 거 보니, 저 화상이 죽을 때가 되었나보다. 에구, 사람이 되어보지도 못하고…… 나무아미타불……"

종려할매는 부처상 앞에 앉아 염주를 굴리며 잠시 관세음보살, 관세음보살을 웅얼거린 뒤 세수를 했다. 세수를 한 뒤엔 문갑 위의 경대를 내리고 참빗으로 머리카락을 빗어 단단하게 땋아 붉은 댕기로 묶은 뒤 돌돌 감아올려 은비녀로 쪽을 졌다. 그러곤 방바닥을 손으로 쓸어 머리카락을 모아 비단 주머니에 넣어두고 방바닥을 닦은 뒤 하루를 시작했다. 종려할매의 첫 일은 별채와 안채 아궁이에서 재를 긁어내 채마밭 구석에 묻는 일이었다.

양치질과 세수를 끝낸 내과 의사는 안채와 별채 사이의 정원을 구석구석 살피며 마른잎을 떼어내거나 풀을 뽑거나 긴 빗자루를 들고 나뭇가지 사이에 걸린 거미줄을 걷었다. 밤새 거미가 지은 나선형 거미줄에는 수정 같은 이슬이 맺혀 아침 빛에 보석처럼 반짝거렸다. 그는 이슬 걷기를 즐기는 것 같았다. 내과 의사는 가깝지도 멀지도 않은 간격을 두고 웃지도 화나지도 않은 얼굴로 나를 바라보았다. 다정하지 않았지만 위압적이지도 않았다. 사뭇 부드러웠지만 한편 돌처럼 차갑기도 했다. 무심하게 보이는 내과 의사도 정원을 야금야금 파먹으며 여기저기 모종을 옮겨 심는 종려할매에게는 못마땅한 표정을 지었다. 그런데도 종려할매는 담 밑 채마밭이 좁다며 정원에다 고추 모종과 가지 모종을 심고 진료실 창 밑에 구덩이를 파 호박씨를 심고 냄새나는 인분 거름을 잔뜩 부었다.

내과 의사는 정원을 돌볼 때 외에는 온종일 오내과 진료실과 바로 옆 서재에 틀어박혀 지냈다. 손님들은 대개 감기몸살이나 배탈, 설사 환자였다. 한밤중에 남자들이 경기하는 아이를 업고 달려와 병원집 대문을 쾅쾅 두드리는 일도 드물지 않았다. 엉뚱하게 외상 환자가 들이닥치면 응급처치를 해서 도시의 병원으로 보냈다. 사고가 발생할 때면 경찰서에서 지원한 차를 타고 현장에 출동해 지혈을 하는 등 구급 활동도 했다. 그는 식사도 독상으로 했다. 저녁을 먹은 뒤엔 진찰실 옆 서재에서 혼자 바둑을 두거나 독서를 하며 머물다가 서재 안쪽 침실에서 잠을 잤다. 그가 오랜 세월 동안 폐쇄적인 모임을 가져온 미륵교도라는 것이 나중에 알려졌다. 척추 기형을 타고나 여러 차례 수술을 받아온 오원 언니는 안채에서 봉자를 부리며 살림을 했다. 그리고 닭장과 채소밭을 포함한 별채 쪽은 종려할매의 영역이었다. 종려할매는 바깥 왕래도 거리로 난 안채 대문이 아니라 시장 쪽으로 난 별채 뒷문을 사용했다. 종려할매는 집 안팎을 드나들며 하루종일 노동을 했다. 며칠 지나지 않아도 병원집의 서열을 알아챌 수 있었다. 내과 의사, 오원 언니, 봉자, 종려할매 순이었다.

"아가, 울지 마라."

밤에 자려고 눈을 감으면 몸안에서 시린 눈물이 흐르는 소리가 들렸다. 내가 흐느끼면 종려할매는 내 입에 박하사탕을 넣어주고 끌어안아

재웠다. 종려할매 품은 마른풀을 펴놓은 텅 빈 헛간같이 아늑했다.

"울지 마라. 비좁고 야박한 객지 생활에 시달릴 게 뻔한데, 니 말고 누굴 두고 가겠노…… "

종려할매는 한 손으로는 염주를 느릿느릿 돌렸다.

"오라비는 공부시켜야 하지, 동생들은 너무 어리지, 에미는 애를 가져 이내 몸이 무거워질 텐데, 객지 생활에 하나라도 덜어야지."

나는 박하사탕이 차가운지 뜨거운지 알 수 없었다. 차갑고도 뜨거운 박하사탕은 찌르듯 입안에 퍼지며 그 순간이 영원히 계속되어온 것만 같고, 앞으로도 계속될 것만 같은 슬픔을 불러일으켰다.

"라애는 애태우지 말고 설렁설렁 지내야 한다. 그래야 시간이 잘 가는 게야. 밥 많이 먹고, 좋아하는 고기 많이 먹고, 곶감도 먹고, 사탕도 먹고…… 슬퍼하면 기운 상한다. 어진 강아지같이 말 잘 듣고, 잘 놀고, 잘 자고, 공부 잘하고, 노래 잘하고, 춤 잘 추고…… 그러다 보면 이만큼 더 자랄 게다. 이만큼만 더 자라면 식구들이 돌아온다."

종려할매는 손을 한 뼘 벌려 훌쩍이는 내 머리 위에 올렸다. 내가 잠의 저편으로 실려갈 때면 종려할매는 내 이름을 몇 번 불렀다. 나는 혼이 흩어지는 듯한 노곤함 속에서 그 음성을 듣곤 했다. 라애야, 라애야…… 종려할매는 잠든 내 입에 검지손가락을 고리처럼 넣어 남은 박하사탕을 빼내고 꼬질꼬질하게 접힌 가제손수건으로 진득한 입속을 훑듯이 닦아냈다. 그러고 나서 자리에 앉은 채로 불경을 중얼중얼 외며 내 머리를 쓰다듬었다. 나무아미타불 관세음보살……

나는 곧 병원집에 스며들었다. 언제나 가슴 한곳이 시리고, 자다가 흐느끼기도 하고, 아침에 깨서 그곳이 어딘지 잊은 채 두리번거리기도 했지만, 아버지의 고압적인 눈빛과 아이들 우는 소리, 엄마의 악다구니와 큰아이로서의 압박감에서 놓여났고, 아침저녁 형제들이 순서대로 서서 출근 인사와 퇴근 인사를 하던 기억도 조금씩 멀어졌다. 검은 모자를 눌러쓴 마녀가 나를 쫓는 악몽도 꾸지 않았다. 대개 나는 마녀에게 쫓겨 좁은 벼랑길을 달리다가 발을 헛디뎌 떨어지곤 했다. 마녀는 검은 망토로 몸을 가리고 모자를 깊이 눌러썼지만 나는 마녀의 정체를 알고 있었다. 매일 밤 나를 뒤쫓는 마녀는 놀랍게도 엄마였다. 가족과 떨어진 결핍에 시달리면서도 한편으로는 처음으로 고요한 평화와 안도감을 느꼈다. 그것은 맞바꿀 만한 것이었다. 가끔 친척 아주머니나 이웃집 사람들이 와서, 이애는 왜 이 집에 얹혀 있느냐고 물을 때만 빼면 낯 붉힐 일도 없었다. 비밀을 간직한 고독한 내과 의사는 늘 몇 발짝 거리를 두고 나를 가만히 보기만 했고, 오원 언니는 내 준비물과 숙제를 챙기고 방위성금을 내라고 수시로 주머니에 동전을 넣어주고 아침마다 머리를 양 갈래로 땋아 예쁜 장식이 달린 고무줄로 묶어주었다. 봉자는 부엌에서 일하다가도 내가 무료해하면 공기놀이나 고무줄놀이를 해주고 아무도 몰래 군것질거리를 챙겨주었다. 병원집에서 나는 유일한 아이였고 손님이었다. 무엇보다 나는 더이상 혼자가 아니었다. 오내과에서 도이와 재회한 것이다.

도이는 예전처럼 약간 납작한 머리통에 까까머리였다. 뿔처럼 솟은 당나귀 귀도 여전했다. 얼굴을 감싸고 있던 빛의 덩어리가 걷히자 눈처럼 흰 피부에 연필로 그린 듯 고운 눈썹과, 좁고 반듯한 코와, 피가 엉긴 것처럼 붉은 입술이 선명하게 보였다. 도이는 할머니와 함께 병원 접수실 앞 긴 나무의자에 앉아 있었다. 내가 앞으로 다가가 서자 도이가 이름을 불렀다. 라애…… 나는 그 이름을 통해서 도이를 확인했다.

김간호사가 손도이, 하고 호명하자 도이 할머니가 벌떡 일어섰다. 나도 환자와 보호자를 따라 소독약 냄새와 먹냄새가 고인 복도 입구에 있는 진료실 안으로 들어갔다. 흰 가운을 입고 청진기를 목에 건 내과 의사는 검은색 회전의자에 앉아 있었다. 그의 옆으로는 정원으로 난 격자 창문이 있고 뒤로는 손잡이가 육중한 철제 캐비닛 세 개가 늘어서 있었다. 벽에는 서예 작품과 백두산 천지의 사진이 든 액자들이 걸려 있었다. 도이 할머니는 꾸벅꾸벅 연신 절을 했다.

"간밤에 기침을 하는데 목이 찢어지는 것 같았어요. 몸은 불덩이였고요. 아이가 말을 안 하니 목이 이렇게 부은 줄도 몰랐네요. 의사 선생님, 빨리 좀 낫게 해주세요."

도이 할머니는 두 손을 모아 잡고 사정했다.

"밤에 기침한 지 며칠이나 되었어요?"

"한 나흘쯤 되었어요. 평소에는 그러다 낫기도 해서, 파뿌리와 도라지 달인 물과 꿀을 먹이며 시간만 보냈네요. 이 늙은것이 병원을 코앞에 두고 아이 병을 키웠으니, 하나를 보면 열을 안다는데, 또 무슨 미련한 죄를 아이에게 저지르고 사는지……"

할머니의 넋두리가 끝나기를 기다려 내과 의사는 납작한 쇠숟가락 같은 것을 들었다.

"아, 해보세요."

도이가 입을 벌렸다.

"혀를 내밀어봐요."

도이가 혀를 내밀었다.

의사가 끝이 동그랗고 납작한 스테인리스 숟가락 같은 것을 입안에 넣어 혀를 눌렀다. 의사가 진료하는 것을 직접 본 것은 처음이었다. 대문과 안채를 오갈 때 창문 앞을 지나가지만, 유리창 아래쪽에 오원 언니가 종이를 오려 붙여서 안이 보이지 않았다. 어쩌다 발돋움을 하고 창문에 눈을 붙이고 볼 때면 진료실은 고요하게 비어 있었다. 한번은 진료실을 엿보는 나를 내과 의사가 옆방의 창가에서 보고 있기도 했다. 옆방은 내과 의사가 서예를 하는 서재였고, 그 옆방은 내과 의사의 침실이었다. 맞은편엔 주사실, 처치실 같은 무서운 방이었다. 그 방들이 늘어선 복도 끝은 미로처럼 안채의 마루와 연결되었다.

"윗옷을 올려요."

의사는 도이에게 존대어를 썼다. 도이는 옷을 목까지 말아올렸다. 의사가 도이의 가슴에 청진기를 댔다. 도이가 눈을 찡그렸다.

나비야, 나비야, 이리 날아오너라. 어릴 때 나는 심한 안짱다리였다. 유치원 교사는 휜 다리로 뒤뚱거리는 어린 몸에 두 개의 날갯짓이 버거워 보였는지, 나와 도이를 짝지어 서로의 몸통을 안고 바닥에 그려진 원을 따라 돌도록 했다. 호랑나비 흰나비 춤을 추며 오너라. 도이는 나의 몸통을 안고 천천히 날갯짓했다. 누군가가 입김을 불어넣는 풍선처럼 공중에 떠오르는 것 같았다. 구름이 지나가고 해가 비치자 유치원 교실의 남향 유리 벽면이 물처럼 일렁거렸다. 창 안으로 햇살이 쏟아지고 그 아래 철길로 기차가 우렁우렁 지나갔다. 철로변의 키 큰 아카시아나무가 비눗방울 같은 잎사귀를 흔들었다. 호랑나비 흰나비 춤을 추며 오너라. 세상에 그렇게 가벼운 것들이 있었다. 그즈음 나는 단어를 배우고 있었다. 나비가 있고 유리창이 있고 깃털이 있고 비눗방울과 거품이 있다. 그리고 세상에 도이가 있었다.

어린아이들은, 다들 달걀귀신처럼 얼굴이 흐릿했다. 신이 아직 포장지를 다 벗겨내지 않은 것처럼. 얼굴은 투명하고, 표정과 동작은 잠잘 때 외엔 멈추는 법이 없었다. 잡을 수 있는 윤곽이나 형체도 없이 자신의 커튼 뒤에서 울고 웃고 떠들어대며 물처럼 흘러가버린 아이들…… 그런데 왜 유독 도이는 다른 모든 아이와 구별되어 나의 마음안에 머물고 있을까. 눈송이처럼 연약하게, 비눗방울처럼 명랑하게, 깃털처럼 부드럽게, 거품처럼 가볍게 세상에서 배운 첫 노래와 함께 내 몸안에서 살아갈까. 호랑나비 흰나비 춤을 추며 오너라. 나비야, 나비야, 이리 날아오너라……

도이 할머니는 도이를 이불로 꼭꼭 덮어 가두고 급히 나갔다. 손님을 맞고 채소들을 팔기 좋게 나누어 작은 단으로 묶고 콩나물 머리를 떼내야 했다. 도이는 주사를 맞고 약도 먹어선지 가물가물 잠이 드는 것 같았다. 종이 상자같이 작은 방이었다. 농짝 하나, 벽에 걸린 달력하나, '오늘도 무사히'라는 글자가 적힌 기도하는 서양 소녀상이 든 작은 액자와 파리채 하나, 부채 하나가 전부였다. 나는 벽을 도배한 신문지와 잡지의 큰 한글 글자들을 다 읽고 심심해져서 소녀를 따라 무릎을 꿇고 손을 모았다. 그러곤 의사가 한 말을 흉내냈다. 아, 해보세요.

혀를 내밀어봐요…… 누구도 거절하기 어려운 부드러운 명령어였다. 잠든 줄 알았던 도이가 킥 하고 웃었다. 그러더니 혀를 내밀었다.

윗옷을 올려요. 내가 명령하자 도이는 이불을 젖히고 윗옷을 목까지 말아올렸다. 막상 가늘고 새하얀 몸이 눈앞에 드러나자 당혹스러웠다. 그토록 순수하게 자신의 몸을 나에게 허용한 존재는 처음이었다. 나는 기도 자세를 풀고 다가가 도이의 배꼽을 살폈다. 도이의 배꼽은 작은 단추를 깊숙이 박아둔 것 같았다. 나는 배꼽을 누르며 물었다. 아파? 도이는 누운 채 고개를 저었다. 나는 도이의 혀를 자세히 보려 했다. 어둑한 방이었다. 혀를 더 내밀어보세요. 내가 부드럽게 명령했다. 스테인리스 숟가락이 없으니 손가락으로 혀를 잡으려 했다. 혀는 물고기처럼 미끄럽게 빠져나갔다. 다시 혀를 잡으려고 하자 혀를 힘껏 내밀고 있던 도이는 참았던 숨을 몰아쉬며 데굴데굴 뒹굴었다. 나도 그 곁에서 뒹굴었다. 방의 벽은 단단하지 않고 종이 상자처럼 울렁거렸다. 그때 문이 벌컥 열리더니 상이 들어왔다. 상은 도이와 나를 번갈아 보았다.

"뭐해?"

도이는 끅끅 웃기만 했다. 원래 말이 없는 아이지만, 편도가 부어 그야말로 말할 수 없었다.

"병원놀이."

내가 대답했다.

"누구야?"

"라애."

도이는 바람이 새는 듯한 소리를 냈다.

"라애?"

상은 그 이름을 기억하고 있었다.

어떤 과학자는, 우리의 세계가 자신의 뇌가 아니라 서로의 뇌 인식에 기대어 구성된다고 한다. 그러니까, 상대의 인식적 반향이 없으면 주체의 세계 인식이 구성되지 않는 것이다. 구성되지 않는다면 모든 것은 아무것도 아닌 것이다. 이를테면 도이와 상이라는 축이 없었다면, 나의 유년 세계는 기억으로 구성되지 못했을 것이다. 다른 수많은 나날이 유실되었듯이, 어딘가로 빠져나가 사라지는 것이다. 아무 일도 없었던 것처럼, 아니 아무 일도 없이.

그날 도이네 방에서 상의 왼쪽 어금니가 빠졌다. 그로 인해 채소 가게 방에서 보낸 오후가 기억 속에 더 생생하게 각인되었을 것이다. 나는 무척 놀랐는데, 상은 이를 손에 쥔 채 핏물을 삼킨 뒤 맛있다는 듯이 씩 웃었다. 침을 몇 번 더 삼키자 출혈은 멈추었다. 우리는 누구의 이가 가장 많은지 숫자를 셌다. 혀를 내밀어 길이도 쟀고 색도 확인했다. 이는 도이가 많았고 혀는 상이 가장 길었다. 상의 입술은 짙은 분홍색이니, 혀의 색도 그랬을 것이다.

저녁이 되었을 때 상은 앞니를 채소 가게 양철지붕 위로 던졌는데 창고에서 검은 보자기에 덮인 콩나물 동이에 물을 주던 도이 할머니가 야단을 쳤다. 자기집 지붕에 던져야 새 이가 난다는 것이었다. 상은 상관없다고 대답했다.

기억이 현재를 뚫고 지나가버리는지, 현재가 기억을 뚫고 지나가는

지 알 수 없다. 의식은 너무 거대하고 실체는 너무 작아서 기억과 현재는 공존하지 못하고 서로를 통과하며 엇갈린다. 현재를 잡아둘 수 있다면 기억은 더 길고 느리게 연장될 것이고, 기억을 잡아둘 수 있다면 현재는 더 오래 지속될 것이다. 나는 숨을 멈추고, 기억 속의 집들을 천천히 들여다보고 사람들의 얼굴을 살핀다. 내가 들어간 모든 집 중에서 신문지로 도배된 도이네 방이 가장 좁고 어둡다. 그런데도 상의 혀는 짙은 분홍색이고 도이의 혀는 선홍색이고 나의 혀는 옅은 분홍색이었다는 것을 나는 기억한다.

기억한다. 나의 진실은 이것뿐이다. 기억이란 이야기가 아니다. 이야기라고 하기엔 너무 짧은 영상들, 끊어지는 장면들, 흩어지는 표정들. 그러나 순간이라고 하기엔 너무 깊다. 나는 기억한다는 것의 의미를 모른다. 다만 줄곧 도이를 생각해온 것만 같다. 생각이란 느끼는 것이다. 느낌이 없으면 생각도 없다. 말하자면, 내 속에 근원적인 존재가 있어서, 내가 모르는 사이에도 줄곧 도이를 느끼는 것이다. 그것은 또 줄곧 나를 바라보는 존재이기도 하다.

아버지는 매일 아침 머리를 양 갈래로 땋은 나를 오토바이 앞에 끌어안다시피 태우고 가 철길 옆 높은 계단 아래에 내려주었다. 녹색 페인트를 칠한 쇠난간을 잡고 가파르고 긴 시멘트 계단을 올라가 파란 쇠문을 지나 측백나무가 심어진 통로를 지나면 먼저 모래를 두툼하게 깐 놀이터가 나왔다. 그곳을 지나 몇 계단을 더 올라가면 운동장이었다. 운동장 건너편 끝에는 검은 목조건물인 고아원이 있었고, 연단이 있는 정면에서 왼쪽의 계단을 오르면 백설탕처럼 새하얀 목조건물이 나왔다. 유치원이었다. 연단 오른편에는 커다란 가마솥들이 걸린 야외 부엌과 텐트를 친 급식소가 있었다. 텐트 급식소에서 유치원생과 고아원생들이 섞여 이제 막 쑨 고소하고 뜨거운 옥수수죽이나 갓 구운 빵과 고체 우유 조각 같은 점심 급식을 받았다. 교사들의 눈길이 잘 닿지 않는 사각지대는 측백나무로 둘러싸인 놀이터였다. 그곳에서는 놀이기구를 두고 팽팽한 긴장감이 맴돌고 실랑이가 벌어졌는데, 고아들과 유치원 아이들 사이에서 다툼이 일어나면, 때로는 옷이 찢어지고 얼굴이 긁히고 코피가 터지는 사고가 나기도 했다. 싸움의 중심에는 항상 상이 있었다. 상은 유치원 아이들의 대장이었고, 고아원의 초등학생들도 어떻게 하지 못했다. 겨우 일곱 살에 상은 그 구역을 평정했고 대장을 놓친 적이 없었다.

상은 도이와 나를 우주선처럼 생긴 놀이기구에 태우고 돌리기를 좋아했다. 상이 우주선의 살을 잡고 모래를 파헤치며 있는 힘을 다해 달리면서 돌리고 또 돌리는 동안 다른 아이들은 긴 줄을 서서 기다렸다. 별까지 간다, 달까지 간다, 해까지 간다…… 상은 소리를 꽥꽥 질렀다. 놀이터의 우주선이 나와 도이를 태우고 하늘로 날아가는 것만 같았다. 나는 눈을 꼭 감고 새어나오려는 비명을 참았다. 가속도가 더해져 회전하는 속도가 너무 빨라 더이상 달릴 수 없을 때면 상은 우주선에서 손을 놓고 튀어나가며 고래고래 소리를 질렀다. 달까지 간다, 도이와 라애, 해까지 간다, 별까지 간다……

우주선이 멈추면 나와 도이는 비틀거리며 내려 두 손으로 모랫바닥을 짚고 눈물과 콧물을 흘렸다. 심지어 토하거나 오줌을 쌀 때도 있었는데, 그럴 때면 상은 완전히 만족했다.

봄장미가 밍크고래에게 한 말

어둠 속에서 액정 화면이 환하게 밝아지며 신호음이 울렸다. 국제 전화였다. 신호는 길게 계속되었다. 나는 전화기를 베개 밑으로 숨겼다. 희도는 지난주처럼 물을 것이다. 저녁은 먹었니? 낮에는 뭐했니? 나는 대답할 말이 없었다. 아무렇지 않은 척하기도, 잘 지낸다고 우기기도 싫었다. 나는 아무 말도 못하고 전화기가 뜨거워질 때까지 귀에 대고만 있을 것이다. 희도 역시 딱히 할말이 있거나 꼭 들을 말이 있는 것 같지는 않았다. 그저 그럴 수밖에 없어서 전화를 하는 것이다. 그러곤 예의 그 수수께끼를 묻는 것이다.

생각이 났니?

내가 했다는 약속을 떠올리려 하면, 오히려 희도가 한 말들이 들렸다. 나 자신과 밀착해 있는 것이 힘들어 텔레비전을 켜면, 화면에 비치는 음식들, 장소들, 계절들, 어떤 말들과 눈빛들이 기억에 점화를 일으켰다. 이를테면 화면에 유등 축제와 관련된 장면이 한순간 지나가면, 전광석화처럼 희도를 의식하게 되고, 그 위로 검은 밤 비릿한 강물 위에 초현실적인 색채로 빛나던 온갖 형상의 유등 영상이 겹치는 식이었다. 기억을 피할 수는 없다. 존재는 광활하고 깊은 기억의 심연에 갇혀 점과 같은 현재를 사는 것이다.

유등 축제에 가는 차 안에서 희도에게 일본어를 몇 마디 배웠다. 나는 일본어에 완전히 문외한이었다. 하지메마시테, 고멘나사이, 오야스미나사이, 아토데, 오이시이, 이쿠라데스카…… 한가하고 심심한 시간에 우스꽝스러운 발음인 일본말 배우기는 즐거운 놀이였다.

유등 축제는 인파가 몰려들어 북새통이었고 가을 오후의 햇살은 따가웠다. 진주성에 들어간 뒤엔 외출한 것을 후회하며 사람들의 발만 내려다보며 인파에 떠밀려 다녔다. 간신히 뒷문으로 빠져 강으로 나갔지만 붐비기는 마찬가지였다. 희도와 나는 소란에서 도망치듯 강물 위에 스티로폼 부표를 엮어 만든 흔들다리로 옮겨갔다. 폭은 좁고 고무 튜브를 깐 바닥은 미끄러운데다 다른 사람들이 밟을 때마다 출렁거려서 우리는 한 손은 양쪽 난간의 밧줄을 잡고 한 손은 서로의 허리를 안은 채 비틀거리며 걸었다. 발을 디딜 때마다 몸이 중심을 놓치고 휘청거렸다. 잘 웃지 않는 희도가 모처럼 활짝 웃었다. 자신을 제어할 수 없는 상황이 견딜 수 없이 희극적인 것 같았다. 희도로선 있을 수 없는 일이었다. 강변을 따라 난 잡목림 숲속에 배롱나무 꽃과 원추리 꽃이 피어 있고, 희고 노란 나비가 날아다녔다. 내가 균형을 잃고 비틀거리면 희도는 나의 허리를 힘주어 붙들었다. 그 힘이 너무 깨끗하고 순진해 나는 웃음을 참을 수 없었다. 물위의 길이 끝난 곳에는 축제의 노점들이 형성되어 있었고 그곳에서 간식을 먹은 뒤 희도와 나는 도로로 나가 진주성을 빙 둘러 주차장까지 걸어갔다. 뒷문으로 나가 앞문으로 왔으니 성을 한 바퀴 완전히 돈 셈이었다. 희도는 걸음마저 순진하고 바르고 깨끗했다. 그것은 그날 알게 된 아름다운 사실이었다. 내 손을 꼭 잡은 희도는 어떤 허세도 없고 나쁜 습관도 없이 일정하고 힘차게 걸었다.

밤은 더디게 왔다. 잿빛 저녁이 온 뒤에도 어둠은 내리지 않고 망설이더니 유등에 조명이 켜지자 오히려 밤이 선명해졌다. 그리고 검은 모자 속에서 꽃과 흰 비둘기가 나오는 마술처럼 빛의 공연이 시작되었다. 유등들은 현실의 시간을 지나 오랜 뒤, 회상 속에서 다시 떠오르기 위해 불을 켠 것만 같았다. 우리가 육안으로 볼 수 없었던, 이름도 없는 빛, 상상 속에 존재하는 빛, 기억 속에서 살아나는 허구의 빛이었다. 나는 마치 희도의 기억 속에서, 이미 지나간 과거 속에서 유등 놀이를 보는 것 같았다. 현실은 마음보다 항상 희박하다. 희도의 손을 잡고 있는데도, 더 확연한 실감이 그리웠다. 나는 내 손을 잡은 희도의 손가락들을 깍지 끼어 그러쥐었다. 희도, 나를 놓지 마. 나를 놓으면 안 돼.

임시 동거인들의 맹목에 대해서 할말은 없다. 그때는 함께 있는 것 자체가 전부였다는 말 이외엔. 사람 사이엔 함께하는 시간의 양과 깊이를 채워야 하는 관계의 법칙이 존재하는 것 같다. 현실의 모든 조건이 비켜간다 해도, 둘은 정해진 시간을 공유해야 하는 것이다. 그게 아니면 타인들이 서로의 삶을 있는 힘을 다해 포개는 시간을 설명할 수 없다. 하지만 그것은 어떻게 생겨나는 것일까. 우리의 마음과 꿈과 욕망이 만들지 않는 것이 과연 이 세상에 존재할 수 있을까.

생각이 났니?

아무런 설명도 없이 희도는 물었다. 나는 지난 삼 년 동안 희도에게 한 그 많은 말 중에서, 무엇을 생각해야 할지 알 수 없었다. 자다가 깨면 집밖에는 거센 바람이 불고 유리창이 흔들리고 가로수의 나뭇가지들이 난폭하게 흔들려 푸른 잎들이 떨어졌다. 나뭇잎들은 서로에게 나를 놓지 마, 나를 놓으면 안 돼라고 흐느끼는 것 같았다.

첫 일본 여행을 갔을 때는 사박 오일 동안 희도의 이층 방에서 지냈다. 아침을 먹은 후엔 희도와 희도의 아들과 누나 부부가 나가고 희도의 새어머니와 나만 남았다. 누나와 희도의 어린 아들과 새어머니는 일본어를 했다. 새어머니는 한국어를 알아듣기는 하는 것 같았지만 말하지는 않았다. 묘한 긴장감이었다. 깔끔하고 세련된 태도로 의혹을 차단하는데도 표정 속엔 경멸을 지나 무르익은 환멸이 느껴졌다. 한국어에 대해서인지, 혹은 한국인에 대해서인지, 혹은 한국인과 연결된 자신의 삶에 대해서인지 알 수 없었다. 어쩌면 모든 여자가 남편의 근원에 대해서 갖는 근본적인 감정인지도 모른다. 나는 희도의 새어머니를 따라 시장에 가기도 하고, 그녀가 신사에서 향을 피우고 기도하는 동안 곁을 지키기도 했다. 그리고 혼자 있고 싶으면 동경음악대학에 가서 연습실 부스들이 늘어서 있는 복도를 걸어다니곤 했다. 연습실 문에는 안쪽 상황을 볼 수 있도록 투명 유리가 끼워져 있었다. 작은 부스 안에서 학생들은 혼자 혹은 두셋씩 바이올린이나 첼로, 피아노를 연습하고 있었다. 바이올린을 어깨와 턱 사이에 낀 채 뭔가 잘 안 되는 듯 예민해 보이는 여학생들, 피아노 연주에 심취한 나이든 남학생, 서로 눈빛으로 교감하며 합주하는 트리오, 전체적으로 다들 맹렬해 보였다. 동경음악대학은 음악을 시각화한 건축물 같았다. 실내에서든 실외에서든, 오페라를 눈으로 감상하는 듯 음악적이었다. 나는 학생식당에서 혼자 점심을 먹었다. 식당에서 나온 학생들이 로비의 계단에 앉아 오무라이스나 카레라이스, 우동과 도시락 같은 것을 무릎에 놓고 얌전히 먹었다. 졸업생들을 위해선지 복도에서 기모노를 할인 판매하고 있어서 친절한 판매원에게 떠밀려 남의 나라 옷을 공연히 입어보기도 했다. 그나마 멀리 가본 곳은 우에노공원이었다. 그곳에서도 내가 오래 머문 곳은 19세기에 생긴 예술대학 교정이었다. 연습실 복도를 걸어다니다가 초등학교 교실같이 작고 몹시 낡은 학생식당에서 점심을 먹었다. 내가 예민해져서 짜증을 내기 시작했을 때는 마침 주말이었다.

희도는 도쿄에서 신칸센으로 사십 분쯤 걸리는 작은 고장으로 나를 데려갔다. 아버지가 세상을 떠난 뒤 그가 의지해온 삼촌이 살고 있는 작은 현이었다. 환한 낮에 굵은 빗방울이 성글게 떨어지는 유별난 날씨였다. 희도의 삼촌은 기사가 모는 클래식한 검정 세단을 타고 역에 마중을 나와 있었다. 체구가 작고 성격이 예민해 보였지만 세련된 매너를 익힌 노인이었다. 두 번 이혼을 했고 세번째 결혼을 한 지 얼마 되지 않았다고 들었다. 마침 점심시간이었는데, 삼촌이 데려간 곳은 그의 소유인 골프장 안 휴게소였다. 천장이 높고 넓은데다 휑해서 어딘가 쓸쓸한 목조건물이었다. 한자리에 너무 오래 있어서 사람들의 의식에서 잊혔을 것만 같은 장소였다. 일본 경제의 장기 침체와 부동산 폭락이 불러온 현실 같았다. 긴 테라스에 낸 푸른 줄무늬 차양이 낡아 철근 대를 끼운 가장자리가 해져 커다란 구멍들이 나 있었다. 그 사이로 햇살과 빗방울이 잘게 쬣은 색종이 가루처럼 반짝이며 떨어졌다. 잔잔한 바람과 수정 조각처럼 빛나는 햇살과 굵은 빗방울이 허공에서 서로 부딪치고 끌어안으며 춤추는 것 같았다.

우리는 늘 그래왔던 것처럼 예사롭게 카레돈가스덮밥과 샐러드를 먹고 뜨거운 차를 마셨다. 간간이 이야기를 나누었고 조금씩 웃었다. 반쯤 잊힌 듯한 공백 속에서는 침묵마저 편안하게 흘러갔다. 테라스엔 일흔쯤 되어 보이는 노인 하나가 기린 맥주를 마시며 돈가스를 먹고 있었다. 옆 의자에는 노란색 우의가 걸쳐져 있었다. 조금 전에 라운딩을 마치고 들어온 것 같았다. 노인은 식사를 마치자 담배를 즉석에서 말아 맛나게 피웠다. 골프와 맥주와 돈가스와 잎담배라니, 노인은 일상의 즐거움을 하나도 빠뜨리지 않고 즐기고 있었다. 미리 부탁을 해두었는지, 휴게소의 종업원이 신문지로 둘둘 만 싱싱한 식물을 그에게 가져다주었다. 노인은 함박웃음을 지었다. 뿌리까지 달린 것으로 보아 정원에 옮겨 심을 화초인 것 같았다. 노인 곁으로 햇살에 반짝이는 금빛 빗방울이 토독토독 떨어지고 있었다. 노인은 자신과 함께 삶을 느끼며 살아가고 있었다. 그 노인을 기억하고 싶었다. 인생은 그렇게 사는 것이다. 무엇보다 자기 자신과 함께 삶을 느끼며. 가장 편안한 장소에서 가장 자연스럽게, 가장 일상적인 기쁨들을 누리며.

그때 희도가 내 손을 잡고 말했다. 우리 늙으면 이곳에서 살자. 도쿄를 오가는 기차가 하루에 네 번 있고 역 앞에 짧은 상점 거리가 있고 식당 몇 개, 골프장 하나, 병원과 학원 몇 개와 노인요양원이 있는 농촌이었다. 심심할 때면 도쿄나 우쓰노미야로 쇼핑을 갈 수 있고, 기차를 타고 작은 역에서 도시락을 사먹으며 어디로든 여행을 할 수도 있다고 했다. 그 말은 공허하게 들렸다. 나는 별 반응 없이 잡힌 손을 빼냈다. 희도는 왜 그러느냐고 눈빛으로 되물었다. 사람은, 어느 시점이 되면 함께할 관계의 성격과 양과 깊이를 알게 된다. 그리고 시간이 가면서 막연했던 예감을 구체적 정황 안에서 확인하게 된다. 우리 사이엔 가능한 것이 하나도 없었다. 희도의 뒷집에 살면서 매일 오가며 아이를 돌보는 전처도 그렇지만 말이 통하지 않는 누나 부부와 희도의 아들에 대해서도 스트레스를 받은 뒤였다. 희도의 새어머니와 한국어 사이의 기묘한 긴장감도 뇌리에서 떠나지 않았다. 무엇보다도 그 나라는 내게 자연스럽고 편안한 장소가 아니었다.

그 여행에서 돌아온 이후에도, 나는 예전과 다름없이 계란을 손에 쥐듯, 반쯤만 희도를 잡았다. 함께하는 현재에 가능한 한 충실하며. 우리는 어울리지 않는 만큼, 꽤 어울리는 임시 동거인이었다. 봄장미와 밍크고래 사이의 이질성이 나를 안심시켰다. 그게 삼 년이었다. 그 후엔 각자의 삶을 살아가며 우리 사이의 공기가 걷히기를 기다리면 되는 일이었다. 매운 연기에 휩싸인 것처럼 눈물이 고여 흐르기도 할 테지만, 짙은 안개에 휩싸여 한 걸음도 떼지 못할 때도 있겠지만, 연기도 안개도 결국은 걷힐 것이다. 이별한 사람의 내면 마음 상태에 대해서라면 나는 이력이 나 있었다. 희도도 그럴 거라고 여겼다.

하루걸러 이틀씩 비가 계속 내렸다. 산책조차 못하고 집에 틀어박혀 지내는 날이 잦았다. 밤이면 IPTV에서 영화를 골라 두 편씩 이어 보거나 종편 채널의 뉴스를 보며 지냈다. 음악은 귀에 들어오지 않았고 책 속의 글자도 눈에 들어오지 않았다. 즐겨 듣던 음악을 틀어도 피아노 건반을 두드리는 타건마저 아팠다.

둔감해지려고 노력했고 가능한 한 느끼지 않기 위해 무엇이든 숫자를 셌다. 희도가 남기고 간 물건은 스물한 개였다. 희도는 산책할 때 신던 운동화를 두고 갔다. 집안에서 입던 파자마와 목이 늘어진 티셔츠와 속옷 몇 가지와 양말들도 두고 갔다. 새 셔츠는 그가 짐을 싸던 날 빨래 건조대에 걸려 있었기 때문에 잊은 것 같았다. 그의 책 몇 권과 펜들, 그가 소장한 유일한 소설인 일본판 『야간 비행』도 두고 갔다. 그리고 빈 노트북 가방, 무선 키보드와 먹다 만 종합 영양제, 낡은 면도기와 손톱깎기, 베란다엔 대형 사이즈의 슬리퍼도 남아 있었다. 처음엔 열두 개였는데 하루하루 개수가 불어났다. 사건 현장을 정리하듯 단번에 치우려던 결기와 달리 희도가 떠난 지 한 달이 지났는데도, 나는 그것들을 어쩌지 못했다. 감상이라기보다는, 불일치였다. 내 내부의 현실이, 꿈쩍도 하지 않았다. 아직은 그 물건들이 필요하다는 듯이. 다른 노선을 갈아타는 환승객처럼 초연하려 해도 피할 수 없는 마음의 현실이 있었다. 나는 『야간 비행』을 펼치고 희도가 밑줄을 그은 일본어 문장들을 보곤 했다. 그러다가 궁금해져서, 한국어판을 구입해 그 부분을 찾아보았다.

희도는 야간 비행 조종사들의 총감독인 리비에르를 좋아했다. 닮고 싶은 인물, 부성애를 느끼는 유일한 캐릭터라고 했었다. 희도는 그런 상사가 되고 싶어했다. 하지만 희도는 사명감으로 충만해 어딘가에 뇌우가 숨어 있는 밤의 하늘 속을 파고드는 야간 조종사 파비앵 과였다. 그는 위에서 명령이 떨어지면 어디든 날아가야 했다.

나는 음식을 만들어 먹지 못했고, 자주 체해서 수프와 머핀 하나로 식사를 대신하며 야금야금 야위어갔다. 나 자신조차 모르게 앓고 있는 것 같았다. 애플망고머핀은 내 존재의 튜브와 같았다. 나는 그 작은 머핀에 의지해 막막한 시간을 지나고 있었다.

"오나애군, 잘 지내시나?"

그런 식으로 나를 부르는 사람은 황연태뿐이었다. 그가 오나애군이라고 부를 때면 뭔가를 숨기는 매끄러운 가식이 느껴졌다. 무엇을 숨기고 무엇을 과장하는지 대략 느끼지만 확신할 수는 없었다. 그게 무엇이든, 그가 맡아야 하는 몫이니 나는 모르는 척했다. 타인의 마음속 일까지 간섭할 수는 없었다. 비록 나에 관한 것이라 해도.

설혹 연태가 무언가를 숨기고 나를 대한다 해도. 사람 사이에는 어쩔 수 없이, 서로에게 숨기는 것이 흐르고 있고, 나는 더 다가갈 필요가 없는 한 우리 사이의 고독을 굳이 건드리지 않았다. 연태는 일 년에 네댓 번씩 딱히 볼일도 없이 안부를 묻고 근황을 알려왔다. 좋다고도 나쁘다고도 말하기 어려운 성격이었다. 어디에도 묶이지 않고 사람 사이의 바다를 요리조리 흘러다니는 자유주의자이면서 계산이 빠르고 의외로 뾰족하고 교활한 개인주의자였다. 열등감으로 인해 심술궂은 인격이 드러날 때가 있지만 악의는 없고 관대하고 사교성이 좋아서 늘 사람들 속에서 지냈다. 새로운 인간도 좋아하지만, 한번 맺은 인간관계를 끈질기게 이어가는 타입 같았다. 덕분에 나 같은 사람에게도 오래된 관계가 하나쯤 있는 셈이었다.

"내일 그쪽에 일이 있어 가는데, 괜찮으면 오랜만에 얼굴 보자고."

황연태는 명함에 대학 강사와 큐레이터로 소개되어 있지만, 그쪽 업계에서 온갖 다양한 일을 하고 있었다.

"친구도 같이 갈 거야. 비행물체 연구원인데 거기 일이 있어서 같이 기차를 타기로 했어. 두시에 도착해 역에서 바로 갈 테니 문화원으로 와."

"알았어."

"잘 지내지?"

연태는 문득 안부를 물었다.

"그냥 그래."

"목소리가 잔뜩 가라앉았는데? 비 오는 날 참외처럼 외로운 목소리야."

'비 오는 날 참외'라는 비유는 연태가 여기저기 되는대로 쓰는 습관적인 비유였다. 연태에 의하면 나는 비 오는 날 참외처럼 혼자 밥을 먹고, 혼자 산책을 하고, 혼자 텔레비전을 보다가 혼자 잠드는 것이다. 연태 자신도 비 오는 날 참외 같기는 마찬가지였다. 어쩌면 모든 인간은, 싱싱하건 시들었건 간에 근본적으로는 비 오는 날 참외 같은 데가 있었다. 이 비유가 나오면, 사적인 근황을 파고드는 것이 순서였다. 나는 연태가 묻는 말에 무람없이 대답했다.

처음에는 연태의 마음을 몰랐고, 다음에는 모르는 척했고, 그러다가 무심해졌다. 조금 더 시간이 지나자 연태란 이제 버릴 수 없는 하나의 관계라는 생각이 들었다. 그러니 나는 처음처럼 모르는 척한다. 그리고 시간의 지속과 그 안에서 작용해온 사람 사이의 자장을 수긍하는 것이다.

연태를 만나면 도이의 소식을 좀 알아봐달라고 부탁할까, 하는 생각이 스쳐갔다. 그러나 한편으로는 또 누군가에게 도이의 소식을 물어보려 하는 나 자신의 강박이 못마땅했다. 구차하고 비겁한 짓이다. 그럴 이유도 없고 그럴 필요도 없다. 연태는 병원집 맞은편에 있던 약국과 목욕탕집 건물의 손자였다. 읍내의 토지를 많이 소유한 재력가 집안이라 어릴 때부터 개인 교사를 두었고, 피아노와 미술을 배웠지만 그 집안의 영화는 조부가 돌아가시면서 끝이 났다. 연태의 아버지 형제들이 젊었을 때부터 다들 객지로 나가 사업을 하면서 고향의 재산을 서로 경쟁이라도 하듯 털어먹었다는 소문이었다. 예전에 나는 일 년에 한 번씩, 혹은 이 년에 한 번씩 전화해 잡담을 하는 연태를 실없는 사람이라고 여겼다. 혹은 외롭거나 공허하거나 오지랖이 넓은 사람이라고. 이제는 나 역시 그런 부류의 사람이라는 생각이 든다. 실없거나 외롭거나 공허하거나 혹은 오지랖이 넓거나. 또다시 도이의 근황이나 연락처를 알려고 하는 일 자체가 그렇다. 공연한 일이다.

나애, 단 하나의 원본

나애와는 이상하게 늘 어긋났다. 내가 정식으로 데이트 신청을 했던 날도 마찬가지였다. 대기업의 갤러리에 들어가 큐레이터로 활동하며 꽤나 잘나가던 시절이었다. 그림시장에서 제법 안목이 있다는 소문이 나서 화가들은 화가들대로, 갤러리들은 갤러리들대로, 투자자들은 투자자들대로 나를 만나고 싶어했다. 화가들은 내가 뽑아 올리는 전시 리스트에 들고 싶어했고, 갤러리에서는 그 리스트를 신뢰했으며, 투자자들은 은밀하게 정보를 얻고 싶어했다. 파리와 런던과 뉴욕으로 출장 나갈 일도 생기기 시작했다. 자신감이 차오르던 그 무렵에 거의 잠적 상태였던 나애를 수소문해 어렵게 연락을 취하고 만났다.

나애는 푸른색 셔츠와 검정 바지에 단화 차림이었다. 비즈니스 관계도 아닌데, 여자가 그런 차림으로 남자를 만나러 나올 때는, 경계한다는 뜻이었다. 혹은 완전히 관심이 없거나.

나는 서둘러 웨이터를 부르고 메뉴 북을 펼쳐 길게 설명하도록 유도하며 뜸을 들였다. 나애가 농어스테이크가 든 코스 메뉴를 시켜서 나도 같은 것으로 했다. 나애의 특징은 인중과 턱이 입술을 사이에 두고 일직선을 이루는 윤곽에 있었다. 그린 듯이 어색하면서도 비현실적인 표정을 만드는 윤곽이어서 한번 보기 시작하면 나도 모르게 그 새하얀 얼굴에 빠져들게 되었다. 쇄골 선에 맞추어 자른 단발 머리카락이 자주 뺨을 가렸다. 손을 뻗어 귀 뒤로 넘겨주고 싶은 머리카락이었다.

나는 자랑같이 들리지 않게 주의하면서 근황을 늘어놓았다. 특히 파리와 뉴욕, 런던과 베를린을 오간다는 사실을 자연스럽게 드러냈다. 나애도 그림에 관심이 있었다. 식사를 하는 동안 프리다 칼로와 조지아 오키프, 에드워드 호퍼 같은 현대 화가에 대해 띄엄띄엄 말을 섞었다. 나애가 말을 할 때면 나는 실례라는 의식조차 잊고, 희고 반듯한 이마에서 콧등으로 연결되는 미간과 완벽하게 균형이 잡힌 검은 눈썹과 두 뺨의 선을 멍하니 바라보았다. 시슬레 같은 풍경 화가까지 알고 있으니 제법 미술 애호가인 셈이었다. 나애는 오르세미술관을 방문했을 때 레스토랑에서 점심을 먹고 하루종일 머물며 어릴 때부터 화집에서 보아온 그림들을 하나하나 확인한 이야기도 했다. 나 역시 파리에 가면 오르세미술관의 이층 레스토랑에서 점심을 먹는 사치를 부리곤 했다.

"이상하지? 그때 그림들을 직접 보며 확인한 뒤로, 내가 사랑한 그림들이 다 퇴색해버렸어. 오랫동안 갈망했던 그림들이었는데, 이젠 먹어버린 음식처럼 의식에서 물러나버린 거야."

나애는 왜 그럴까, 하는 표정을 지으며 손을 들어올리더니 머리카락을 귀 뒤로 넘겼다. 왼쪽 귀가 선연하게 드러났다. 투명하게 보일 정도로 새하얀 귀였다. 눈썹 높이까지 올라온 귀는 앞쪽으로 약간 기울면서 코 선에서 가지런하게 말렸다. 아래 귓바퀴 안쪽 홈이 오묘하게 좁고 깊었다. 열쇠를 연상시키는 오목한 귓바퀴를 보고 있으니 나를 둘러싼 공기마저 새로워지는 기분이었다.

"어느 땐 가지 말 걸 그랬다는 생각이 들어. 그러면 지금도 일요일 오후 같은 때에 화집을 꺼내 넘기며 설렐지도 모르는데."

"그렇지 않을 거야. 지금은 거의 아무도 화집을 보지 않아. 지금은 진품들이 비행기에 실려 국경을 넘나들며 어디든 찾아가는 시대니까. 피카소든 고흐든 모네든 한국에 앉아서도 진품을 볼 수 있어. 그래서 현대는 작가와 현재의 시간과 현장이 함께하는 설치미술이 대세지."

나애와 오르세미술관에 동행한 자에게 질투가 났다. 나는 무심을 가장하고 슬쩍 물었다.

"파리엔 누구와 갔어?"

나애는 내 속마음이라도 알아챘는지 일축했다.

"프라이버시."

새침하게 입을 다무는 나애의 눈밑에 푸른빛이 얼룩처럼 배어나왔다. 그 순간 예전부터 나애를 감싸고 있던 독특한 오라의 정체를 알아챘다. 나는 그 빛을 오직 나만이 본다고 생각했다. 무엇과도 뒤섞이지 않는 고독한 특질이었다. 마치 숲속의 빛 같은 비어 있는 푸른빛. 나애는 언제까지나 그 빛에 둘러싸여 세상과 동떨어진 곳에 홀로 존재할 것만 같았다. 중요한 것은 문장이 아니라 행간에 있다. 나애를 둘러싼 공기나 몸짓이나 시선의 움직임이나 향기 같은 것. 나애는 은연중에 나를 밀어내는 몸짓을 계속했다. 눈이나 말이 아니라 손으로, 어깨로, 눈썹과 입술로.

나는 다가갈 수 없는 거리를 예감하면서도 포기하지 않고 나애가 웃도록 애썼다. 몇 번인가 성공하기도 했다. 레스토랑에서 나가 근처 공원을 산책하고 단골 바에 들러 맥주를 한잔 더 마실 때쯤 파고들 틈이 생길 거라는 기대가 일던 순간이었다. 난데없이 여자가 하나 다가와 내 곁의 의자를 빼고 턱하니 앉았다. 몇 달 만나다가 얼마 전에 헤어진 여자였다. 여자는 아무 말도 없이 나애를 노려보았다. 나애는 처음엔 자신과 아는 사람인 줄로 짐작한 듯 마주보다가 심상치 않은 낌새를 채고는 내 쪽을 일별했다. 그러곤 다시 여자를 바라보았다. 내가 만나온 여자들 중에서도 하필 가장 제멋대로이고 성격도 센 여자였다. 일어서게 하려고 애썼지만 소용없었다. 고약한 행패는 그녀의 일행이 와서 데려갈 때까지, 이십 분쯤 계속되었다. 다행히 나애는 다른 테이블로 옮기거나 나가버리지는 않았다.

"황연태."

나애가 내 이름을 또박또박 발음했다.

"여자에게 원한을 샀나보네."

나애는 싱긋 웃었다. 나를 만난 뒤 처음 보인 편안한 웃음이었다.

나로선 무슨 원한 살 일을 했는지 생각나지 않으니 변명할 수도 없었다. 나는 그 여자 역시 나처럼, 누구여도 상관없는 욕망을 솔직하게 즐겼다고 여겼다. 그즈음에 나는 예술관과 인생관이 그랬듯이 성에 대해서도 급진적인 진보주의자였다. 당시 내가 생각하던 성생활이란 부부 사이에서만도 아니고, 심지어 사랑 안에서만도 아니고, 상대와 교감한다면 이름도 얼굴도 없는 육체 자체의 충동을 허용하는 것이었다. 젊음의 절정에 있었고, 문화적 허영이 가장 세련되게 교류되는 시장에서 살았고, 기본을 갖춘 여자들과 만나는 기회도 매일 생기던 때였다. 일에서나 여자에게나 위험을 감당하지 않으면 성공도 없다는 것이 나의 신조였다. 섹스 후에 어떤 여자는 나와 의기투합해 관계를 지속했고, 어떤 여자는 내게 원한을 가졌으며, 어떤 여자는 일부일처제 같은 보수적인 책임을 요구했고, 심지어 명품 백을 요구한 여자도 있었다. 나는 전도양양했고 겁없이 꽤나 설쳐댔다. 아마도 내 등 뒤에서 악명이 쌓여갔을 것이다.

나애가 누나처럼 의젓한 미소를 지은 순간, 최상의 모습을 보여주려던 나의 의욕은 한풀 꺾여버렸다. 그와 함께 성기를 팽팽하게 채웠던 혈액도 연기처럼 떠나버렸다. 나의 의욕이 꺾인 뒤에야 나애는 깊은 숨을 쉬는 듯 편안해 보였다. 나는 산책도 맥주 한잔도 단념했다. 그런 날은 공연히 시간을 끌었다가 뜻하지 않게 친구나 하나 더 만들기 십상이었다. 하지만, 그뒤 다시 만났을 때도 나애는 도무지 내 뜻대로 되지 않았다. 나애는 내가 단념했을 때만 인색하게라도 웃었다. 내가 방심했을 때만 긴장을 풀었고, 내가 무심할 때만 말이 많아졌다. 나애와 동업자 강이 연인 사이라는 사실을 안 것은 꽤나 지난 뒤였다. 뒤늦게야 나애가 강과의 관계를 언뜻언뜻 비쳐왔다는 사실을 알아챘다. 나는 아둔하게도 내 생각에만 사로잡혀서 가능성의 착각에 빠져 있었던 것이다. 인생에서 착각을 빼면 남는 것은 무엇일까? 생이라는 뼈다귀는 착각으로 둘러싸여 무지갯빛을 반사하며 사실에 접근하는 것을 방해한다. 착각이 걷힌 자리에 남는 것, 그것이 사실과 진실이라고 해도, 꿈꾸는 한, 욕망하는 한 우리는 사실과 마주하기를 거부하며 최대한 우회하여 더 커다란 원을 그리는 존재이다. 생의 진실이란 오리무중이기에 오직 그런 식으로만 자신의 부피를 구성하는지도 모르겠다. 하지만 사실에는 모욕이 없다. 모욕을 느끼는 건 착각 속에서다. 나애는 착각을 상냥하게 일깨우고 사실을 남긴 채 나를 비켜갔다.

돌이켜보면 나를 집요하게 괴롭혀온 것은, 어느 한 여자를 향한 욕망이 아니라, 누구여도 상관없는 내 안의 욕망이었다. 그런데도 여자라는 종에 단 하나의 얼굴이 있다면 나에겐 나애였다. 세상에서 여자로 인식한 첫 상대가 나애였으니 당연하지만, 한편으로는 고집의 안경을 벗지 않는 일종의 편집증이기도 하다. 첫사랑이란 누구에게나 고집이고 편애이고 편집증이 아닐까. 이 세상에서 단 하나의 원본이니 말이다. 오나애군이라는 호칭은, 희망을 유보하면서라도 나애를 보기 위한 궁여지책이었다. 그리고 세월이 흐르면서, 우리 사이에는 좌절된 남녀관계에서 흔히 보이는 반복적인 패턴이 생겨났다. 사귀던 여자와 헤어지고 나면, 나애에게 전화를 했다. 나애는 어느 때는 나를 만나 가벼운 데이트를 했고 어느 때는 상냥하게 거절했다. 또 드물게는 먼저 전화하기도 했다. 나애는 내가 만난 어떤 여자보다 관대하고 상냥한 사람이었다. 오랜 시간 흘러오는 사이에 의리가 생겨서인지, 원래 나애가 그런 사람인지 알 수 없었다. 그런 식으로 석 달 만에 보기도 하고 반년 만에 보기도 하고, 혹은 일 년 만에 보기도 하고 삼 년 만에 보기도 했다. 나애와 강이 헤어졌을 때는 내가 연애중이었다.

"주제넘지만 왜 헤어졌는지 물어봐도 돼?"

프라이버시, 라고 일축할까봐 조심스러웠다. 다행히 나애는 덤덤하게 대답했다.

"그 사람 결혼했어."

강과 나애는 십 년이나 사귄 연인이었다.

"어떻게 된 일이야?"

"어떤 여자가 강과 결혼했어."

"그래서? 그게 다야? 그걸 두고본 거야?"

흥분하는 나를 나애는 무감하게 쳐다보고는 손에 쥐고 있던 것을 툭 떨어뜨리듯 말했다.

"내가 아이의 대모가 되기로 했어."

"대모? 맙소사. 여기가 뭐 미국이야?"

"허윤주는 캐나다에서 왔어."

"좀 자세히 말해봐."

남의 일에 파고드는 것이 실례인 건 알지만, 답답하기 짝이 없었다.

"다음에."

"너 괜찮은 거야?"

나애는 고개를 몇 번 저었다. 의미를 알 수 없는 부정이었다.

"허윤주가 둘 사이에 끼지 않았더라도 난 강과 결혼하지 못했을 거 같아. 아마 계속 미루었을 거야. 난 누군가와 가족이 되는 것이 내키지 않았어. 강이라 해도. 한편으로는 그 여자가 강과 결혼해 다행이라는 생각이 들기도 해. 꽤 복잡하지."

내가 아니라면 아무도 그 말을 납득하지 못했을 것이다. 하지만 나는 공감했다. 나 역시 가족을 두려워하고 꺼리는 부류이기 때문이었다. 누가 가족이 되어도 마찬가지였다. 타인과 친친 동여 묶여 서로 기대하고 요구하고 감시, 감독하고 근심, 걱정하며 매일 잘 지낼 자신이 없었다. 가족은 노력이다, 라고 해도 마찬가지였다. 굳이 그런 노력을 하고 싶지 않았다. 그보다는 차라리 외롭고 자유로운 공기가 일하기에도 살아가기에도 심지어 숨쉬기에도 나았다. 그뒤 내가 혼자가 되었을 때는 나애가 연애중이었다. 그 무렵 나애는 연애라고도 할 수 없는 짧은 만남과 헤어짐을 반복하고 있었다.

긴 세월이 흐르는 사이에 나는 많은 것을 알게 되었다. 나애의 새끼손가락 뿌리가 낮은 곳에서 시작하고, 길이는 약지의 첫 마디에도 못 미친다는 사실을 안다. 그런 사람은 수줍음을 탄다. 더위에 약해서 여름에는 위염에 잘 걸린다. 여행을 거의 가지 않으며, 집안에서 신선하고 간소한 음식을 만들어 먹고, 유리창을 깨끗이 닦고 틀어박혀 지내기를 좋아한다. 여름과 겨울에 한 달씩 가는 꽤 심한 불면증을 겪는다. 치마를 즐겨 입고, 굽이 낮은 신을 신으며, 소화력이 약해 생선과 부드러운 음식을 먹고, 취미는 고작해야 산책과 독서 정도일 것이다. 음악은 듣는 기간과 듣지 않는 기간으로 나뉘어진다. 한번은 이탈로 칼비노의 책을 읽고 있다고 했다. 이탈리아 작가들은 묘한 사람들이다. 상상력이 괴물 같고 지적이고 유머러스하고 정치적이고 경쾌하고 용감하다. 이해하기 쉽지 않다. 내가 아는 소설가는 단테와 보카치오, 움베르토 에코 정도이다. 물론 다 읽지는 않았고 책 구경이나 한 것이다. 나애가 그나마 가까이하는 것은 식물이다. 좋아한다기보다는 잘 맞는 것이다. 식물이 목마르거나 덥거나 춥거나 힘들어하는 것을 몸으로 느낄 수 있다고 한다. 식물과 나애는 긴장 없이 편안하게 호흡을 주고받고 시선을 주고받고 사념을 주고받는 돈독한 사이 같다. 그리고 지금도 일기를 일주일에 한두 번은 진지하게 쓴다고 들었다. 그렇게 마음을 정리하고 다음 풍경으로 넘어가는 것이다. 어머니와 형제와는 소원한 것 같고 사람도 두루 사귀지 않으니 오래된 친구 두셋과 직장에서 만나는 동료 외엔 주위에 사람도 없을 것이다. 그리고 간헐적으로 남자를 만난다.

딱히 조건이 있거나 어떤 스타일을 가려 만나는 것 같지는 않다. 어쩌다가 연애가 시작되었으니 한다는 식이다. 그런 면이 못마땅하지만, 내가 간섭할 일은 아니다. 단정한 여자치고는 퇴폐적이지만 연애란 게 원래 그런 것이다. 사실 연애란 좋은 것이지만 성가시기도 하고, 재미있지만 피곤하고, 때론 지루하면서 역겹기도 한 것이다. 백퍼센트 사랑하기에는 어딘가 항상 미흡하다. 인간은 타인을 사랑할 수는 있지만 계속할 수는 없다. 스스로 고갈되는 존재이기에 결국 자기중심적으로 돌아가는 것이다. 자기를 통해서 보고 자기의 감각으로 느끼고 자기의 에너지로 욕망하고 자기의 마음으로 사랑하는 인간이기에 어쩔 수 없다. 그것이 인간의 형편이다. 물론 나애도 쓰러질 때가 있을 것이다. 쓰러졌을 때는 꼼짝 않고 쓰러진 채로 지내는 것 같았다, 비 오는 날 참외처럼 외롭게. 그러다가 운좋게도 다시 회복되었다. 그런 식으로 몇 번이나 다시 회복될 수 있을까. 삶은 생각보다 관대하지만, 결국 마술이 끝나듯 회복되지 못하는 날이 올 것이다. 하지만 누가 알겠는가. 우리가 마지막으로 쓰러지는 날이 언제인지를.

나는 나애에 대해 부분적으로 조금씩 알지만 판단할 수는 없다. 타인에 대해 이렇다저렇다 판단할 때 사람은 객관의 무지 속에서 주관적 한계를 노출할 뿐이다. 타인을 알다니 어불성설이다. 나애에게도 숨기고 사는 형편이 있을 것이다. 자신이 누구인지 아는 데도 생각보다 오랜 시간이 걸린다. 말하자면 오랜 시간 동안 자신이 누구인지 모른 채 물결에 실린 나뭇잎처럼 일희일비하며, 좌충우돌하며 살아가는 것이다. 이 세상 위에서 자신의 자세를 잡지 못한 채 평생 그렇게 살다 가는 사람들이 대부분이다.

나애도 나처럼 사랑은 할 수 있지만 타인과 인생을 섞으며 살 수는 없는 단독자인지 모른다. 마치 다른 일정들이 남아 있어서 집에 가기를 미루는 여행자 같다. 나와 나애 같은 사람은, 사랑과도 섞이지 않고 인생과도 섞이지 않고 세상과도 섞이지 않고 모든 것을 통과해 지나가는 사람이다. 그런 부류의 사람들이 있다. 어쩌면 한사코 자신은 그렇지 않다고 여기는 부류도 마찬가지로 그럴 것이다. 어느 날에 이르면, 결국 모든 것은 그림자에 불과하고 오롯이 혼자 지나왔다는 것을 깨닫게 될 것이다.

'오나애군'은 나와 나애 사이에서 찾은 현재의 균형이다. 산다는 건 계속해서 동작을 바꾸며 적절한 균형을 잡는 일이다. 상황은 이내 바뀌고, 또다시 동작을 바꾸고 또다른 균형을 잡는다. 나무처럼, 뿌리에서 줄기 끝까지 바람에 대한 반응의 무늬를 제 몸에 새기는 것이다. 세계와 삶 사이의 균형, 삶과 나 사이의 균형, 나와 타인 사이의 균형. 그 균형의 몸짓 속에서 이제는 서로 자잘한 부탁을 하고 들어주는 사이가 되었다. 이런 식이니 나애와 나는 더 가까워지는 것인지 멀어지는 것인지 알 수가 없다.

엘로이

불쑥. 그건 허윤주의 특징이었다. 허윤주는 불쑥 나타나고 불쑥 전화를 하고 불쑥 말을 토해냈다. 언제나 조급하고 비약적이었다. 몇 년 동안 영어 학원 강사를 하면서 정서불안의 활기와 직설적인 화법과 과장과 호들갑까지 합쳐져 더 심하게 느껴졌다.

"엘로이 아빠가 최근에 전화했어?"

삼 년 만에 불쑥 전화한 허윤주의 음성은 침착했다. 공허하다는 표현이 더 정확할 것이다.

"전화했어."

강이 나에게 가끔 전화한다는 사실은 허윤주도 알고 있었다. 허윤주는 전에 없이 내 말을 기다렸다. 저쪽에서 전해오는 공기가 아득히 멀었다. 마치 숨쉬는 사이로 모래가 흐르는 어느 사막에서 전화한 것 같았다. 나는 국제전화 번호를 다시 확인했다.

"거기 어디야?"

"엘로이 아빠가 소식 전하지 않았어?"

어떤 소식을 말하는지 가늠할 수 없었다. 강은 사적인 말은 하지 않았다.

"무슨 일 있어?"

허윤주는 긴 숨을 쉬었다. 그러자 엘로이가 걱정되었다.

"엘로이는 잘 지내?"

"물론이야. 엘로이는 문제없어. 난 엘로이와 함께 돌아왔어. 이곳에서 엘로이의 폐는 더 건강해질 거야."

엘로이, 내 인생에서 가장 낯선 이름이었다. 나는 엘로이의 대모였다.

"아빠가 돌아가셨어. 삼 개월쯤 되었어. 엄마는 우울증이 심해. 오랫동안 아빠를 간병하느라 몸도 너무 상했고."

몬트리올에 자리잡은 허윤주의 부모님은 외동딸인 허윤주가 혼자 한국에 돌아가는 것을 극구 반대했고 임신한 사실을 안 뒤엔 부모 자식 연을 끊겠다고 펄쩍 뛰었지만 막상 외손자가 태어나자 엘로이라는 프랑스식 이름을 지어 보내고 육아하는 동안 재정적인 지원도 아끼지 않았다.

"난 나름대로 내 삶에 진심을 다했어. 그리고 내 젊음을 던져서 대가를 치렀어. 그러니까 사과하지 않을 거야. 누구에게도. 하느님이든 아빠든 엄마든 엘로이든 나애든."

뭐라 해줄 말이 없었다. 허윤주는 일주일에 두 번 이상 성당을 찾아가는 독실한 크리스천이었다. 나는 끝없이 용서하며 허윤주의 편을 드는 하느님이 원망스러운 적도 있었다. 게다가 어떤 경우에도 외동딸을 감싸는 든든한 부모님까지 있으니 허윤주는 거침이 없었다.

"나애가 잘 지내면 좋겠어. 나애는 엘로이의 대모잖아. 담에 엘로이 결혼식에 오면 좋겠어. 그럴 수 있어?"

허윤주의 엉뚱함은 여전했다. 엘로이는 겨우 열 살이었다.

"너무 이른 거 아니니?"

"시간이 많이 남아 있으니 마음의 준비를 하기 좋지 않아?"

미처 생각해본 적 없는 일이었지만 못할 것도 없었다.

"몬트리올에서 해도 참석하는 거지?"

나는 허윤주의 음성이 젖어 있는 것을 느꼈다. 전화하기 전에 오랫동안 운 것만 같았다.

"그래."

"나애, 엘로이가 있다는 걸 늘 기억해줘."

"기억할게."

"요즘은 마흔 살이 결혼 적령기래. 엘로이가 언제 결혼할지 모르니까 오래 살아야 해."

우스갯소린데도 절실하게 들리는 인사였다.

"너도 몸조심해."

나는 최선을 다해 허윤주를 다독였다. 몬트리올에서 온 전화는 뚝 끊어졌다.

허윤주가 불쑥 돌아왔을 때, 강과 나는 십 년이나 된 연인이었다. 그때나 지금이나 사랑이 곧 가족이 되는 것이라는 등식에 동의하지 않았기에 결혼이 급하지는 않았다. 한 직장에서 동료로 만난 우리는 그보다는 함께할 일을 만들어가고 싶었다. 강은 내성적인 사람이었다. 당시엔 바짝 치켜올려 깎는 헤어스타일이 유행이었지만 강은 세월을 모르는 듯, 웨이브가 약간 있는 중간 길이의 머리를 하고 있었다. 한 사무실에 있었지만 강의 존재를 알아차린 건 시간이 좀 지난 뒤였다. 강은 있는 듯 없는 듯했는데, 어느 날 보니 눈빛이 아련하고 깊은 남자였다. 쑥스러워하고 잘 나서지 않지만, 언제나 제자리에 있었고 다감하고 성실한 성격이었다. 먼저 다가간 사람은 나였다. 시간이 갈수록 만나야 할 사람들이 만난 것 같은 확신이 들었다. 강은 무덤덤한 편이었지만, 원래 그런 사람이려니 했다. 사무실을 얻어 독립한 뒤로 강과 나는 일을 중심으로 살았다. 평일에는 함께 출근해 같이 일하고 따로 퇴근해 잠자고, 주말에는 둘 중 누군가의 집에서 음식을 만들어 먹고 사랑을 나누고 쉬는 생활에 길들면서 언제까지라도 그렇게 살 수 있을 것 같았다. 함께 시작한 광고기획사도 적은 대로 매출이 오르기 시작하자 문제라곤 없었다. 심지어 강이 곧 나인 것 같은 동질성을 느끼곤 했다. 그런 도취는 돌아온 허윤주가 공항에서 곧장 강의 집으로 들어갔을 때 깨졌다. 그제야 강과 내가 각자 제 안에 지켜온 빈자리가 눈에 보였다. 제 안의 빈자리란, 결혼을 했든 아이가 있든, 혼자 살든 혹은 누군가와 함께 살든, 어떻게 살아도 생기기 마련이지만 강과 나 같은 사이에서는 치명적이었다. 강의 마음속에 허윤주가 있었다면, 내 마음속에는 가족에 대한 두려움이 있었다.

나는 가족이 되기를 미룬 것이 아니라 피해온 것이었다. 심지어 강이라 해도. 나는 강에게 따지지도 않았고 허윤주를 밀어내지도 않았다. 최대한 담담하게 허윤주를 받아들였다. 마치 둘이서 불러들인 초대 손님처럼. 허윤주와 쇼핑을 다니고 셋이 음식을 만들어 먹고 경주와 동해로 관광을 다니고 술을 마셨다. 두 여자 앞에서 쩔쩔매며 오락가락하느라 살이 빠지는 강이 오히려 가여울 지경이었다. 허윤주가 임신을 했을 때는 입덧이 너무 심해 우선 돌보기에 바빴다. 허윤주는 급격히 쇠약해져서 나중에는 누워 지냈는데도 임신 자체에 대해서는 한결같이 초긍정적이었다. 팔 개월이 되어 하루가 다르게 배가 불러왔을 때는 링거를 맞아야 했을 정도였는데도 두려워하지 않았다.

"나애, 난 여기 오기 전에 오랫동안 아이를 상상했어. 강과 나의 아이를. 가임기가 지나기 전에 해야 할 숙제처럼 강박적으로. 나애, 아이가 태어나면 대모가 되어줘. 아이가 나애를 잊지 않게 할 거야. 이 아인 이제 강과 나와 너의 아이라고 생각해."

링거를 맞으며 허윤주가 내게 고백과 부탁을 동시에 했다. 나는 그것을 들어주었다. 허윤주를 대신해 아기용품을 준비했고 강과 새집을 구하러 다녔다. 강도 나도 허윤주도 젊고 가난하고 뭘 모를 때라 선배의 집까지 찾아다니며 아기 침대와 바운서를 얻어오기도 했다. 주변에서는 셋의 행각에 대해 억측과 소문이 돌았지만, 정작 나 자신은 태연했다. 일이 돌아가는 대로 대응하기에도 급급했던 것이다. 강과 허윤주가 더 힘겨워했기 때문에 셋 중에 가장 멀쩡한 사람은 오히려 나였다. 강과 나는 연인일 뿐 아니라 동업자였다. 나는 강의 죽음 외에는 무엇이든 받아들일 수 있을 것 같았다. 나는 상실까지도 받아들였다. 그때 알게 되었다. 사랑보다 더 강한 것은 나의 시간과 재산을 털어넣은 일이다. 연인이든 친구든 가족이든, 오래된 사람 사이에서는 사랑도 관계의 한 부분일 뿐이었다.

엘로이는 한 달 먼저 태어나 이 개월 동안 인큐베이터에 있었다. 그리고 채 육 개월도 되지 않아 폐의 기형과 천공 수술을 받았다. 나는 엘로이가 살기만을 바랐다. 내가 떠난 것은, 말문이 늦게 트인 엘로이가 나와 허윤주를 구분하지 않고 똑같이 엄마라고 부르기 시작했을 때였다. 미묘하게 어감이 다르기는 했다. 허윤주를 부를 때는 확신이 있었지만, 내게는 묻는 듯이 끝을 올렸다. 엄마? 내가 빠져야 할 때가 온 것 같았다. 꾸역꾸역 일자리를 구하고 짐을 싸고 먼 남쪽 끝으로 이사를 할 때는 홀로 큰 강물 위로 떠가는 뗏목을 타는 기분이었다. 떠나기 위해 떠나는 정처 없는 표류였다. 강은 이따금 전화를 해서 업무를 의논하고 결과를 보고했다. 강의 전화가 견디기 힘들 때도 있었고 허윤주가 돌아가기를 바랄 때도 있었다. 심지어 엘로이를 몰래 데려와 키우는 황당한 상상에 빠질 때도 있었다. 그런 때가 없지 않았다. 하지만 정말 한심하게도 항상 그들이 그리웠다. 엘로이는 그뒤에도 폐 수술을 한번 더 받고서야 정상적인 생활을 할 수 있었다. 초등학교에도 아홉 살에 들어갔다. 엘로이가 잘 지내면 그걸로 되었어. 나는 늘 그렇게 생각하려고 노력했다. 강이 보내주는 사진 속의 엘로이는 어딘가 도이를 닮은 모습이었다. 스님 같고, 외계인 같고, 두루미같이 고요하고 새하얀 아이였다. 다행히 엘로이는 건강하게 자라고 있었다. 나는 대모답게 생일과 크리스마스에 선물을 보냈다.

상상은 감정에서 시작된다. 감정이 없다면 상상하지 않을 것이다. 나는 항상 그들과 함께 살았다. 버티는 힘이 되기도 했지만 그리움과 미움과 원망과 사랑에서 비롯된 온갖 상상이 모래로 채운 자루 같은 짐이 되어 등을 눌렀다. 그 무게에 눌려 아득히 가라앉고 있을 때 희도를 만났다. 아는 사람이라곤 아무도 없는 배 위에서.

시市와 지역문인협회에서 공동으로 주관한 한일 교류 선상 문학 행사는 후쿠오카와의 자매결연을 축하하는 행사 중의 하나였다. 홍보 담당자로서 행사에 초대받아 배에 올랐지만 시의 수주를 계속 받아야 하는 입장이 아니었다면 굳이 현장에까지 갈 이유는 없었다. 희도는 지역 공단에 생산 공장을 둔 대기업 임원의 특별한 부탁을 받고 일본 문인들을 접대하고 통역하느라 배에 올랐다. 그 임원은 지역문인협회의 고문위원이었다. 배에 올랐을 때, 선실에도 갑판에도 이층에도, 온통 시의 관계자들과 지역문인협회 회원들, 한국과 일본 시인들이 제각각 무리를 지어 있었다. 나는 완전히 혼자였고 어디에도 낄 곳이 없었다. 희도는 배가 출발한 직후부터 나를 지켜보았다고 했다. 내가 무언가 잃어버린 것을 찾는 사람처럼 고개를 숙인 채 선실과 갑판과 이층을 오르내리더라고 했다. 그러더니 매점에서 커피를 사서 마셨고 나중에는 캔맥주 하나를 사서는 등을 돌리고 마냥 바다 쪽만 보며 홀짝홀짝 마시더라고 했다. 맥주를 다 마신 뒤에는 곧장 바다로 뛰어들 것만 같은 얼굴이었다고 했다.

내가 돌아보았을 때, 희도는 시선을 감추거나 고개를 돌리지 않았다. 희도는 숨김없이 나를 마주보았다. 본다는 것은 무엇일까? 어느 순간 내가 희도를 보았고 희도가 내내 나를 보고 있었다는 것, 그뒤 우리의 시선이 서로의 꼬리를 문 뱀처럼 물고 물리며 어디서나 서로를 찾아내고 쫓고 함께 머물렀다는 것은 어떤 뜻일까?

희도는 내게 다가와 차가운 캔맥주를 건네고 일본 시인들이 둘러앉은 테이블에 자리를 권했다. 빼어난 데도 부족한 데도 없는 생김새처럼 그의 동작은 자신이 해야만 하는 일을 하듯 자연스럽고 온화했다. 내가 자리에 앉자 희도는 모두에게 건배를 청했다. 나는 그가 한국어를 잘하는 일본 시인이라 짐작했다. 희도가 자신의 명함을 내밀며 내게도 요구했을 때, 나는 별 경계심 없이 내주었다. 우리는 서로의 명함을 꼼꼼히 살폈다. 이런 사람이 왜 이 배를 탔지 하는 심정이었다. 희도는 일본 에너지 회사의 한국지사 임원이었다. 넥타이만 풀었을 뿐 머리에서 발끝까지 정장 차림이었고 민첩하면서도 무겁게 느껴지는 태도 역시 별 하나를 단 군인 같았다. 나중에 들으니 희도 역시 나를 한국인 시인인 줄 알았다고 했다. 무릎까지 내려온 단정한 H라인 스커트 차림에도 불구하고 말이다.

희도는 그 다음주의 월요일 퇴근 시간에 맞추어 내 사무실이 있는 건물 로비에 서 있었다.

"맥주 마시러 가요."

희도는 우리가 늘 맥주를 마셔온 것처럼 말했다. 그러자 목이 마르고 맥주를 마시고 싶어졌다. 더위가 시작되는 초여름이었다. 우리는 길 건너에 있는 평범한 맥줏집으로 갔다. 그 여름에 희도는 출장을 떠나기 전날이나 출장에서 돌아온 날에 전화도 없이, 약속도 없이 그런 식으로 나타났다. 우리는 별말도 없이 맥주를 마시고 저녁 대신 안주로 배를 채우고 벚나무 가로수가 늘어선 완만한 언덕길을 걸었다. 희도는 묵직하면서도 민첩했고 과묵한데도 쉽게 나를 웃게 했다. 유머

러스한 센스보다는 순진성과 진정성의 힘으로. 출장이 길어지면 그를 생각하는 시간이 늘어났지만 희도는 내가 가볍게 만나고 헤어진 다른 남자들과 별다르지 않았다. 그저 가벼운 우연들이 계속해서 이어졌다. 그러니까, 우연히 바다에 뜬 여객선 갑판 위에서 한 남자를 만났고, 우연히 그 남자가 나를 찾아왔고, 우연하게도 그 남자가 또 찾아왔고, 계속 찾아온 것이었다. 우연에 의미가 있으리라고는 생각하지 않았다. 아니, 우연이란 원래 이해력 바깥에서 일어나는 일이어서 그 의미를 알 수 없도록 설계되어 있다.

희도는 언제 내 눈을 열고 마음 안으로 들어왔을까. 배 위에서 처음 눈이 마주쳤을 때 단숨에 자리잡았을까, 아니면 그후 여름이 지나가는 동안 발소리도 없이 느리게 들어왔을까. 도무지 알 수가 없다. 방심한 어느 사이에 희도는 원래 내 안에 있었던 것처럼 태연하게 자리를 차지했다. 시간이 흐른 뒤 희도가 말하기를 그날 배 위에서 나 이외에는 시선 둘 곳이 없었다고 했다. 시선의 힘이 그렇게도 큰 것이었을까. 희도가 내 곁에 있는 동안, 강과 허윤주와 엘로이가 무겁지 않았다. 혼자 물속으로 가라앉는 듯한 막막한 침잠도 생기지 않았다. 희도는 바라보는 힘을 통해 내가 모르는 사이에 내 짐을 자기 등으로 옮겨간 것 같았다. 희도가 가져간 그 무게만큼 내가 가벼워졌던 것이다. 근심 없이 웃고 먹고 여행했던 것이다. 그러면 내가 가벼워진 만큼 희도가 무거움을 감당했던 것일까. 희도가 떠나자 내 등에 진 짐의 무게가 다시 느껴졌다. 나는 다시 모래로 가득찬 짐에 눌리며 상실의 지하세계로 아득히 가라앉고 있었다.

나를 라애라고 부르는 세 사람

읍내의 스타는 다리를 저는 떡장수 여자와 연탄 수레를 끄는 바보였다. 떡 함지박을 머리에 인 채 순간적으로 균형을 상실하며 아찔하도록 깊게 떨어지는 한쪽 다리의 하강이 만들어내는 곡예 같은 리듬에 빠져든 이상 상과 도이와 나는 그녀를 뒤쫓는 짓을 멈출 수 없었다. 연탄 수레를 끄는 바보는 별명이 로미오였다. 연탄이 묻은 얼굴과 기름진 고수머리와 흰 이를 환하게 드러내고 웃는 웃음이 낭만적으로 보이기도 했다. 낭만의 핵심은 아무 쓸모가 없이 순수하게 아름답다는 데 있다. 이불 거지와 난쟁이 가족과 유리 가게 털보와 백구두만 신는 구두 맞춤점의 미남 주인과 금박으로 장식된 화려한 한복을 입는 선다방의 마담도 우리가 동정을 살피는 관심 인물이었다. 그들은 비슷비슷해서 구분할 수 없는 평범한 사람들과 달리 자신을 이 세계에 노출하고, 그 모습 자체로 세상의 풍경에 색채와 리듬과 음영과 이야기를 더하는 존재들이었다.

우리는 늘 무료했기 때문에 무엇이든 놀이로 삼았다. 침 멀리 뱉기와 신발 멀리 던지기를 하고 놀거나 비닐과 고물을 수집해 과자 도매점에 가져다주고 알사탕으로 바꾸어 먹기도 했다. 생선전에서 내버린 다 상한 생선을 들고 다니다 남의 방안이나 마루에 슬쩍 넣어두고 도망치기도 했고, 철길에서 기차가 다가올 때까지 선로를 두드리며 노는 위험한 짓에도 매달렸다. 한때는 간첩놀이에 심취해 한 달 내내 계속하기도 했는데, 셋이 돌아가며 하루씩 하지 말아야 할 금지 행위를 비밀리에 하달했다. 금지 행위를 어기면 그 자리에 얼음이 되어 풀어줄 때까지 서 있어야 했다. 시장 사람들은 비키라고 야단을 치곤 했는데 영문 모를 사람들에게 혼나는 것이야말로 진짜 벌이었다. 오른손을 올려서는 안 된다. 하늘을 봐서는 안 된다. 혀를 내밀면 안 된다. '아'가 들어가는 말을 하면 안 된다. 맹물을 마시면 안 된다. 로미오와 마주쳐서는 안 된다. 누가 불러도 대답하면 안 된다……

오원 언니가 좋아한 『설국』의 작가가 노벨문학상을 받고, 인간이 달에 착륙해 미합중국 기를 꽂고, 읍내에 전기가 들어온 지 몇 년 지나지 않았을 때였다. 시내에 아이스케이크 공장과 유리를 잘라 파는 가게와 얼음 도매점과 과자 도매점이 있었고, 사람들이 양장점과 양복점에서 옷을 맞추어 입던 시절이었다. 국시가 반공이어서 관공서나 학교의 담벼락마다 반공 · 승공 · 멸공이라는 글자가 붉은 페인트로 적혀 있었다. 수상한 사람을 신고하라는 교육을 받았고, 신고를 독려하는 유인물이 헬리곱터에서 뿌려졌다. 수상한 사람이란, 아침 일찍 양복 차림으로 산에서 내려오는 사람, 오랫동안 보이지 않다가 갑자기 나타난 친척, 심야에 몰래 라디오를 듣는 사람, 마을을 배회하는 낯선 사람 등등이었다. 북한 동포들은 괴뢰의 압제하에 굶주리고, 천삽 뜨고 허리 한 번 펴기 운동과 새벽별 보기 운동에 시달리며 잠자는 시간도 없이 노역을 하거나 강제수용소에서 쇠공이 달린 사슬에 발목이 묶인 채 고문을 당하며 죽어가고 있다고 했다. 괴뢰는 사람과 몸은 같지만 얼굴이 붉고 머리에 뿔이 나 있었다. 읍내의 유일한 이층 건물인 극장에서는 반공영화를 주로 상영하여 학생들이 단체로 관람하기도 했지만, 가끔은 남자와 여자의 얼굴이 겹쳐진 낯뜨거운 간판이 걸리기도 했다. 그런 상영관에는 밤에 어른들만 은밀하게 들어갔다. 영화 포스터를 붙이고 다니는 키다리와 뚱보 형제가 자전거 짐칸에 돌돌 말아 쌓은 포스터들과 풀통을 싣고 시골 마을 구석구석을 돌아다녔으며, 계절이 바뀔 무렵에는 동남아 순회공연을 마친 화려한 쇼단이 들어왔다. 한여름과 한겨울에는 서커스단이 원숭이와 코끼리를 끌고 와 우시장 공터에 천막을 쳤다가 어느 날 흔적도 없이 걷어 갔고, 시장 가운데 마당에는 토요일마다 여성 국극이 열렸다. 그리고 거지와 바보와 상이용사와 미친년과 문둥이 들이 사람들과 뒤섞여 살아갔다. 사람들은 구경거리를 좋아해서 술 취한 남자들이 웃통을 벗고 싸우면, 말리기는커녕 둘러서서 편을 갈라 응원을 했다. 시장에 면한 판잣집에서는 남편이 아내를 팼고, 도망 나온 여자들은 거리에서 고무신을 벗어 바닥을 내려치며 분이 풀릴 때까지 목청껏 울어댔다. 그리고 아버지들은 딸이 수상한 짓을 하면 머리카락을 가위로 잘랐다. 봉자가 풀 먹인 의사 가운과 이불 홑청을 숯불로 다림질하고, 간식으로 술빵과 양갱을 만들고, 제사나 생일을 지내면 다음날 아침에 쟁반을 머리에 이고 다니며 노인들이 사는 집에 음식을 나누어주었던 시절이었다.

세노야, 세노야, 기쁜 일이면 저 산에 주고 슬픈 일이면 님에게 주네. 세노야, 세노야, 기쁜 일이면 바다에 주고 슬픈 일이면 내가 받네. 세노야, 세노야, 산과 바다에 우리가 살고 산과 바다에 우리가 가네……

오원 언니와 봉자는 라디오에서 자주 흘러나오는 노래를 따라 불렀다. 나는 그 노래가 뜻하는 바를 도무지 알 수 없었다.

"슬픈 일은 왜 님에게 주어요? 기쁜 일은 왜 산에다 주어요?"

오원 언니는 그것도 모르냐는 표정을 지었다.

"원래 슬픔은 사람이 감당하고 기쁜 일은 산과 바다에 바치며 사는 거란다."

"왜요?"

"산과 바다는 우리가 사는 곳이고 또 돌아가는 곳이니까."

"그러면 님과 나는 어떻게 해요?"

"님과 나는 많이많이 사랑하면 되지. 님과 나 사이에 산과 바다가 있으니까. 산과 바다로 돌아가니까."

오원 언니가 아무리 설명해도 알 수 없었지만, 사람끼리 사랑하는 것이 서로에게 슬픔을 주는 일이라니 실망스러웠다.

"나애는 님이 뭔지 아니?"

"선생님, 원장님 할 때 님이지."

나는 오원 언니가 물을 때는 최선을 다해 대답했다. 그래야 할 것 같았다.

"그래, 님은 존경하는 사람, 귀한 사람이란다. 하지만 님은, 그것과 다른 뜻도 있어. 네게 정말 소중한 사람을 말하는 거야. 늘 함께 있고 싶고, 곁에 있어도 더 함께 있고 싶고, 보고 있어도 보고 싶은 사람 말이야. 이다음에 자라서 그런 사람을 만나면, 절대로 떠나지 말고 그 곁에서 살아야 한다."

나의 뺨이 달아올랐다.

"지금도 있는걸."

오원 언니의 눈이 커다랗게 열렸다. 그러고는 눈으로 물었다. 누구니?

"도이님."

오원 언니가 맙소사, 했다.

"도이님, 이래요."

오원 언니는 곁에 있던 종려할매에게 이르듯 내 흉내를 냈다.

"강아지 데리고 쓸데없는 말은."

종려할매가 나의 팔을 잡아끌었다. 오원 언니가 예뻐하는 새하얀 팔에 붉은 손자국이 생길 만큼 억센 힘이었다.

종려할매는 양손에 양동이를 하나씩 들고 별채 뒷문으로 나가 채소전을 지나 국극이 열리는 공터를 가로질러 생선전에 들러 생선 대가리와 내장이 뒤섞인 검은 구정물들을 모았다. 그다음은 옆 골목으로 들어가 국밥집과 백반집을 돌며 불그레한 구정물을 모았다. 마지막 집에서는 잠시 걸터앉아 선지가 든 국물과 소주를 두어 잔 마시고 나에게도 수육 몇 점을 된장에 찍어 먹였다. 한숨 돌린 종려할매는 구정물을 채운 양동이를 양손에 들고 푸줏간 앞으로 빠져나가 상이네 철물점을 지났다. 시장 앞 도로를 건넌 종려할매는 자전거 수리점 뒷길로 돌아가 산동네에 올랐다. 검은 판잣집들과 낡은 흙집들 사이로 난 골목길은 좁고 가파르고 구불구불했다. 종려할매가 든 양동이에서 구정물이 출렁거리며 흘러내렸다. 바짝 치솟은 언덕배기를 다 올라 길가 집에 들어간 종려할매는 양동이를 놓자마자 부엌문을 요란하게 밀치고 들어가 독에서 물을 퍼마셨다. 나 혼자 좁다란 마당에 서 있는데 방문이 스르르 열리고 검은 테 안경을 쓴 남자가 내다보았다. 상체가 길고 얼굴이 희고 코가 높은 중년 남자였다. 그는 상을 펴고 두꺼운 책을 보는 중이었다.

"규호 딸이다."

종려할매가 알려주었다. 좁은 마루를 사이에 두고 남자는 나를 그윽하게 내려다보았다. 규호는 아버지 이름이었다. 어디서 돼지 울음소리가 들렸다. 좁다란 마당 끝에 돼지우리가 검은 파리떼가 엉겨 있는 가마니에 가려져 있었다. 종려할매가 가마니를 들추자 파리떼가 날아오르고 돼지 똥냄새가 퍼져나와 코를 잡아야 했다. 종려할매는 양동이에 든 구정물을 우리 안의 먹이통에 쏟았다. 돼지들이 서로 머리를 드밀며 우적우적 춥춥 소리를 내며 들이마셨다.

남자는 마루로 나오더니 부엌과 연결된 찬장에서 양재기를 꺼냈다. 양재기 안엔 딸기가 소복하게 담겨 있었다. 종려할매는 딸기는 거들

떠보지도 않고 돼지우리 지붕 밑에 걸린 호미를 찾아들고 집을 나섰다. 나는 딸기가 든 양재기를 들고 따라 나갔다. 딸기가 그릇 밖으로 굴러떨어졌다. 사람이 되어야 한다, 사람이. 종려할매는 오르막 언덕을 오르느라 숨을 헐떡거리며 중얼거렸다. 업을 풀고 사람이 되어야 한다, 사람이…… 종려할매는 무슨 주문이라도 외듯 계속 중얼거렸다. 언덕을 완전히 넘어갔을 때, 산밑에서 호미로 밭을 일구던 여자가 종려할매를 보고 엉거주춤 일어섰다. 머리에 수건을 쓴 여자는 울고 있는 것만 같았다. 밭가 밤나무 그늘 아래에 통통하게 살찐 여자애 하나가 놀고 있었다.

"라애다. 규호 첫째 딸."

머리에 쓴 수건을 풀어 눈물인지 땀인지 모를 것을 닦던 여자가 얄팍한 눈으로 울상을 짓고 웃었다.

"미향이 언니다. 같이 놀아라."

종려할매는 나를 여자아이 쪽으로 보내고 밭 가운데로 가서 앉아 호미질을 시작했다. 여자아이는 길쭉한 돌에다 호박 잎사귀로 치마를 해 입히고 붉은 뱀딸기와 자잘한 노란 꽃으로 밥상을 차려놓고 있다가 갑자기 들이닥친 손님이 반가운지 얼른 먹으라고 권했다. 나는 딸기 양재기를 여자아이 쪽으로 밀어주고 꽃밥 먹는 시늉을 했다. 종려할매는 호미로 땅을 후벼파 연신 돌들을 캐내 가장자리로 내던졌다. 잠깐 사이에도 많은 돌이 나왔다. 밭마다 가장자리에 돌담을 둘러싸고, 숲으로 이어지는 경계에 돌무덤들을 높이 쌓은 이유를 알 것 같았다. 산밭엔 돌이 너무 많았다.

어린아이에게 세상이란 주어진 대로 받아들이는 곳이지만 의혹은 몸안의 돌처럼 속수무책으로 함께 자라난다. 나로서는 모두들 종려라고 이름을 붙여 부르는 종려할매가 누구인지 정확히 알기까지 오랜 시간이 걸렸다. 내과 의사의 아버지와 어머니는 안채 마루에 걸린 사진 액자 속에 따로 있었다. 내과 의사는 정원에 야금야금 상추씨를 뿌리거나 가지 모종을 심거나 닭을 풀어놓으면 눈살을 찌푸렸지만 대개는 종려할매를 투명인간 취급했다. 봉자도 종려할매를 성가신 객식구에게 하듯 버릇없이 대했고 계절마다 종려할매의 옷가지와 이불을 챙기는 사람은 오원 언니뿐이었다.

유화 부인은 물의 신 하백의 딸인데, 천제인 해모수에게 유혹되어 압록강가의 집으로 들어가 사통을 했단다. 사통은 결혼하지 않고 남녀가 한몸이 되는 거야. 그 죄로 유화 부인은 부모에게 쫓겨나 땅으로 귀양을 왔지. 물에 흘러다니던 여자가 땅으로 쫓겨왔으니 얼마나 힘이 들었겠니. 북부여의 왕 금와가 이 소식을 듣고 유화 부인을 보살펴주었지. 그런데 유화 부인의 몸에는 어딜 가든, 늘 햇빛이 따라다녔단다. 시간이 지나자 유화 부인은 크기가 다섯 되쯤 되는 알을 낳았단다. 부여 왕인 금와는 놀라서 알을 개돼지에게 던져주었지만 모두 먹지 않았고, 길에 버리니 말과 소가 피해 가고, 들판에 버리니 새와 짐승이 오히려 알을 품어주었단다. 왕은 알을 깨뜨려버리려고 했지만 깨지지 않아 결국 유화에게 돌려주었지. 유화가 천으로 알을 부드럽게 감싸 따뜻한 곳에 두자 곧 어린아이가 껍데기를 깨고 나왔는데 골격과 겉모습이 영특하고 기이했단다. 그 아이가 바로 주몽이란다.

주몽 신화는 오원 언니가 가장 좋아하는 이야기였다. 나는 그 이야기를 외우고 있었다.

주몽이 명궁인데다 영특하고 말도 잘 키워 왕의 아들들과 여러 신하가 해치려 하자 유화 부인은 멀리 떠나기를 재촉했단다. 주몽은 세 사람의 벗과 도망길에 올랐는데 강에 이르자 물고기와 자라가 다리를 놓아주어 뒤쫓던 병사를 따돌리고 무사히 졸본주에 이르러 그곳에 도읍을 정했지. 주몽은 국호를 고구려라 하고 고씨를 성으로 삼았단다.

해모수나 하백, 북부여와 금와, 주몽, 졸본주, 고구려 같은 단어는 추상적인 외국어 같았지만 나에게는 종려할매의 이름인 종려만큼이나 익숙했다.

"종려할매는 누구예요?"

산동네 집에 갔다온 뒤로 목까지 올라온 질문을 참을 수가 없었다. 오원 언니의 표정이 모처럼 엄해졌다.

"종려할매는 종려할매란다."

"종려할매는 누구를 낳았어요?"

"넌 말해주어도 몰라."

"산동네 집에 갔었어요."

오원 언니는 잠시 뭔가를 생각한 뒤 목소리를 잔뜩 낮추고 말했다.

"거긴 종려할매의 큰아들 집이란다. 그 사람도 보았니?"

"보았어요."

"네가 갔을 때 뭘 하고 있었니?"

"방안에서 책을 보고 있던데요."

"그 사람은 일본 동경의 대학에 유학까지 다녀온 인텔리란다."

"인텔리가 뭐예요?"

"머리가 좋고 공부를 많이 한 지성인이지. 졸업을 했는지, 중퇴를 했는지 몰라도 다녀와서 야간 중학교를 세웠었지. 읍내에 공립중학교가 생기기 전까지 여기 사람들 다 거기서 중학교 과정을 공부했어."

"지금은요?"

"학교가 문 닫은 뒤로는 아무 일도 안 한다더라."

"그런데 종려할매는 큰아들 집을 두고 왜 여기 살아요?"

"여기가 편한가보지."

오원 언니는 더는 묻지 말라고 손을 저었다.

무슨 일이든 내가 조금만 더 자세히 파고들면 어른들은 시치미를 떼고 딴청을 부렸다. 종려할매도 유화 부인처럼 물의 나라에서 귀양 와서 산동네 집과 병원집과 아버지의 집 중 어딘가에 다섯 되 크기의 알을 낳았는지도 모를 일이었다.

종려할매는 백팔염주를 늘 몸에 지니고 다니다가 어디서나 틈틈이 손끝으로 돌리며 경을 외웠다. 경이라고는 해도 나무아미타불 관세음보살을 반복하는 게 전부였다. 잠들기 전에 내가 염주를 빼앗아 목에 걸면 종려할매는 나를 안고도 염주알을 굴렸다. 염주는 서늘한 촉감으로 내 목을 감고 돌아갔다.

"염주는 수십 년 뒤에도 심으면 싹이 나는 신기한 곡식이란다. 백

팔의 수는 인간이 감당하는 번뇌의 수인데 열두 달과 이십사 절기와 칠십이 기후를 합한 수와 같아서 우리가 사는 우주의 수이기도 하지. 백팔염주를 부지런히 돌리면 지은 업이 벗겨지고 번뇌가 없어진단다."

"그러면 사람이 되는 거예요?"

"그래, 그러면 괴로움을 벗어나 사람이 되지."

잠이 오지 않을 때면 종려할매와 낳기 놀이를 했다.

"종려할매는 누가 낳았어요?"

"까마귀가 낳았지."

"종려할매는 누굴 낳았어요?"

"호박을 다섯 개나 낳았지."

"오원 언니는 누가 낳았어요?"

"고양이가 낳았지."

"아버지는 누가 낳았어요?"

"내가 냇가에서 빨래하는데 네 아버지가 고무신을 타고 오더라. 내가 긴 팔을 뻗어 냉큼 건졌지."

나는 깔깔대고 웃었다.

"엄마는 누가 낳았어요?"

"물고기가 낳았지."

"나는 누가 낳았어요?"

"호박꽃이 낳았지. 초여름 새벽에 호박을 따러 나갔더니 호박꽃에 고인 이슬 속에서 내 강아지가 나왔지."

"나는 누가 낳았어요?"

"여름 새벽에 연못이 낳았지. 빗방울이 떨어지고 개구리밥이 빙빙 돌더니 내 강아지가 밖으로 튕겨나왔지."

"나는 누가 낳았어요?"

"밥솥이 낳았지. 아침에 밥하려고 솥뚜껑을 열었더니 흰밥 같은 내 강아지가 나왔지."

종려할매는 나에 대해 물을 때는 매번 다른 대답을 했다. 나는 호박꽃이 낳았고 연못이 낳았고 밥솥이 낳았다. 나는 뱀 구멍에서도 나왔고 여우가 물어오기도 했고 유채꽃밭에서도 나왔다. 마지막엔 언제나 하늘색 새가 물어온 것으로 끝을 맺었다. 내가 몇 번이나 태어났는지 모른다. 혹은 내가 몇 명이나 태어났는지 모른다. 그런 건 알 바 아니어서 따지지도 않았다. 어딘가 다른 세상에 내가 예비로 일곱쯤 더 있다고 해서 나쁠 것 없다. 종려할매가 말하기를, 나는 여러 개의 세상에서 다른 모습으로 살고 있었다. 다른 세상의 나는 이곳의 나를 위해 살아가는 존재들이었다. 나 역시 다른 세계의 나를 위해 잘살아가야 한다고 했다. 또 내가 다섯 번쯤 살아도 나에겐 여섯번째 일곱번째 삶이 더 있으니 아무 걱정 말고 씩씩하게 살라고 했다. 살고 또 살아서 사람이 되어야지, 업을 벗고 사람이 되어야 해…… 종려할매는 잠들기 전에 나의 등을 토닥였다.

"내가 다른 세상의 나를 만날 수도 있어요?"

"그럼, 이다음에 다 만나게 된단다."

종려할매는 장담했다. 나는 잠들어가는 동안 다른 세상에 사는 다른 모습의 나에게 밤 인사를 했다. 안녕, 잘 자. 안녕, 잘 자. 모두 모두 잘 자. 나는 진심으로 그 세상들이 평안하기를 바랐다. 종려할매는 암, 그래야지 내 새끼, 암, 그래야지 하고 추임새를 넣으며 등을 두드렸다. 그리고 밤은 항상 나무관세음보살로 끝이 났다.

명절 뒤끝이나 추수가 끝난 뒤, 따스한 겨울날의 오후, 혹은 봄이 시작될 무렵이면 병원집을 찾아와 우는 여자가 있었다. 여자는 안채 축담 끝에 앉아 눈물로 짓무른 눈길로 종려할매를 쫓아다녔다. 우는 여자가 온 날은 종려할매도 밖에 나가지 않았다. 담벼락에 장작을 쌓거나, 연탄과 쌀가마니가 차곡차곡 쌓인 광에서 낫들을 모두 꺼내 수돗가에 박힌 숫돌에다 슥슥 갈거나, 메주 쑬 콩을 불리거나, 채마밭에서 풀을 뽑으며 바지런히 움직였다. 내가 학교에서 돌아와 가방을 벗어들고 마루로 다가가면 여자는 젖은 눈을 손으로 닦으며 나를 쳐다보았는데, 어딘지 다정하기도 하고, 어딘지 시샘하는 듯도 하고, 어딘지 염려하는 듯도 한 청승맞은 눈빛이었다.

우는 여자에게서는 늘 술냄새가 났다. 한번은 만취해서 대문 안으로 들어오지 못하고, 병원집 담벼락에 기대앉은 채 욕설을 쏟아내다가, 통곡을 하다가, 모로 쓰러져 잠들기도 했다. 어디선가 본 것 같은 여자였다. 과일전이나 옷전에서, 혹은 시장 난전에서 장사를 하거나 굴다리 밑에서 파전을 부쳐 팔던 여자 같았다. 여자는 장날 인파 속에 섞여 있으면 도무지 구분해낼 수 없을 정도로 흔한 파마머리에 흔한 스웨터에 흔한 일바지 차림을 하고 있었다.

그 여자는 안개처럼 소리 없이 집안에 들어와서 울다가 어느 결에 없어지곤 했는데, 아무도 건드리거나 내쫓지 않았다. 내가 곁을 지나가면 여자는 내 이름을 중얼거렸다. 나애야, 나애야…… 그럴 때면 여자의 얼굴에서 언뜻 나의 얼굴이 드러났다. 나는 공포에 사로잡혀 뒷걸음질치며 달아나곤 했다.

"저 여자가 내 이름을 어떻게 알아요?"

오원 언니에게 물었다.

"묻길래 내가 가르쳐주었어."

"누군데요?"

"종려할매 큰딸."

그제야 안도감이 들었다. 그 여자가 나를 버린 친엄마일까봐 속으로 전전긍긍했던 것이다. 종려할매의 딸이라면 내 엄마일 리는 없었다. 하지만 나와 여자는 무척 닮은 모습이었다. 여자는 다른 마을에 집이 있고 논밭도 있고 남편도 있고 아이들도 있지만, 어릴 때 헤어진 엄마의 정에 굶주려서 술을 마시고 찾아와 우는 거라고 했다.

"어른이 되어도 엄마가 필요해요?"

오원 언니는 안방에 걸린 큰어머니 영정사진을 흘깃 보았다.

"어릴 때 사랑에 굶주리면 어른이 되어서도 바깥을 떠돌게 된단다. 그런 허기는 무엇을 먹어도 채워지지가 않아."

내 눈에서 순식간에 눈물이 흘렀다.

"왜 그러니?"

오원 언니가 놀랐다.

"나도 저런 여자가 될까봐 무서워요."

오원 언니가 나를 끌어당겨 등을 두드렸다. 오원 언니는 무슨 말인가 해주고 싶어했지만, 도무지 할말이 없는 것 같았다. 병원집을 떠난 뒤에 무슨 일로 울 때면, 그 여자와 내가 겹쳐져서 우는 것만 같았다.

내가 그 여자가 되어 우는 것만 같았고, 그 여자가 내가 되어 우는 것만 같았다. 그럴 때면 울다가도 흠칫 놀라 울음을 그치곤 했다.

너를 기억하는 힘으로

고향을 둘러보고 싶다고 했던 수호는 막상 새벽에 일어나 고속버스를 타고 도착해서는 심드렁했다.

“바닷가로 회나 먹으러 가자.”

수호는 쓴 물을 삼키는 표정을 지었다. 고향이란 거미줄같이 퍼진 유선들 속으로 기억이 돌아오는 따스한 젖가슴처럼 뭉클하지만, 가까워지면 매장한 기억의 관이 열리듯 악취와 환멸도 살아나는 것이었다. 벌어진 기억 속으로 알과 벌레가 우글거리는 상처들이 순식간에 되살아났을 수도 있다. 그동안 내가 겪어온 곤혹스러움이기도 했다.

고향에 갈 때 나는 언제나 고속도로가 아니라 철길을 따라 들어가는 국도로 갔다. 뒷문으로 몰래 들어가는 탕자 같은 심정이었다. 길들과 산과 들, 지형만 겨우 같을 뿐 건물들은 완전히 달라졌는데도 기이하게도 나를 둘러싸는 공기는 옛날 그대로였다. 마치 내 속에 똑같은 세상이 존재하는 것처럼 공기는 허물없이 다가와 내 뺨에 닿고, 폐를 채우고, 빈틈없이 몸안으로 스몄다. 그곳에서 나는 파헤쳐져 붉은 흙을 드러낸 발굴중인 유적지를 딛듯 언제나 조심스러웠다. 나는 볼일만 보고 최대한 아무것도 건드리지 않은 채 빠져나오고 싶었다. 그러나 번번이 실패하고 기억의 흙구덩이 속으로 발이 빠지곤 했다.

수호를 다시 만난 건 오 년 만이었다. 우리는 한겨울의 바닷가를 드라이브했을 것이다. 그리고 어딘가 횟집에 들어가 앉아 회와 술을 시켰을 것이다. 그날의 행적은 연속성이 끊어진 채 군데군데 떠올랐다. 생생한 것은 은하수와, 수호가 예상치 못한 부탁을 했던 순간과, 우리가 헤어지던 장면이었다.

"은하수 아니?"

예전에도 수호는 그렇게 물었다. 종로구청과 소방서 사이에 서서 바람에 날려온 서류봉투를 바작바작 밟던 밤이었다.

"은하수 안에 우리만 아는 비밀 장소가 있었어. 아이들이 다이빙을 하던 큰 바위 밑으로 잠수해 오른쪽으로 돌아가면 좁은 틈이 있었는데 어깨를 틀며 들어가면 상당히 넓은 공간이 나오고 커다란 물고기들이 놀고 있었지. 그 틈을 지키면 쉽게 물고기를 잡을 수 있었어. 아마 상과 도이와 나만 알고 있었을걸. 우리는 밤에 실컷 물놀이를 하고 물고기를 잔뜩 잡아왔어. 바위틈에 통발을 놓기도 하고 작살로 찔러 잡기도 했지. 그 안쪽은 우리만의 보물 창고였어. 다이빙을 하고 물속에서 솟구쳐나와 긴 숨을 내쉬며 바라보는 밤의 은하수는 서리가 내린 듯 하얗게 빛났어."

고향이란 아마도 남몰래 자신의 별을 숨겨둔 장소인지 모른다. 나는 꼭 한 번 여름에 은하수에서 논 적이 있었다. 학교 강당에서 함께 연습했던 무용반과 기계체조반 아이들의 야유회였다. 그날의 기억은 푸른 물속에 떠 있던 노란 참외들에서 시작된다. 산에서는 내내 소쩍새가 울었다. 아이들은 물속에서 참외를 던지고 받으며 놀거나 잠수놀이를 하거나 바위에 올라가 다이빙을 했다. 아이들이 뛰어내리던 바위는 키의 두세 배나 되는 높이였고 물은 검게 보일 만큼 깊었다.

나는 참외를 잡으러 다니다가 지쳐 여자애 하나와 얕은 물가로 나와 앉았는데 바로 그때 두루미 한 마리가 날아오더니 우리 앞에서 사냥을 시작했다. 몸은 새하얗고 얼굴과 긴 부리와 긴 다리는 붉은 갈색인 두루미는 몇 걸음 걷다가 한 다리로 서서 조용히 물속을 들여다보았다. 희고 동그란 눈 속의 검은 점이 미동도 하지 않았다. 여자애는 두루미가 우는 소리를 들은 적이 있는지 내게 물었다. 나는 두루미 울음소리를 들은 적이 없었다. 두루미는 울지 않아, 내가 말했다. 여자애는 두루미가 운다고 고집을 부렸다. 어떻게 울어? 내가 묻자 여자애는 흉내낼 수 없다고 했다. 나는 여자애가 거짓말한다고 생각했다. 거짓말은 흔한 일이었다. 나는 돌 인형에 비닐로 된 치마를 입히고 머리 쪽에 긴 수초를 감아 묶어 물속 바닥에 뉘고 주변에는 작고 예쁜 돌을 쌓고 풀꽃을 꽂아 장식했다.

상상해봐. 붉은 산호초와 커다란 소라들과 게, 파랗고 노랗고 알록달록한 물고기들이 헤엄치는 고요한 바닷속을. 심청이는 물결에 반쯤 들린 채 정신을 잃고 쓰러져 있어. 심청이의 길고 검은 머리카락이 풀려 잔잔한 물결을 따라 일렁일렁 나부끼지. 그리고 새하얀 얼굴과 어깨와 다리 사이로 물고기들이 지느러미를 흔들며 지나가…… 오원 언니는 심청전 이야기를 할 때면 그 장면을 자세히 묘사했다. 흐르는 물결 속에서 돌 인형의 검고 긴 머리카락이 살아 있는 생물처럼 일렁일렁 나부꼈다. 눈을 감고 돌 인형이 심청이로 변하는 마술을 힘껏 상상했지만, 아무 일도 일어나지 않았다. 대신 두루미가 작은 물고기를 부리로 잡아올려 먹는 것을 구경했다. 물고기는 두루미의 입안으로 완전히 사라질 때까지 계속 파닥거렸다. 물고기를 목구멍으로 삼킨 두루미는 다시 고요해져서 물속을 들여다보았다. 두루미가 진짜 울어? 내가 다시 묻자 여자애가 고개를 끄덕였다. 정말 들었어? 내가 또 묻자, 확실히 울어, 흉내낼 수는 없지만, 이라고 여자애는 말했다. 나는 오원 언니에게 물어보기로 마음먹었다.

도이는 상의 어깨를 타고 물속에서 이동하고 있었다. 그사이 다이빙놀이가 끝나고 수중 기마전이 시작된 것이었다. 상과 도이는 상대편 적장을 깊은 곳으로 유인해갔다. 이제 상은 겨우 목만 물위로 나와 있었다. 물결이 밀려올 때마다 고개를 젖히고 입속에 고인 물을 내뱉었다. 상대편 적장이 더이상 따라가지 못하고 멈추자 상이 공격을 시작했다. 적을 수심이 깊은 구석으로 모는 상의 눈썹은 치켜세워졌고 눈꼬리가 길게 올라간 눈이 희번덕거렸는데 목말을 탄 도이는 무심해 보였다. 도이는 전쟁놀이를 싫어했다. 오히려 나와 얕은 물가에 붙어 앉아 용궁놀이를 하고 싶을 것이다. 상이 왜 그렇게 도이를 좋아하는지 알 수 없었다. 상은 도이를 어깨에 태운 채 무너진 적들의 등을 눌러 물을 먹이고 있었다. 낮의 은하수는 물위에 사금파리가 내린 듯 금빛으로 빛났다.

"도이를 한번 만나줘."

예전에 연락처를 알려달라고 했던 나의 부탁을 매몰차게 거절했던 수호는 그보다 더한 부탁을 했다. 뜻밖이었다.

"몰골 더러운 잡범이지만, 그사이 전과가 더 늘었지만, 한번 가서 봐주면 좋겠다. 병이 들었는데, 쪽방에 틀어박혀 꼼짝도 않는다. 병원에도 안 가고 먹으려고도 않고."

우리는 늦겨울 한낮의 얇은 햇살을 쬐며 카페테라스에 앉아 있었다. 테라스 가에 키 큰 종려나무들이 줄지어 서 있고 그 너머로 대형 화물선이 움직임을 알아채지 못할 정도로 천천히 지나가고 있었다. 먼바다 위 하늘에는 바닐라 아이스크림을 한 스푼씩 떠놓은 것 같은 작은 구름이 떠 있었다. 사진으로 찍어서 보면 봄이나 초여름쯤으로 보일 것 같은 평화로운 해안 풍경이었다.

"그러고 있으면 죽는다는 걸 뻔히 알면서도, 말 한마디 없어. 죽을 생각인가봐."

"내가 보면 뭐가 달라질까?"

나는 냉정했다. 내가 간다 해도 아무 소용 없을 거란 생각이 들었다.

"너는 울었잖아."

수호는 추궁이라도 하듯 내 눈을 마주보았다.

"너는 전에 도이를 생각하며 울었잖아. 도이 얼굴을 보며 울어주면 좋겠다."

"그러면?"

"간혹 생각했다고 말해주고, 앞으로도 그럴 거라고 말해주고……"

"그러면?"

"그러면 무슨 말 한마디라도 할지 모르지. 아니다. 사람 인생이 별거 있니. 네가 찾아가서 봐주면 밥도 안 먹고, 병원에도 안 가고, 말 한마디도 안 하고, 그러다가 죽어도 되지 않을까, 싶다. 그저 내 생각이지만."

귓속에 물이 차는 듯했다. 바다는 파도가 없이 잔잔한데, 내 귓속엔 파도 소리가 들렸다.

"내 이야기를 해봤니?"

"했어."

"기억하는 거 같아?"

"말을 안 하니 속을 모르겠어."

수호가 뭐라고 더 말을 하고 있었다. 완만한 S자로 휘어진 해안 도로를 따라 자동차들이 다가와서 테라스 아래로 흐르듯 지나갔다. 텔레비전에서 본 몰락한 남자들이 떠올랐다. 낡은 쪽방이나 월세 여관방에서 다리나 허리를 다쳐 누워 지내며 라면으로 끼니를 이어가는 가망 없는 남자들, 한때는 잘나갔지만 빚 독촉에 시달리며 곰팡이가 번진 지하방이나 불기 없는 옥탑방에 숨어사는 전락한 남자들, 거리에서 자다가 폭행이나 자동차 사고로 불구가 된 행려자들이나 노동력을 상실하고 보호소에 수용된 남자들, 편의점에서 도시락을 훔친 젊은 실업자, 낮부터 공원에서 술을 마시는 알코올중독자, 혹은 몸이 퉁퉁 부어오른 채 신문지를 깔고 지하도 바닥에 누운 검은 얼굴의 노숙자들. 그들을 볼 때면 도이가 떠올랐다. 그러지 않으려고 도리질해도 어쩔 수 없었다. 눈 속의 티와 같았다. 검거된 조직폭력배나 살인자들의 얼굴이 노출될 때도 도이가 떠올랐다. 그들에게서 빛이 꺼진 눈동자를 보았다. 연필로 빈틈없이 메워버린 흑연의 시선이었다. 눈 속의 빛이란 무엇일까. 그것은 왜 틈새로 흘러나오는 것일까. 틈새란 무엇일까. 틈새를 벌리기가 그토록 힘겨운 일일까. 세상의 틈새가 닫히는 그것이 절망일까. 그러면 사람은 저마다 세상에 자기 몸을 밀어넣어 틈새를 벌리며 살아가는 것일까.

"너무 늦었어. 너무 늦은 거 같아."

"뭘 하기에 늦었다는 거야?"

"뭐든, 뭐든 하기에 늦었어. 그러니까, 다시 보기에도 늦었어."

"도이가 너를 좋아했니?"

나는 잠시 뒤에야 수호의 말뜻을 알아챘다.

"글쎄."

"너는 도이를 좋아했어?"

"그런 것과는 달라. 그 이전에 우린 함께 있었어."

"무슨 뜻이야?"

"좋아하거나 싫어하기 이전의 세계에 있었다는 의미야. 도이가 나를 좋아하고, 내가 도이를 좋아했다 해도, 그건 세속에 속하는 일이 아니었어."

"세상 밖의 일이라는 거야?"

"그런 느낌이야. 세상에 들어오기 전에, 우린 거기서 함께했어."

수호의 눈에 흐릿한 좌절감과 원망이 깃들었다. 다른 사람들이라면 그런 경우에 당장 만나러 갔을까. 그러나 나는 할 수 없었다. 세속 안에서 망가져버린 도이를 보고 싶지 않았다. 어딘가에서 도이가 두루미처럼 울고 있을 것만 같았다. 도이를 보면 내 눈이 타버릴 것 같았다.

"시간을 줘. 마음이 바뀌면 전화할게."

"어려운 부탁을 해서 미안하다. 나도 다시 생각해볼게."

수호는 자신이 실수라도 한 듯이 사과했다.

수호가 다녀간 그 주의 금요일에 나는 희도의 일본 출장에 동행했다. 늘 권했던 희도는 반겼다. 마침 연휴가 붙어 있어 업무를 끝낸 뒤 개인적인 여행도 할 수 있다고 했다. 첫 방문 때와는 달리, 호텔도 예약했다. 택시가 히비야공원 앞에서 호텔 캐노피를 따라 들어가 정문 앞에 도착하자 진청색 양복을 입은 안내원이 택시 문을 열어주고 트렁크를 내려주었다. 금장 테두리를 한 커다란 회전문을 따라 안으로 들어서니 삼층 높이의 넓은 홀 중앙에 붉은 카펫이 깔린 대리석 계단과 작은 분수와 거대한 꽃장식 같은 것이 눈에 들어왔다. 그리고 커피 향기와 라운지 음악과 잔잔한 소음이 오감을 채웠다. 일상의 중력이 차단된 듯 그지없이 평화로운 실내 풍경이었다. 홀 왼편 기둥 너머로는 카페테리아에 앉아 한가롭게 담소하는 손님들의 모습이 펼쳐졌다. 그리고 상점과 백화점으로 연결되는 통로가 있는 중앙 계단 뒤편을 돌아 오른쪽으론 인포메이션 센터와 리셉션 카운터와 짐 보관소 같은 것들이 둘러서 있었다. 로비는 저마다 방향이 다른 사람들이 오가는 여러 갈래의 통로이면서도 사람과 사람 사이에 몇 광년의 거리가 놓여 있는 듯 적막했다. 호텔 로비란 어떤 면에서는 지독하게 고독한 장소 중의 하나인 것이다. 그것은 모든 숙박지의 속성이기도 하지만,

확실한 것은 고급 호텔에서는 더 사치스러운 고독을 제공한다는 점이다. 그 순간 나에게는 등을 돌리고 리셉션 카운터에서 체크인을 하고 있는 희도 외엔 아무도 없었다. 곧 진청색 정복을 입은 직원이 우리를 붉은 카펫이 깔린 중앙 계단으로 안내했다. 호텔의 역사관과 보석 상점들이 늘어선 이층 복도를 지나 한적한 별관 로비에 도착했을 때, 직원은 손님용 엘리베이터 버튼을 눌러주고 허리를 깊숙이 숙여 인사를 했다. 엘리베이터 마지막 층에서 내리자 흰 목이 드러난 기모노를 입고 일본 버선에 게다를 신은 단발머리 여자가 따스한 물수건이 담긴 쟁반을 가슴 높이에 들고 기다리고 있었다. 여자는 환영의 인사를 하고 벚꽃잎같이 잔잔한 미소를 지었다. 복도를 지나 룸으로 따라 들어가니 커튼을 쳐둔 유리문 너머로 보석처럼 화려하게 빛나는 도쿄타워가 보였다. 트렁크는 이미 도착해 있었다.

희도는 어디에서나 새벽 다섯시 삼십분 알람에 맞추어 일어났다. 출장지에서도 예외는 없었다. 잠을 설친 나는 희도가 하는 방식을 따르기로 했다. 그는 조식 시간을 적당히 맞추기 위해 히비야공원을 가로질러 일본의 주요 정부 청사들이 늘어선 도로를 지나 황궁 쪽으로 산책을 나갔다. 긴 산책에서 돌아오면 샤워를 하고 정장을 갖추어 입은 뒤 식사를 하고 여덟시에 정확하게 나갔다가 저녁 시간에 맞추어 돌아왔다.

희도가 일하는 동안, 나는 호텔 룸에서 이불을 감고 『설국』을 읽으며 시간을 보냈다. 혼자 관광을 하거나 쇼핑을 하거나 거리를 기웃거리는 데는 흥미가 없어서 점심도 룸서비스를 시켰다.

책을 읽는 틈틈이, 오원 언니가 좋아했을 법한 문장에 연필로 밑줄을 그었다. 시마무라의 마음속에는 헛수고라는 단어가 떠다녔다. 희도는 예민하고 정교한 탐미주의자 시마무라와 닮은 데는 없다. 희도에겐 무엇을 하든 헛수고 따윈 없었다. 희도는 언제 어디서나 스마트하고 명확하고 상쾌하게 작동했다. 시마무라의 힘은 허무에 있고 희도의 힘은 순진성에 있다. 그리고 둘의 공통점은 경건함에 있다. 하지만 둘 다 각자 다른 곳에 자기 마음을 숨길 것이다. 희도는 트렁크 같은 자신의 안쪽에, 시마무라는 눈을 흩뿌려놓은 자신의 바깥에.

긴자에서 초밥을 먹은 후에 전철역까지 걸어가 무인 전철인 유리카모메를 탔다. 기차가 출발하는 순간 때를 맞추기라도 한 것처럼 빗방울이 전차 차창에 사선을 그으며 떨어졌다. 유리창에 달라붙는 빗방울들을 보면 언제나 나 자신 같았다. 한사코 달라붙어도 미끄러져내리고 만다. 그러니 달라붙지 않는다. 전차는 비가 내리는 밤의 빌딩숲속을 달려갔다. 도쿄의 불빛은 야광으로 빛나는 짐승들의 눈동자와 금빛 물고기의 비늘과 공작의 깃털같이 비현실적으로 아름다웠다. 그 불빛 위로 나의 얼굴이 유일한 현실인 양 떠오르곤 했다. 수호가 다녀간 뒤로 내 속에서 뭔가가 쓰러지고, 그 무게에 건반 하나가 눌린 듯 슬픈 음이 계속 울리고 있었다. 내 일부가 그 틈새에 낀 것만 같았다. 일상 속에서 하나의 음이 반음 내림으로 연주되고 있는 느낌이었다. 나는 통각의 지점을 모르는 척하며 이가 시리거나 혓바늘이 돋았거나 닿지 않는 등 뒤쪽이 가려울 때처럼 잠시 버석거리다가 지나가기를 바랐지만, 실패하고 있었다. 검은 유리에 비친 내 얼굴 뒤로 팔랑팔랑 흔들리는 연 꼬리처럼 도이의 얼굴이 따라다녔다. 나는 유리창에 손가락으로 글자를 썼다.

내가 너를 기억하는 힘으로……

다음 글자를 쓸 수가 없었다. 몇억 광년이나 떨어진 것 같은 유리카모메 안에서 너에게 감상적인 신호 따위나 보내는 것이 무슨 의미가 있을까. 그러나 내 속에서 하나의 건반이 계속 울고 있었다.

살아 있어줘.

그 순간 거대한 바퀴가 하늘에서 떨어지듯 차창을 덮쳤다. 오렌지빛과 푸른빛과 보랏빛의 불길한 조명이 중첩되며 바뀌어가는 대관람차는 태양이 떨어뜨린 쇠바퀴처럼 밤의 허공에 멈춰 있었다. 유리카모메가 레인보우브리지를 지난 모양이었다. 음산한 빛을 발하는 팔레트타운을 지날 때는 황량한 인공의 서정에 소름이 돋았다. 그것은 내가 어릴 때 본 세상과 비슷했다. 세상은, 인공섬에 펼쳐진 밤의 놀이공원처럼 그로테스크했다. 작동의 의도와 원리를 은폐한 채 인공의 시스템과 색색의 조명으로 위장된 곳이었다.

그 속에서 고아인 도이와 폭력적인 편부슬하의 상과 정신적으로 사고무친인 나는 서로의 손을 꼭 잡고 있었다. 두번째 집에 입양된 아이들처럼.

종점에서 내려 되돌아오는 플랫폼으로 옮길 때 검은 비바람이 몰아쳐 얼굴이 젖었다. 세상이 온통 캄캄하고 텅 빈 창고 같았다. 온갖 조명으로 물든 인공의 낙원에서는 최고급의 호텔도, 빈틈없이 나를 안아주는 남자도, 최고의 초밥도 다음날의 관광 계획들도 공허했다. 단지 머나먼 근원이 그리웠다. 서러움이 펄펄 끓인 맑은 물처럼 온몸으로 번져나갔다.

"왜 그렇게 우울해?"

희도가 나의 팔을 잡았다. 그 순간 희도는 나의 유일한 현실이었다.

"내일 오전엔 일이 끝나. 그러면 우리 설국으로 가자."

내가 그 오래된 소설을 읽고 있는 것을 알고 하는 말이었다. 호텔에서 나오기 전에 되는대로 펼쳐서 읽은 문장들이 어렴풋이 떠올랐다.

희도가 내 뺨에 자기의 뺨을 갖다 댔다. 마음의 속살처럼 따스하고 물컹한 뺨이었다. 보기 드문 애정 표현이었다. 나도 세상에서 잊힌 단 한 개의 이상한 과일 같았다. 나는 두 팔로 희도의 허리를 꽉 안았다. 봄장미와 밍크고래, 우리는 도무지 다르지만, 눈물겹게 다정했다.

일본에서 돌아온 뒤 수호에게 전화를 했다. 수호는 전화를 받지 않았고 걸어주지도 않았다. 달이 바뀌어 전화했을 때는 전원이 꺼져 있었다. 세번째 전화를 했을 때는 결번이라는 안내 멘트가 흘러나왔다. 처음에는 수호가 서운했거나 화가 났나보다 생각하고 막연히 기다렸다. 두번째는 궁금증과 함께 곧바로 가지 못한 자책과 후회를 했다. 세번째로 불통되었을 때엔 좌절감과 함께 무거운 숙제가 없어진 것 같은 안도감이 밀려들었다. 그와 함께 나 자신이 얼마간 싫어졌다. 이마를 비추던 빛이 스러지고 발목이 무거워지는 느낌이었다.

종이비행기 국가대표 선수

황연태는 사람을 좋아하고 어디서나 판을 벌이는 타입이었다. 황연태는 두 친구와 함께 왔다. 이쪽은 오나애군. 내 오래된 여친이야. 연태가 나와 친구들을 인사시켰다. 비행물체 연구원은 공기저항을 오래 받으며 진화한 물고기나 비행기처럼 얼굴이 어딘가 모르게 유선형이었다. 사람은 자신이 늘 생각하는 것을 닮는 법이다. 갤러리 사장은 체구가 가느다랗고 해맑았다. 그는 길이 잘 든 명품 재킷과 가방을 들고 가벼운 러닝 슈즈를 신고 있었다. 연태가 문화원 전시실 입구의 작은 로비에서 관계자로부터 보고를 받고 평가 서류에 체크를 하는 동안 친구들과 나는 전시실을 어슬렁거렸다. 인근 지역 출신 화가들의 전시회였다. 대부분은 회화였고 서양화보다는 동양화 쪽이 우세해 보였다. 유명한 화가도 여럿인데다 작품 수도 많았다.

이우환의 대작 세 점은 중앙 벽에 걸려 있었다. 나는 그림과 설명을 번갈아가며 살폈다. 그는 이 고장 출신으로 대학생 때 일본 삼촌 댁에 방문했다가 눌러앉아 미술 공부를 하여 일본 모노하物派의 거장으로 성장했다. 그의 화법은 점을 찍는 게 전부라고들 하지만, 점 하나를 찍는 데 사오십 일이 걸린다고 하니 대단한 집중과 숙고였다. 이우환은 사람의 시점이 닿지 않는 생경한 맹점을 찾아내 하나의 점을 찍어 전체에 동요를 일으키며 미적 긴장과 갈등을 야기하고, 관람자의 내면이 그 점과 상호작용을 일으켜 새로운 시점을 내면화하도록 요청한다는 장황한 설명이 나와 있었다.

"연태에게서 나애씨 이야기 자주 들었습니다."

갤러리 사장이 옆으로 다가와 넌지시 말했다. 커다란 동공이 위로 떠 있는 눈이 유난히 희었다.

"몰랐던 사실인데요."

"몰랐다고요?"

그는 의심스러운 눈으로 되물었다.

"한 사람은 자주 생각하고 이야기를 하는데, 다른 사람은 전혀 모르면, 무슨 사이지……"

갤러리 사장은 나를 나무라는 표정을 지었다. 내가 뭔가 잘못하고 있는 것처럼 느껴졌다. 나는 불편한 화제를 얼른 넘기고 싶었다.

"연태는 나에게도 다른 여자 이야기를 늘 하는걸요. 화제의 칠십 퍼센트가 여자 이야기잖아요. 나머지 십오 퍼센트는 그림 이야기, 십오 퍼센트는 여행과 음식 이야기죠."

갤러리 사장은 마지못해 웃었다. 황연태와는 도무지 초점이 제대로 맞춰지지 않았다. 말하자면 황연태는 내게 흔들리고 엇갈리는 흐릿한 피사체 같았다. 관심을 가지고 보려고 하면 번번이 가로막는 장애물이 나타나고, 내가 다가가면 그가 물러서고, 그가 다가오면 내가 물러서면서 늘 일정한 거리를 유지하는 것이었다. 긴 세월이 지나는 동안 꽤나 복잡미묘한 사이가 되었다. 연태는 부유하게 자랐고 한때는 촉망받는 큐레이터였으나 십 년 전부터는 전락한 상태였다. 늘 여자가 있는 것 같은데도 결혼은 한 번도 하지 않았다. 문화적 허영심이 있고 그만큼 감각적이지만 수준 높은 예술적 안목에 비하면 터무니없이 미숙하고 덜 자란 부분도 있었다. 예술계에서 일하는 사람들은 대개 어느 한쪽으로 치우쳐 살기 때문에 그리 특별한 단점도 아니었다. 나는 황연태의 탁월함과 마찬가지로 그의 습벽이나 복잡한 콤플렉스나 노골적인 유치함 같은 것을 있는 그대로 보아왔다. 적정한 거리에 있었기에 가능한 일이었다.

"나가지."

황연태가 입구에서 손짓을 했다. 그는 거의 사철 내내 입는 쥐색 재킷 차림이었다. 일행은 주차장에 있던 내 차에 올랐다. 오늘 나는 그들의 운전기사였다. 악양으로, 플리즈. 조수석에 앉은 연태는 조금 전 전시장 로비에 앉아 업무를 볼 때와는 달리 홀가분한 얼굴이었다. 업무는 끝났고 이제 해방이었다.

"거기에 경비행장과 조그만 항공 기업이 있어. 경비행기를 만들고 있지. 물론 조립하는 정도지만."

연태가 나에게 설명했다.

"악양이란 지명이 이 마을에도 있어?"

뒤에서 갤러리 사장이 물었다.

"어디에나 강이 흐르는 절경엔 그런 이름이 붙어 있어. 거긴 이 지역 천과 남강과 낙동강이 합류하는 곳이야. 예전엔 여름마다 범람해서 여기 땅이 온통 침수지였어. 사람의 발길이 닿을 수 없는 야생적인 늪지가 많았지. 둑이 튼튼해진 뒤로는 풍경이 많이 달라졌지만 아직도 잡목과 갈대숲이 우거진 긴 강변이 있는데다 강이 내려다보이는 산기슭엔 고색창연한 악양루가 있어. 그곳에 올라서 강 풍경을 내려다보면 변함없는 지형에 담긴 영원의 세월이 한눈에 보이지. 그리고 강둑 너머로는 들판이 펼쳐지는데, 그곳 흙이 얼마나 고운지 바람이 없는 날에도 늘 공중에 흙먼지가 떠 있어."

"하지만 중국 악양에 비하면 미니어처처럼 작겠지."

"비유라고 생각하면 돼. 옛날 사람들처럼 언어를 통해서 더 거대한 풍경을 상상해보라고."

차는 읍내 중심 거리를 벗어나 앞이 트인 개활지로 들어가 곧게 뻗은 직선로를 달렸다.

"몇 년 전에 뉴스를 본 거 같은데, 칠백 년 된 연꽃씨가 발굴되었다고. 그 연꽃씨가 다음해에 꽃을 피워서 화제가 되었지."

갤러리 사장의 말에 비행물체 연구원이 물었다.

"그 연꽃이 뭐가 좀 달라?"

"나애, 봤어?"

연태가 내게 대답을 요청했다.

"꽃이 좀 가녀린 듯해요. 꽃잎이 얄팍하고 좁아서 가운데 씨방이 더 두드러져 보이고요. 향도 더 진하다고 해요. 고려에서 온 연꽃이라고 하더군요."

"불교의 윤회처럼 신비롭네요. 칠백 년의 윤회."

비행물체 연구원이 말했다.

둑까지 막힌 데 없이 활짝 열린 개활지엔 연태 말대로 고운 흙먼지가 떠 있었다.

"흠, 좀 특이한 지형이긴 하네. 이 고장의 특산물은 뭔가?"

비행물체 연구원이 물었다.

"안개."

황연태가 『무진기행』을 패러디하며 능청맞게 대답했다.

"특산물 하면 뭐니뭐니해도 안개지."

갤러리 사장이 받아준 뒤 잠시 간격을 두고 일제히 웃었다.

연태가 말했다.

"여름마다 범람하는 강물을 막다보니, 이 고장의 둑이 전국에서 가장 길다더군."

"그러면 둑이 명물인가?"

"이 고장의 명물은 감이야. 옛날엔 감나무 없는 집이 없었어. 봄에 마을마다 은은한 미색 꽃이 뒤덮인 풍경을 상상해봐. 아이들은 감꽃을 주워 실에 꿰어 목에 걸고 다니며 먹었지. 참 미묘한 미색이었어. 세상의 속살 같은 색. 그리고 습지가 많아서 그랬는지, 추어탕이 명물이야. 들판의 농로마다 초여름부터 늦가을까지 튼실한 미꾸라지가 많이 잡혔거든."

"저것도 여기 명물인가?"

갤러리 사장이 손짓했다.

둑에 풍차가 서 있었다.

"명물일지 모르지. 이 고장엔 대대로 돈키호테와 산초도 많이 나왔으니까. 일제강점기 땐 이 고장 남자들이 다 감방에 들어앉아 있었다고 해. 소도둑들이었다는 설도 있고, 독립운동가들이었다는 설도 있고."

대답을 한 연태가 흡족한지 껄껄 웃었다.

"하지만 여긴 선비의 고장으로 알려져 있어. 선비 정신이 집약된 정자 문화가 발달했지. 『함주지』라고 16세기에 작성된 지리지가 있는데, 내가 보기엔 그거야말로 다른 지역엔 없는 자랑거리인 거 같아. "

연태의 설명에 두 손님은 기꺼이 맞장구를 쳐주었다. 자기 고향을 자랑하는 것도 도리이고 호응해주는 것도 도리인 듯했다.

"우리 저녁에 추어탕 한 그릇씩 먹자고."

연태의 제안에 뒷좌석의 두 사람이 동시에 대답했다.

"그래야지."

항공 기업은 둑 바로 앞에 있는 자전거 대여소와 휴게소 곁에 넓은 마당을 끼고 있었다. 비행기를 제작중인지 전면이 개방된 공장 안에는 한쪽 날개를 단 경비행기가 보였다. 비행물체 연구원은 그곳에서 내려 내게 눈인사를 한 뒤 연태에게 당부했다.

"볼일 보고 경비행장으로 갈게. 거기 조종사도 좀 만나야 해."

"그래, 근처에 있을게."

둑을 넘어가니 바로 아래에 경비행장과 주차장이 있었다. 크기가 조금씩 다른 비행기 여섯 대가 날개를 반듯하게 펼친 채 정박해 있고, 강변을 따라 흙길 활주로가 환하게 나 있었다.

"저 비행기들 어디서 왔는지 알아?"

나로선 알 리가 없었다.

"비행물체 박사가 그러는데, 주로 콜롬비아, 아르헨티나, 미국, 영국, 러시아, 그런 데서 사온 중고 비행기래."

"그런 비행기가 이런 시골구석에서 날아다닌다니, 기분이 묘해."

"한창때를 보내고 은퇴해 한국의 소읍에서 비행기의 여생을 보내는 거지. 한 번 비행하는 데, 칠만 원쯤 하나? 조종사와 함께 한 명씩만 탈 수 있어."

비행기의 일생을 상상해볼 때, 어딘가 아름다운 이야기였다.

"생텍쥐페리가 몰았던 남방 우편기도 오 톤짜리 쌍엽기였으니까 저런 비행기보다 조금 더 컸을 거야. 당시엔 남아메리카 항로가 완전히 개척되지 않았고 악천후에 대비하는 시스템도 미비해서 매번 목숨을 걸고 밤하늘을 비행했다고 해. 파타고니아, 칠레, 파라과이에서 부에노스아이레스로 만 마일이나 되는 거리였어."

내 말에 황연태는 감탄하듯 고개를 끄덕였다.

"얼마 전에 공교롭게 『야간 비행』을 읽었어."

"넌 늘 책을 읽고 있지."

생텍쥐페리는, 야간 비행은 지켜보아주어야만 하는 질병과 같다고 표현했다. 하늘은 수족관처럼 고요하고, 활주로에서는 하늘 맑음, 바람 없음이라는 신호를 보내지만, 과일 속에 벌레가 들어 있듯이, 어딘가에는 뇌우가 숨어 있는 것이다. 아름답게 보이지만 상해 있는 하늘, 썩어들어가는 어둠 속으로 날아가는 불길한 비행들……『야간 비행』은 희도가 유일하게 좋아하는 소설이었다. 희도는 단 한 권의 소설을 소장했고 그것만을 반복해 읽었다. 전체 항공망의 책임자인 리비에르, 그의 무엇이 그렇게도 희도를 매료시켰을까. 희도는 그런 상사를 원했고 자신이 그런 상사가 되고 싶어했다.

"생텍쥐페리는 1944년 칠월 마지막날 군 정찰기를 타고 나갔다가 실종되었어. 이차대전 끝 무렵이었으니 독일군에게 격추되었을 거라는 설이 유력했지만 유품이나 비행기 잔해를 전혀 발견하지 못했는데, 1998년에 마르세유 근처에서 한 어부의 그물에 유품이 걸려 나왔어. 생텍쥐페리와 부인의 이름이 새겨진 은팔찌였지. 아름답지 않아?"

"뭐가?"

"이 세상이 결과를 드러내는 방식 말이야. 난 그게 아름다워."

나는 무심코 손에 낀 반지를 돌렸다. 연태는 내 반지를 힐긋 보았다. 내가 끼고 있는 반지 안쪽에도 희도와 나의 이니셜이 새겨져 있었다. 연태는 한동안 말이 없었다. 바람이 잔잔하고 햇볕이 희미한 날이었다. 흐리지만 밝아서 걷기엔 좋았다.

"종이비행기 국가대표 선수가 있는 거 알아?"

뒤에서 걷던 갤러리 사장이 연태 옆으로 붙어 서며 물었다.

"처음 듣는데? 그러면 종이비행기 날리기 국제대회가 있다는 얘긴가?"

"있어. 올해 우리나라 선수가 좋은 기록을 냈어. 은메달을 받았다던가?"

"세상에 대해 모르는 게 너무 많아. 어릴 때 알았더라면, 종이비행기 국가대표 선수가 될 수 있었을 텐데."

"비행기 좋아했구나?"

"비행기는 누구나 좋아하지 않아요?"

갤러리 사장이 내게 물었다.

"난 비행운을 더 좋아했어요. 비행기가 지나간 뒤에 하늘에 파인 자국을 오래 바라보곤 했어요. 내가 보지 않으면, 아무도 그 자국에 대해 아는 사람이 없을 테니까요."

연태가 고개를 돌려 나의 얼굴을 바라보았다. 연태는 이따금 홀리기라도 한 듯 나를 볼 때가 있다. 나는 무시하고 앞만 보았다. 둑 아래 오른쪽은 빈한한 농가들이 빤한 살림살이를 드러낸 채 기대어 있고, 왼쪽으로는 강변의 흙길과 밭이 이어졌다. 갤러리 사장은 다시 뒤처져 걸었다.

"예전엔 저쯤에 버드나무숲이 있었던 것 같아."

나는 멀리 보이는, 학교 운동장처럼 넓은 풀밭을 가리켰다. 강변 끝쪽이었다. 맞은편 산기슭에 악양루가 보였다.

"착각 아니야?"

"잘 모르겠어."

"버드나무숲은 옛날 공설운동장 쪽 둑가에 있었지. 학교에서 소풍가곤 했잖아. 선생님들이 버드나무 밑에 보물 쪽지를 숨겼지. 지금은 아파트가 들어섰더군."

"기억이 뒤섞였나봐."

"기억이란 믿을 게 못 돼. 오해와 착각투성이지. 그 착각마저 뒤죽박죽 섞이기도 하고. 뭔가 예상을 빗나간 일, 이상했던 일, 해결 못한 일만 기억하거든. 자연스럽게 해소된 일, 익숙하게 반복된 일은 기억에 없어."

"간절했던 순간도 기억나겠지. 놀란 일, 고통스러운 일도."

"대개는 예외적인 일이야. 나에게 그건 너였어."

"내가 왜?"

"너는 어느 날 일상을 깨뜨리고 내 눈앞에 딱, 나타났으니까."

병원집과 약국과 목욕탕은 길 하나를 두고 마주서 있었다.

"그러더니 한 이 년 뒤엔 또 일상을 깨뜨리며 딱, 사라졌어."

악양루와 강변의 잡목숲이 가까워졌다. 어디선가 마른 풀대를 찍어 내는 소리가 타닥타닥 들렸다.

"그때 너는 겨우 아홉 살, 열 살 무렵이었나? 그렇게 어린 계집애였나?"

나는 그때 연태를 본 기억도 그다지 없었다. 상과 도이와 한창 어울릴 무렵이었다.

"머리를 양 갈래로 야무지게 땋고 멜빵이 달린 물방울무늬 주름치마를 입곤 했지. 눈부시게 흰 운동화나 반짝거리는 에나멜 구두를 신고 말이야. 그 어린 소녀가 그렇게도 단정하고 새침했다니, 신기하군."

그것은 병원집 앞문으로 나가 학교에 갈 때의 모습이었다.

"어른들의 손길이 만드는 나이니까."

"아니야. 가족과 떨어져서 그런지, 너에게는 이상하게 고독한 그늘이 있었어."

"혼자였으니까."

그땐 몸속에 얼음덩이가 박혀 있는 것 같았다. 눈을 감으면 내 몸속에서 눈물 흐르는 소리가 들리고 밤이면 나도 모르게 흐느끼곤 했었다.

“맞아 오려낸 듯 혼자인 그런 분위기가 있었어. 그게 나를 신경쓰이게 했어.”

“그 시절엔 도이와 상 덕분에 견딘 거 같아.”

“넌, 하교 후엔 병원집 뒷문으로만 나다니며 그 둘과 어울렸지.”

학교에서 돌아오면, 신발을 벗어던지고 슬리퍼나 헌 운동화를 꿰어 신고 별채 뒷문으로 달려나갔다.

“정말 나를 신경썼던가봐.”

“신경쓰였다니까. 너희들은 이상하게 상봉이라도 한 듯 만나자마자 어울리더라.”

“상봉 맞아.”

“넌 대체 언제 기상과 도이를 안 거야? 그러니까, 처음이 언제냐고.”

나는 연태의 얼굴을 빤히 들여다보았다. 잘하면, 연태가 도이의 소식을 알아봐줄 수 있을 것 같은 느낌이 들었다. 나는 솔직해지기로 마음먹었다.

“유치원. 우리들은 거기서 만났어.”

“선사시대 인류의 기원 같은 이야기군.”

“맞아. 우리 사이에 문자도 없던 시절이니까.”

“그때, 어떻게 사귄다는 거야? 그 어린것들이 얼굴은 서로 알아봐? 이야기다운 이야기라도 나누나?”

인식도 없고 문자도 없고 어쩌면 기억도 시작되지 않은 때의 만남이었다.

“실은 얼굴조차 못 알아봐. 눈으로 만난 것이 아니야. 바람에 날리는 안개 더미 같은 형체와 동작이 어른거리기만 해. 잿빛 강물 속을 낮게 헤엄치는 잿빛 물고기들처럼 내 이마와 발목과 의식의 모서리를 스쳐가는 거야. 그건 정말 의문의 덩어리지."

"그런데도 다시 만났을 때 알아본 거야?"

"단번에 알아봤어. 아마 다시 만나지 않았다면 실체도 없이 유실되었을 거야. 정확히 말하면 아홉 살이 되어 병원집에서 만난 때부터 복기하듯 다시 서로를 알아봤다고 해야 하나⋯⋯ 그 시간이 앞으로 흐르는 동안 거꾸로 기억의 안개 속에서 하나의 얼굴이 점점 또렷해지는 것을 발견하는 거야. 망각해버린 시간까지도 공유하고 공감하면서. 그건 말로 하기 어렵도록 신비로운 일이었어. 마치 전생을 함께 가진 것처럼. 그런 결속이 있었어."

도이네 채소 가게를 지나 시장 안쪽으로 들어서면 곱게 늙은 여인이 하는 작은 목로주점이 있었다. 그 집에 얼굴이 몹시 희고 예쁜 여자애가 숨어 살았다. 심장병을 앓느라 학교에도 가지 않았는데, 이따금 손님이 없는 빈 가게의 창문가에 서 있거나 출입문 가에 앉아 있는 모습이 눈에 띄었다⋯⋯ 머리카락이 검고 피부가 푸르도록 희고 여린 아이는 항상 고요하고 무표정해서 반쯤만 존재하는 환영 같았다. 그 여자아이의 이름은 백장미였다. 늙은 주인 여자가 백장미의 할머니가 아니고 엄마였는데 거의 오십에 낳았다고 했다. 시장 사람들은 그 여자아이가 곧 죽을 거라고 했다.

그 옆 가게에서는 다리를 저는 노처녀가 화장품을 팔았고 그 옆 가게는 내 또래 아이가 있는 과일 가게였고, 그 옆의 채소 가게에도 내 또래 여자애가 있었다. 여자애들은 하교 후에 가게를 보느라 밖으로 나오지 못했는데, 내가 볼 때마다 진득한 설탕물을 쇠젓가락으로 찍어 먹고 있었다. 나는 도이와 상이 남자애들과 어울려 놀 때면, 거대한 원목들이 산더미처럼 쌓인 제재소의 안채에서 오후를 보냈다. 짙은 나무 냄새가 고인 안채 담 너머의 제재소 마당은 몹시 요란하고 분주한 곳이었다. 목재를 자르는 기계 소리가 윙윙윙 들려오고, 가지런히 잘린 나무들이 트럭에 실려나가고, 인부들은 톱밥이 든 가마니를 창고로 나르고, 크레인은 원목을 옮겼다.

잡화점과 목로주점을 하던 여자가 얼마 후에 가게를 접고 떠난 후 백장미의 행방이나 소식은 전혀 알 수 없었다. 중학생이 되었을 때 과일 가게와 채소 가겟집의 딸들이 한 반이 되었다. 둘 다 몸이 둥글고 앞니가 까맣게 상해 있었다. 채소 가겟집 딸 영주는 어느 날 유치원 졸업 사진을 가지고 와서 내게 보여주었다. 이게 너야. 이게 나고. 앞니가 검은 영주가 검지로 찍은 나는 목로주점집 딸인 백장미와 꼭 닮은 모습이었다. 이게 나라고? 하지만 의심의 여지가 없었다. 사진 속에서 나의 양옆에 도이와 상이 무릎 위에 양손을 단정히 올리고 앉아 있었던 것이다. 도이와 상 사이에 앉은 여자애라면 백장미일 수가 없다. 그건 틀림없는 나였다.

우린 그런 모습으로 함께 있었다. 안개처럼 잡히지 않던 얼굴들이 한때는 현실에서 포획된 실재가 되었다가 다시 기억으로 변하면서, 물에 잠긴 흙처럼 녹아 형체를 잃어갔다. 이젠 두께 없는, 투명하고 얄팍한 영상들에 지나지 않는다. 그리고 떠올리는 일도 드물다.

유치원 시절의 어느 날, 놀이터에서 상의 이가 하나 빠졌다. 상은 이를 손에 쥐고 피를 힘껏 뱉어냈다. 아이들이 놀라 뒤로 물러났다. 상은 이를 주머니에 넣고 피 묻은 손으로 아무렇지 않게 우주선 살을 쥐고 돌렸다. 나와 도이 단둘만을 태우고 하늘 끝으로 날려보낼 듯이 있는 힘을 다해 모래를 차며 달렸다. 그뒤로 상은 앞니 두 개가 더 빠져나가 흉물스러워졌다. 입안이 텅 빈 것 같았고 말이 새서 알아들을 수 없었다. 웃으면 바보천치 같았다. 도이와 나는 상의 옆구리를 한쪽씩 팔로 안고 두 팔을 수평으로 벌려 날갯짓하며 노래 불렀다. 상은 나와 도이에게 포위되어 멋쩍어하며 기우뚱기우뚱 원을 따라 걸었다. 나비야, 나비야, 이리 날아오너라.

그해가 다 지날 무렵 나의 앞니도 빠졌다. 그후 모든 이가 흔들리다가 덜렁거리며 거치적거리다가 하나둘 빠져나가기 시작했다. 어른들은 미운 나이라며 상대하지 않았다. 모자란 아이, 내버려두어야 하는 아이, 더이상 귀여운 아이가 아닌 흉물 취급을 했고 개호지라고 불렀다. 나는 입을 꼭 다물었다. 어디에도 끼어들 데가 없었다. 아픈 이 때문에 볼을 안고 우는 날이 많았다. 설날에 병원집에 세배를 갔을 때 오원 언니가 말하기를, 개호지는 새끼 호랑이라는 뜻이라고 했다. 나는 상을 찾아가 개호지라는 말을 설명해주고 싶었지만 그땐 아직 병원집 뒷문의 세계를 모를 때였다. 상과 도이에게 주소가 있다는 사실도 모를 때였다. 우리는 나비처럼 가파른 계단 끝 유치원에서 갑자기 나타나 만나고 헤어졌다.

"그런데도 무언가가 존재하는 거 같아. 줄곧 나를 바라보는 존재 말이야. 그것이, 모든 것을 기억하고 모든 느낌을 간직하고 세상과 타인과 나 사이의 균형잡기를 요구하지. 그리고 줄곧 도이를 생각하는 거야."

"뭔지 이해해. 밤에 꿈을 만드는 존재 같은 거지."

연태는 그 점이 좋았다. 때론 이기적이고 교활하고 능글맞고 잡스럽기까지 하지만, 동시에 보통 사람과는 다른 직관력을 가지고 있었다.

"난 도이는 몰라. 그앤 채소전 하던 할머니가 죽고 곧바로 사라졌지. 외삼촌이 데려갔다던데. 그리고 기상은, 너는 기상이 어떤 아이였는지 도무지 모르는 거 같다."

우리는 둑 아래로 내려가 강변의 풀밭으로 다가갔다. 풀밭 끝까지 가면 남쪽 끝의 산에서 내려와 은하수에서 모였다가 흘러온 천이 강과 합류했다. 악양루는 그 건너편 산중턱에 있었다. 머리에 수건을 쓴 농사꾼 부부가 풀밭 가장자리를 둘러싼 푸른 갈대를 낫으로 찍어내고 있었다. 무엇을 하려는지 모르지만 굵은 줄기만 고르는 것 같았다.

"기상은 두 해 위인 우리에게도 유명했어. 중학교 일 학년 때 벌써 주먹으로 동네를 평정했거든. 체조 선수로는 인정받았지만, 동네에선 골칫거리였지. 체전에서 은메달을 받았다던가. 나중엔 체육고등학교로 진학했고. 그뒤 소문을 들으니, 체격이 갑자기 커지면서 체조를 할 수 없어 고등학교 이 학년 때 자퇴를 했다더군. 그렇게 귀향해서 패거리들과 조직 생활을 한 거야. 철로변에 있는 농막을 아지트로 쓰면서 경찰서를 드나들었다더라. 처음엔 주로 폭력으로 엮여 들어갔는데, 이웃 도시의 조폭과 연결되면서, 일이 점점 심각해졌지. 나중엔 청부살해 혐의로 조사를 받기까지 했다니까. 게다가 그즈음에 밑에 애 하나가 강간을 저질러서 읍내가 발칵 뒤집어졌었지."

햇볕이 작열하는 팔월 한낮이었다. 네거리로 들어선 버스가 멈추어 서고, 열린 차창으로 진한 콜타르 냄새가 들어왔다. 어디선가 도로포장 공사를 하는 중인 것 같았다. 뒤이어 온 자동차들이 급정거를 하자 다들 창밖으로 고개를 내밀고 거리를 내다보았다. 인도에 늘어선 사람들도 한곳을 보고 있었다. 빛이 하얗게 부서지는 거리였다. 윗옷을 벗은 상이 높이 솟아올랐다. 경찰들이 상을 뒤쫓았다. 아스팔트가 유난히 무르고 검어 보였다. 버스 앞까지 왔을 때 상은 발판이라도 구른 듯 허공으로 튀어올랐다. 가슴이 앞으로 나오며 허리가 활처럼 휘고 치켜든 얼굴이 머리카락에 휘감기고 입이 벌어져 활짝 웃는 것만 같았다. 어릴 때 그대로 조금 어두운 분홍색 입술이었다. 날아오른 상은 땅에 닿기도 전에 경찰의 발차기에 걸려 아스팔트 바닥으로 고꾸라지며 튀어나간 자동차 바퀴처럼 굴렀다. 경찰은 상의 허리를 꺾어 제압하고 팔을 비틀어 수갑을 채웠다. 버스가 부르르 흔들리며 시동을 걸었다. 상은 경찰에게 끌려서 인도로 나가고 있었다. 입안을 다쳤는지 상은 고개를 숙이고 피를 뱉어냈다. 나는 그 곁으로 스치듯 가까이 지나갔다. 그것이 내가 본 상의 마지막 모습이었다. 그해에 상은 스물세 살이었다.

넓고 둥근 풀밭 가장자리를 따라 작은 느티나무가 일정한 간격을 두고 서 있었다. 나와 연태는 풀을 밟고 배회했다. 갤러리 사장은 반대편으로 가서 강으로 가는 좁은 길로 들어갔다. 누각 바로 밑에서 강물과 만나는 하천은 풀을 찧어 짠 듯 짙은 초록색이었다. 건너편 횟집

쪽에 배가 두 척 묶여 있고, 횟집 뒤로 악양루로 가는 좁다란 산길이 드러나 있었다.

"도이의 성이 손인가? 손도이 맞아?"

"맞아."

"너와 동년배이고?"

"맞아."

우리도 갤러리 사장을 뒤따라 강가로 가는 좁은 길로 들어갔다. 흙이 젖지 않았는데도 물컹하게 눌리는 흙길이었다. 잡목숲에서 굴뚝새들이 화르르 날아올랐다.

"흙이 너무 부드러워 발바닥이 간지럽다."

앞서가던 연태가 말했다.

얕은 물속에 커다란 유목이 쓰러져 누워 있고 그 위로 물속의 고운 흙이 덮여 있었다.

"개흙이라는 말이 있을까? 우린 이렇게 물에 녹은 흙을 개흙이라고 불렀어."

"처음 듣는 말이군."

나는 물컹한 개흙에 익숙했다. 아버지는 부임지에서 돌아오면서 들판 가운데다 새집을 지었다. 그곳은 흙과 물의 중간 지대였다. 살아 숨쉬는 점액질처럼 민감하고 따스하고 육감적인 땅이었다. 겨울 동안 잠자던 흙의 꿈은 봄이 되면 발바닥을 타고 올라와 약간 짧은 치맛단처럼 내 무릎 위에서 하늘거렸다. 그것은 여름이면 가슴 위까지 올라왔다가 늦가을이 되면 발목까지 내려갔다. 나는 흙의 비린내를 나의 체취라고 여기고 나의 체취를 흙의 비린내라고 여겼다.

"너, 나를 처음 본 건 언젠지 기억해?"

기억이 나지 않았다. 그는 내 기억의 반경 너머에 있었다.

"마지막에 본 것도 기억 안 나?"

제 키에 버거운 스케치북을 끼고 다니던 것을 거리에서 스치듯 본 게 전부였다. 나는 그런 연태에 대해 생각해본 적이 거의 없었다. 기억한다는 것은, 생각한다는 의미인지도 모른다. 생각이 반복되어 기억이 되는 것이다. 생각하지 않은 것에 대해서는 기억할 수 없다.

말이 날카롭게 끊겼다. 나는 앞서가는 연태의 표정을 알 수 없었다. 좁고 미끄러운 길이었다. 개흙 길은 더이상 참을 수 없다는 듯 모래로 변했다. 잡목숲은 생각보다 좁았다. 갤러리 사장이 돌아나오고 있었다. 좁은 외길이라 연태와 나도 발길을 돌렸다. 나의 뒤에서 연태가 물었다.

"네게 손도이는 뭐냐?"

나는 천천히 몇 걸음을 걸어갔다.

"아름다움의 첫 글자. 첫 희망. 첫 의미."

내가 태어나 처음으로 인식한 아름다움이고 내가 바라보았던 첫 희망이고 내가 머물렀던 첫 의미였다.

"내 감수성의 시원."

내가 아니라 내 몸이 스스로 말하는 것 같았다. 도이가 나타났을 때 나를 둘러싼 세상이 물속에서 올라오듯 처음으로 나타났다. 내가 세상에 살고 있는 것을, 나는 도이를 통해서 발견했다. 그리고 도이는 '무'였다. 없음이었다. 도이는 첫 상실이었다.

그뒤로 연태는 말이 없었다. 넓은 풀밭 길로 나온 뒤에도 연태는 곁으로 오지 않고 뒤에서 따라왔다. 돌아보니 연태는 보이지 않고 내가 건축해온 상실의 지하 세계가 보였다. 나는 상실과 희망의 영원한 순환이라는 주제에 강박적으로 사로잡힌 지하 통로 건축가 같았다. 그 통로에는 무수히 많은 종이배가 흘러가고 있었다. 더러는 거친 풀뿌리에 걸려서 스르르 풀어진 낱장의 종이들이 바닥에 붙어 삭아가는 곳, 낡은 피아노 건반이 쓰러진 가구에 눌려 낮은 음으로 울려퍼지고, 사라진 반지들이 이따금 뭔가 생각이 난 듯 반짝, 빛을 발하는 곳이었다.

토마토처럼 깨어지는 얼굴

새마을운동 로고가 박힌 초록색 모자를 쓴 아버지는 토마토밭 사이로 난 풀밭 길에 들어서자 앞으로 가라고 손짓하고는 곧장 돌아서 갔다. 토마토밭에서는 비린 풋내와 함께 이제 막 농약을 친 것 같은 알싸하고 누릿한 냄새가 났다. 코를 찌르는 듯 따갑기도 하고 피부가 가려운 기분이 들기도 했다. 사택은 토마토 들판 가운데 있었다. 키 큰 토마토 줄기에 닿지 않기 위해 몸을 틀며 조심했지만 길이 좁아 줄기를 덮은 까칠한 솜털과 끈끈한 점액이 자꾸만 팔을 스쳤다. 지지대에 묶인 줄기엔 구슬같이 작고 푸른 토마토와 익어가는 커다란 토마토와 다 익은 붉은 토마토가 주렁주렁 달려 있었다. 나로서는 처음 보는 광경이었다. 토마토들이 사과나 배처럼 나무에서 자라지 않고 보잘것없는 풀줄기에 매달려 자란다는 것이 어쩐지 실망스러웠다.

토마토밭 사이로 난 풀밭 길을 통과해 대문이 활짝 열린 검은 기와 집으로 들어가니 엄마가 수돗가에서 빨래를 하고 있었다. 엄마는, 저건 여길 왜 왔을까 하듯, 언짢은 얼굴로 빤히 쳐다보았다. 먼 친척 아주머니 같은 눈빛이었다. 아버지는? 엄마가 대뜸 물었다. 나는 모르는 일이라 고개를 저었다. 아버지와 같이 오지 않았어? 아버진 갔어. 엄마는 만삭이었다. 엄마는 방망이를 들고 빨래를 탕탕 두드렸다. 토마토 냄새는 사택 안을 가득 메우고 있었다. 나를 거부하고 피부를 찌르는 불쾌하고 답답하고 지루한 냄새였다. 아버지는 그날밤 귀가하지 않았다.

오빠는 자기 방에 틀어박혀 참고서를 잡고 공부하거나 그러지 않으면 텔레비전과 선풍기 앞에 붙어앉아 축구만 보았고, 두 동생은 처마 아래서 플라스틱 인형들을 붙들고 놀거나 뒷집의 동년배 친구에게 갔다. 배를 내민 엄마는 땀인지 눈물인지 모를 물을 줄줄 흘리며 밥과 간식을 차려주고 청소를 하고 빨래를 했고, 일이 끝나면 방안에서 선풍기를 쐬며 누워 지냈다.

햇볕은 하루종일 작열했고 토마토는 빠르게 익어갔다. 들판의 농사꾼들은 붉게 익은 토마토를 따낼 때마다 한 바구니씩 대문 앞에 놓고 갔다. 과피는 단단하면서 두꺼웠고 안쪽의 살은 탱탱했으며 씨를 둘러싼 막도 탄력 있게 몽글거렸다. 한입 베어 물면 맑은 과즙이 터지며 입가를 적셨다. 엄마는 토마토를 잘라 얼음 조각과 설탕에 버무려서 매일 세 번씩 간식으로 주었다. 냄새는 싫었지만 싱싱한 토마토는 싫증나지 않았다. 하지만 토마토즙이 묻은 입가와 뺨이 점점 따가워지더니 혀에 돌기가 생기고 빨갛게 부어올랐다.

여름방학 동안 더는 먹을 수 없을 정도로 많은 토마토를 먹고, 세끼 설거지를 하고, 밤마다 열대야로 잠을 이루지 못해 모기장 속에서 뒤챘다. 그리고 치과에 가서 충치 하나를 뽑아냈다. 이가 빠져나간 빈자리가 혀에 닿을 때마다 도이가 떠올랐다. 나는 하루빨리 병원집으로 돌아가고 싶었다. 아버지가 중간 역까지 따라와 태워준 환승 버스를 타고 돌아왔을 때, 시외버스 터미널에서 나를 맞이해준 사람은 종려할매와 도이였다. 나는 커다란 토마토 광주리를 끌다시피 들고 있었다. 나를 본 도이는 수줍어하며 뒤로 물러섰다. 라애 언제 오냐고 몇 번이나 묻더니 왜 숨느냐고 종려할매가 놀렸다. 나는 몇 걸음 다가가 광주리에 든 토마토를 도이에게 나누어주었다. 도이는 웃옷 자락을 두 손으로 들어 토마토를 잔뜩 받았다. 토마토를 빠뜨릴까봐 잔걸음을 걷는 도이는 토마토와 춤을 추는 것 같았다. 종려할매가 토마토 광주리를 받아들었다. 도이가 잔걸음을 걸으며 노래를 불렀다. 나비야, 나비야, 이리 날아오너라. 호랑나비 흰나비 춤을 추며 오너라…… 도이는 나의 진짜 가족 같았다. 도이는 내가 없는 동안 아침마다 병원집에 찾아와서 물었다고 했다. 라애 언제 와요?

오원 언니와 봉자는 놀랐다. 도이가 처음으로 자기들에게 말을 걸었기 때문이다.

"엄마 보니 좋았나?"

오원 언니가 깨끗하게 씻은 토마토를 칼로 자르며 물었다. 나는 대답하지 않았다. 엄마는 저 아이는 왜 이 집에 있느냐고 묻는 먼 친척 아주머니들과 같았다. 나를 반기지 않았고 진심으로 웃어주지도 않았다. 오원 언니는 칼질을 멈추고 나를 물끄러미 보았다.

"엄마가 맛있는 거 많이 해주더나?"

봉자가 토마토 꼭지 쪽을 들고 반대쪽에 이로 구멍을 내 즙을 쪽쪽 빨아먹으며 물었다. 나는 대답하지 않았다.

"사택은 좋나? 기와집이가? 크나?"

봉자가 또 물었다. 버스를 타고 오는 내내 다짐한 것처럼, 다시는 사택에 가지 않을 작정이었다. 종려할매는 아무것도 묻지 않고 수돗가에 앉아 내가 벗어던진 운동화를 빨았다. 비 온 뒷날 토마토밭 사잇길을 걸어나와서 흰 운동화에 흙물이 잔뜩 배어 있었다.

돌아온 지 며칠 되지 않아 엄마가 아이를 낳았다는 소식이 왔다. 내가 도이님이라고 한 뒤로 시장 아이들과 노는 것을 금지했던 오원 언니도 그뒤론 도이와 상과 어울려도 간섭하지 않았다. 대신 나에게는 도이님 도이님 하고 흉내내며 놀리고, 도이에겐, 라애 언제 와요, 라애 언제 와요, 하며 놀렸다.

척추 수술을 두 차례나 받고 집에서 장기 요양을 했던 오원 언니는 외출하는 법이 거의 없었다. 장보기도 메모를 해주면 봉자가 했고 연탄도 봉자가 넣었으며 수도나 전기 검침이 와도 봉자가 맞이했다. 신문 대금도 봉자가 냈다. 계절마다 새 옷을 맞추었는데, 오원 언니의 몸치수를 아는 양장점 아주머니가 천과 디자인 견본을 들고 방문했다. 언니가 천을 고르고 디자인을 결정하면 열흘쯤 뒤 심부름하는 아이가 새 옷을 배달했다. 화장품 방판 아주머니는 정기적으로 들렀는데, 필요한 화장품을 넣어주고 마사지할 때 손톱 손질과 매니큐어 칠을 해주고 갔다. 오원 언니는 점점 더 손톱을 길게 길렀다. 문예 잡지와 여학생 잡지가 정기적으로 배달되었고, 서울에서 유학하는 두 동생이 편지와 책과 레코드 같은 소포를 보내곤 했다. 오원 언니 역시 매달 두 동생에게 편지와 간식거리를 보냈다.

나는 오원 언니의 방안에 자주 숨어들었다. 환자의 통증이 구석구석 옹이 진 방엔 몇 개의 액자가 걸려 있었는데, 밀레의 〈만종〉과 마네의 〈생라자르역〉 복제화와 로댕의 조각인 〈키스〉의 사진이었다. 들판에 만종이 울릴 때 노동을 멈추고 서서 기도를 올리는 농부와 역 벤치에 앉아 낯선 곳으로 데려다줄 기차를 기다리는, 독서하는 여인과 커다란 리본이 달린 짧은 드레스를 입고 선 뒷모습의 아이, 그리고 황홀한 엑스터시에 취해 영원 속에서 빙빙 도는 듯한 키스하는 연인들. 나는 환자의 통증이 멍빛을 드리운 어둑한 방에서 그림들을 바라보며 시간이 흐르는 것을 잊곤 했다. 집 뒤 폐원으로 열리는 방문에는 오원 언니가 종이와 침을 모아 만든 종이 발이 드리워 있었다. 종이 발은 들어올리면 그만 중력이 다른 세계로 순식간에 빨려들어갈 것만 같았다. 방문에는 작은 자물쇠가 채워져 있어서 폐원으로 통하는 문을 열 수 없었다. 그리고 폐원은 바깥에서 들어갈 방법이 없도록 벽으로 막혀 있었다. 종이 발 위엔 정원에서 꺾은 꽈리 줄기를 걸어두었는데 약을 지겨워하던 오원 언니는 몸에 열이 오르면 응급처치라도 하듯 붉은 꽈리 열매를 먹었다.

책상 위 선반에는 기모노를 입은 일본 인형과 아오자이를 입은 베트남 인형, 한복 차림의 한국 인형이 저마다의 전형적인 자세로 유리갑 속에 들어 있었다. 먼지도 현실도 닿지 않는 유리갑 속에서 인형들은 이제 막 눈꺼풀을 열고 미소 지으며 손끝을 펴다가 동작을 정지한 것 같았다. 인형들은 오원 언니의 세상에서 손상되지 않는 아름다움의 절대적 환영으로 보존되는 중이었다. 그 곁에는 수집한 천조각을 모은 상자들이 차곡차곡 쌓여 있고, 향나무 옷장에는 한 번도 입지 않은 비단과 공단과 레이스 맞춤옷들이 쟁여져 있었다. 그리고 오원 언니가 아끼는 금색 오디오 세트와 레코드판들과 책들로 채워진 원목 책장이 벽을 따라 둘러서 있었다. 오원 언니가 좋아한 책은 『삼국유사』와 『그리스 로마 신화』, 사강의 소설들과 가와바타 야스나리의 『설국』이었다.

나는 그 방의 책을 두서없이 읽었다. 천자문 독해와 여학생 잡지들과 『삼국유사』와 사강의 소설이 뒤섞이는 식이었다. 일월영측, 진숙열장, 한래서왕, 추수동장 같은 알 수 없는 글자와 세실, 조제, 도미니크 같은 이름을 나는 사랑했다. 그리고 저절로 많은 것을 알아갔다.

오일장이 선 날은 머리 위로 철길이 지나는 굴다리를 가운데 두고 바깥 싸전과 안쪽의 시장이 넘쳐나는 물건과 사람들로 발 디딜 틈이 없을 정도였지만 평일의 풍경은 전혀 달랐다. 시장은 공터나 다름없이 비어 있었고 늦은 오후에 저녁 장을 보러 나오는 아주머니들이나, 두부나 콩나물 심부름을 나온 아이들은 시장 한쪽에 다닥다닥 붙은 판자촌 가게로 갔다. 시장으로 들어가는 입구는 싸전으로 들어가는 길과 철길 건널목 옆길, 병원집과 도이네 채소 가게로 들어오는 골목길, 과일전으로 들어오는 길, 그리고 큰 과자 도매점과 마주서 있는 상이네 금강철물점 쪽 길에 있었다. 거지들도 각자 자기 영역을 지켰는데 우똥상은 싸전 쪽 철길가의 움막에 살았다. 생선전 쪽엔 아이 딸린 부부 거지가 판자를 얼기설기 엮어 비바람과 추위를 피했고, 과일전에는 정신이 오락가락하는 할매 거지가 비닐로 싼 신문지를 쓰고 잤다. 기차는 산모퉁이에서 나와 역으로 들어와서 시장과 건널목, 유치원을 지나 산모퉁이로 사라졌다. 철로변엔 시장에서 나온 쓰레기와 자갈과 들꽃 들이 뒤섞여 쇳물에 갈색으로 물들며 삭아갔다.

도이와 상과 함께 침목을 세며 역 쪽으로 다가가면 검은 기름을 먹인 목제 화물 창고가 먼저 나타났다. 전면이 트인 화물 창고에는 원목이나 시멘트 포대 같은 것이 잔뜩 쌓여 있다가 화물 기차에 실려갔다. 난쟁이네 아이는 화물 창고 바로 옆 블록집 앞에 앉아 있었다. 우리가 다가가면 난쟁이 아이는 선로에다 돌을 던졌다. 돌이 선로에 맞아 쇳소리가 나면 신호를 받은 것처럼 화물 창고 안에 있던 난쟁이 부부가 튀어나와 부리부리한 눈으로 위협했다. 난쟁이 남자는 사계절 내내 러닝셔츠 차림이었는데 뽀빠이를 닮았고, 아내도 뽀빠이를 닮은 모습이었다. 난쟁이 가족은 셋 다 눈이 부리부리하고 성난 듯 동공이 단단했다.

물러서는 법이 없는 상도 난쟁이 가족 앞에서는 돌아섰다. 우리는 역을 지나 은하수가 흐르는 철교를 건너 기차가 나타나는 산모퉁이까지 가보고 싶었지만 난쟁이 가족 때문에 번번이 좌절되었다. 우리는 자갈을 함부로 밟으며 터덜터덜 되돌아왔지만 다음날이면 또 외줄타기 하듯 선로를 딛고 침목을 하나하나 세며 난쟁이 가족에게 다가갔다.

장마철에는 낮은 지대인 시장 안으로 물이 들어 한가운데 검은 웅덩이를 이루었다. 가장자리의 판잣집 가게들은 나무 덧문을 열지 않았다. 시장 남자들은 화투를 치거나 술을 마시거나 싸움질을 했고, 여자들은 목욕탕이나 미장원에 가 있거나 한방에 둘러앉아 화투를 치거나 움막 같은 방에서 홀로 몸살을 앓았다. 장마철에는 거지들이 굶주림을 못 이기고 차례로 병원집 문을 두드렸다. 우똥상은 비에 흠뻑 젖어 물이 흘러내리는 무거운 이불을 끌고 다녔다. 우똥상, 이불을 내려놔. 내가 지켜줄 테니 여기 내려놓고 가. 종려할매가 쇠붙이처럼 무거워진 이불을 당기며 내려놓으려 해도 소용없었다. 손에서 놓는 순간 이불이 사라진다고 믿는 것 같았다. 우똥상은 이불이라는 뜻이라고 했다. 우똥상은 해방될 때 일본인이 버리고 간 혼혈인이었다.

우똥상은 탁한 강물 속의 오색 물고기같이 반짝 눈에 보였다가 이내 사라졌다. 햇볕이 좋은 날에는 철로변에 앉아 이불을 말리는 모습이 보이기도 했지만, 먹을 것을 구할 때 외엔 밤낮없이 움막에 틀어박혀 지낸다고 했다. 그래서 얼굴이 회칠한 것처럼 흰 것이다. 하지만 금요일에 약을 파는 여성 국극단이 들어오면 모든 것이 달라졌다. 금요일 오후가 되면 은둔 거지인 우똥상도, 외출하지 않는 오원 언니도, 집밖으로만 도는 종려할매도, 손끝에서 일거리가 떨어지지 않는 봉자도, 술에 코가 붉게 익은 상의 아버지도, 늘 도망갈 궁리만 하는 상의 큰누나도, 나물 다발을 묶느라 쉬지 않던 도이 할머니도 시장 가운데 가마니를 깐 공연장에 모여 앉았다. 시장통 안에 그렇게 넓은 터가 있었는지 의아하지만, 시장이란 고무줄 늘어지듯 밀면 얼마든지 자리가 만들어지는 장소였다.

여성 국극단의 무대는 환상 극장이었다. 앞 못 보는 심봉사가 더듬

거리며 위태롭게 걸을 때는 다리 위가 되었다가, 발을 헛디뎌 떨어지면 허우적거리는 하천 바닥이 되었다. 심청이에게 공양미 삼백 석을 절에 시주하기로 한 사정을 털어놓을 때는 호롱불빛이 켜진 방안이었다가, 심청이가 뱃사람들에게 팔려갈 때는 마을길이었다가, 치마를 뒤집어쓰고 떨어질 때는 폭풍이 몰아치는 뱃머리 위였다. 그리고 심청이가 의식을 잃고 누운 곳은 용왕이 사는 심해의 용궁이 되었다. 심청이가 연꽃 속에서 나올 때는 궁궐이었고, 전국의 장님들이 한양으로 올라갈 때는 산길이었다가 이내 뺑덕어미가 농간을 부리는 주막으로 바뀌었다. 부녀가 상봉하니, 심봉사가 딸의 얼굴을 손으로 더듬으며 울부짖고, 비단옷을 입고 화관을 쓴 심청은 아비를 안고 통곡했다. 아이고 아버지, 어찌 아직도 눈을 못 뜨고 이 지경이오. 아버지, 아버지…… 아이고, 청아, 내 딸 청아. 네가 정말 내 딸 청이냐. 네가 진정 살아 있느냐. 어디 얼굴 좀 보자, 어디 얼굴 좀 보자꾸나. 심봉사가 딸을 보고 싶은 마음에 송곳으로 천지를 뚫듯 눈에 힘을 주고 부르르 떨다가 그만 붙은 눈을 딱 떠버리니 대명천지 밝은 빛이 눈으로 들어갔다. 눈을 뜬 심봉사는 뒤로 벌렁 나자빠졌다. 심청이가 아버지를 일으켜세우니 심학규는 딸의 얼굴을 쓰다듬고 왕에게 절을 하고 심청을 안고 들썩들썩 춤을 추었다. 해코지를 해온 뺑덕어멈은 뒤로 숨고 무대에는 장님들의 잔치가 시작되었다.

갓을 쓰고 수염을 붙이고 더러운 두루마기를 입고 작대기를 짚은 심학규는 실은 여자였다. 조개와 소라로 장식된 관을 쓴 용왕도 여자이고 용포를 입은 왕도 여자이고 잔치에 초대받은 다른 장님들도 전부 여자였다. 여성 국극단에는 애초에 남자가 없었다. 국극은 해설과 대사와 노래와 배우들의 과장된 연기와 화려한 분장과 의상과 무대장식 등, 공연의 모든 요소가 총망라된 종합 공연이었다. 관객들은 배우와 함께 무대 배경이 바뀔 때마다 이 공간에서 저 공간으로 순식간에 이동하고, 함께 감정에 몰입해 울고 웃고 근심하며 화려한 분장과 연기와 조명에 빠져들어 환상의 세계를 경험했다. 공연이 끝난 뒤엔 의심스러운 만병통치약을 기꺼이 사주었다. 나와 도이도 국극 팬이었다. 흥부전, 장화홍련전, 춘향전, 콩쥐팥쥐 이야기, 낙랑공주와 호동왕자 이야기, 아랑 전설…… 하지만 도이도 나처럼 두 번 세 번 보지는 않았다. 나만큼 여성 국극을 좋아하는 사람은, 이불을 뒤집어쓴 우똥상뿐이었다.

우똥상은 그해 겨울이 지나는 사이에 죽었다. 사람들은 사인을 두고 폐렴이었다고도 하고, 아사라고도 하고, 동사라고도 했다. 종려할매는 우똥상이 젖은 이불을 감고 자서 얼어죽었을 거라고 했다. 거의 미라가 된 우똥상은 삼월이 되어서야 움막에서 발견되었다.

그해 봄부터 나와 도이와 상은 더이상 시장에서 놀지 않았다. 우리가 다시 만난 곳은 학교 강당이었다.

도이와 상은 기계체조반에 뽑혀 맹훈련을 받았고, 나는 무용반에 들어가 연습을 했다. 군 대회와 도 대회와 전국 대회에서 우수한 성적을 내는 것이 학교의 목표여서 연습은 맹렬하고 엄혹했다. 나는 한글을 깨우쳤고, 구구단을 외웠고, 국민교육헌장을 외우고 용돈을 아껴 방위성금을 낸 것처럼 무용 연습을 하는 것을 받아들였다. 도이와 상도 그랬을 것이다. 학교의 방침과 결정에 대해 학생 개인의 의사나 거부란 있을 수 없는 일이었다. 강당은 이층 높이의 홀과 무대와 이층 객석을 갖춘 행사장 겸 공연장이었다. 무대 양쪽에 작은 출입문이 있고 무대로 오르는 계단이 있었다. 큰 홀 끝에 무대와 정면으로 마주한 정문이 있었고, 이층 높이의 양쪽 벽면에는 북녘 동포들이 붉은 뿔 달린 괴뢰들에게 채찍을 맞으며 삽질을 하거나, 거꾸로 매달려 고문을 당하거나, 눈보라 속에 벌거벗은 채 굶주려 죽어가는 연작 그림들이 창문을 막고 걸려 있었다. 동포든 괴수든 아이들보다 큰 실물 크기였고 붉은색과 검은색과 황토색만을 사용해 암울함과 공포를 극대화했다. 마루엔 높이가 다양한 평균대와 뜀틀과 철봉 들이 가장자리를 따라 배치되어 있었고. 곳곳에 매트가 깔려 있었다. 여자아이들로 구성된 무용반은 무대에서 연습을 했고, 남자아이들로 구성된 기계체조반은 마루에서 훈련을 받았다.

도이와 상은 오후 내내 발판을 굴러 뜀틀을 넘거나 철봉에 매달려서 빙글빙글 도는 훈련을 하는 틈틈이 운동장을 뛰거나 바닥에 머리를 박는 기합을 받았고, 자주 매를 맞았다. 특히 코치가 휘두르던 매를 내던지고 신고 있던 슬리퍼를 벗어 손에 들 때는 공포감이 극에 이르렀다. 코치는 아이들을 일렬로 세워놓고 갈색 플라스틱 슬리퍼 바닥으로 토마토같이 무른 아이들의 머리를 두세 대씩 풀스윙으로 후려쳤다. 무용 선생님은 움찔했지만 하던 동작을 계속했고 누구도 그 난폭한 구타를 말리지는 않았다. 도이의 머리통이 토마토처럼 터질 것만 같았다. 코치는 때리는 것도 모자라 맞아서 넘어진 아이들을 밟기까지 했다. 나는 눈을 감은 채 발끝을 세우고 무용 동작을 이어갔다. 왈츠 음악이 공허하게 흘러갔다. 그후에는 쉬지도 않고 다시 훈련이 시작되었다. 철봉에 매달린 도이의 새하얀 뺨과 귀에 슬리퍼 바닥 자국이 벌겋게 붙어 있었다. 상도 마찬가지였다. 코치에게 슬리퍼로 맞은 날은 도이도 상도 내게 알은체하지 않았다. 하굣길에서도 나를 앞질러 차갑게 지나가버렸다. 그렇게 어린 시절이 톱으로 잘라낸 듯 날카롭게 끝이 났다. 도이와의 이별은 그때부터 시작된 것이었다.

악어가 등뒤로 지나갈 때

다시 아침 산책을 시작했지만 어쩐지 늘 가던 산길을 오를 수가 없었다. 몸을 숙이면 아주 작은 압력에도 무언가가 목구멍에서 새어나올 것만 같았다. 나는 오르막을 피해 폐쇄 철로를 걸었다. 항구의 역이 종점이었던 옛 철길은 도시를 동서로 가로지르는데, 지형의 고도와 상관없이 축대와 굴다리와 교각들 위로 편평하게 뻗어나갔다.

슬픔이 일어날 때면 나는 새하얀 티슈를 뽑듯 재빨리 뽑아내 아무데나 버렸다. 슬픔이라는 멜랑콜리가 일고의 가치도 없다는 사실은, 정말로 겪어본 사람만 아는 비밀이다. 하지만 여전히 이별에 익숙해지지는 않았다. 처음 보는 것이나 다시 보는 것이나, 무엇이든 희도를 떠올리게 했다. 그와 보았던 것과 그와 보고 싶은 것, 눈길을 끄는 것은 모두 그 두 가지뿐이었다. 아마도 진짜 이별은 우리가 모르는 사이에 시작되어 우리가 모르는 사이에 끝날 것이다. 더이상 아무것도 떠오르지 않을 때, 이별은 밤처럼 검은 우리의 등뒤에서 완성된다. 아직은 모든 것이 너무 생생해서 잠들려고 누우면 슬픔이 가슴을 짓누르고, 돌아누우면 막연히 근심스러웠다. 그리고 다시 반듯하게 누우면 그립고 미안하고 절망스러웠다. 한번은 울 것 같았으나, 좀처럼 눈물이 흐르지 않았다. 눈물은 붕괴의 아득한 안쪽으로 뱀처럼 머리를 밀며 파고들어갔다.

그런 시간이 다시는 오지 않고 흩어져 사라진다는 것이 사실은 믿어지지 않아. 우리는 다시는 그런 얼굴로 웃지 않겠지. 오리나 고양이, 혹은 키 큰 줄기 위에 핀 꽃송이나 아이들이 하늘을 향해 햇살을 핥아먹는 듯한 순수한 웃음…… 알고 있니? 사람마다 웃음 속엔 독특한 사랑스러움과 심장의 아림과 눈물 냄새 나는 글썽임이 있어. 포근한 봄 공기 속에 어딘가 후춧가루가 날리는 것같이 재채기가 날 것 같은 맛. 너의 웃음에도 그런 것이 있었어. 따스함과 아림과 글썽임…… 나의 웃음은 습기가 조금 더 많아서 너보다는 무겁게 가라앉지. 네가 실없이 웃겨 좀더 환하게 말려주고 싶어했던 젖은 웃음.

어쩌면 그런 웃음은 생의 예외적인 곳에서 오류와 착각이 빚어낸 신기루일지도 몰라. 그럼에도 불구하고 가장 사적인 둘만의 거울 테두리 안에 서로에게 도취한 눈빛을 간직한다는 것은 어떤 의미가 있을 거야. 우리가 모를 아득한 의미가 있을 거야. 비늘 달린 것은 물속으로 가라앉고 깃털 달린 것은 하늘로 날아가는데, 우리의 나날은 지금 어디로 가고 있을까……

산책자들은 평행선을 이룬 두 선로의 안쪽을 걸었다. 아래에 침목이 그대로 있는지 뽑아냈는지는 알 수 없지만 선로는 그대로 있어서 한쪽이 묻혀 사라졌다가 나타나고, 또다른 쪽이 묻혔다가 나타나며 평행선을 이어갔다. 아침 햇살이 선로에 부딪쳐 하얗게 빛날 때면, 대부분의 사람들이 예전부터 철길을 애틋한 마음으로 좋아했던 이유를 알 것 같았다. 정확히 말하긴 어렵지만, 사람들 역시 결코 나눠지지도 않고 합쳐지지도 않는 한 쌍의 궤적을 동시에 살아가는 것이다. 한쪽은 가시적으로 드러나 보이는 생의 바깥길이고, 다른 쪽은 보이지 않는 생의 안쪽의 길이라 해도.

중간에서 폐선로와 교차하는 자동차도로를 건너 산책로는 이어졌지만 나는 언제나 그 앞에서 멈추어 돌아섰다. 그 너머에는 얼마 안 가 하천과 시장이 있어서 공기 속에 날벌레떼가 연기처럼 뭉쳐 떠 있었다. 그곳을 지나 계속 가면 산책로는 높은 구름다리로 이어질 것이다. 그 아래로 자동차를 타고 지나가다보면, 허공 위로 뜬 것 같은 구름다리 위를 걸어가는 사람들이 보였다. 자동차 창문으로 보면, 그들은 조그맣게 축소된 모습으로 하늘 길을 걸어가는 것만 같았다. 그 길이 어디까지 계속되는지는 알 수 없었다.

지진이 왔을 때 나는 소파에 등을 붙이고 누워 있었다. 지진의 파동이 처음으로 등줄기를 흔들었을 때, 악어를 깔고 누운 듯 숨이 멎었다. 아마도 소나 개, 혹은 숭어나 새 들도 그랬을 것이다. 규모를 가늠할 수 없는 존재에게 사로잡혀 혼비백산할 틈도 없이 먼저 숨이 멎는 것이다. 기이하게 고요하고 미세하고 강력한 진동이었다. 진동은 수 초 동안 이어지다가 멈추었다가 다시 얼마간 이어졌다. 처음으로 경험하는 일이었기에 우선 그것이 무엇인지부터 분간해야 했다. 전화가

온 것은 그때였다.

"닛코에 왔어."

등줄기에 새겨진 지진의 무늬가 아직 선명했다. 나는 예기치 못한 허탈감을 느끼며 지진의 여운이 빠져나가기를 기다렸다.

"가나야 호텔이야."

흰 솜으로 귀를 막은 듯 먹먹하던 안개가 떠올랐다. 안개로 시야가 덮인 채 버스는 나선형의 오르막길을 빙빙 돌아갔었다. 나는 약에 취한 듯 수마에 빠져 있었다. 몇 번이나 애써 눈을 떠보아도, 버스는 하염없이 느린 속도로 저녁 안개 속을 빙빙 돌고 있었다. 일 년 전 가을이었다.

"업무 끝내고 시간이 생겨서 쉬러 왔어."

희도는, 말할 기분이 아니라면 그냥 들어줘, 하는 식이었다. 나는 고여 있던 숨을 내쉬었다. 닛코는 어린 시절 희도네 가족의 휴양지였고 희도가 가장 사랑하는 장소였다. 친어머니와의 추억이 서린 곳이기 때문일 것이다. 희도는 특히 낡은 휴게소가 있는 작고 아름다운 산정호수를 사랑했다. 화려하면서도 깊고 쓸쓸한 단풍숲에 둘러싸인 푸른 보석 같은 호수였다. 희도는 어린 시절처럼 휴게소에서 도시락을 먹고 보트 선착장으로 나가 보트를 빌렸다. 그러고는 두 뺨이 달아오르도록 힘차게 노를 저어 건너편 산기슭으로 향해 갔다. 우리가 탄 보트가 너무 빠르게 미끄러져나가 관광객들이 놀라고 낚시꾼들이 주의를 줄 정도였다. 희도의 표정만으로는 그가 행복한지 불행한지 알 수 없었다.

"내일 아침에 나가서 오후엔 출근해야 해."

희도는 호텔 앞 주젠지 호숫가 길에서 버스를 타고 아침 안개에 희게 가려진 나선형 내리막길을 빙빙 돌며 내려가 도쿠가와 이에야스의 신당인 도쇼구 요메이몬 뒷길을 지나 닛코 역에서 내려 우쓰노미야행 기차를 탈 것이다. 기차는 평지의 숲과 목조주택들이 모여 있는 평화로운 마을과 간이역들을 지나며 느리지도 빠르지도 않게 일정한 속도로 철겅철겅 달려간다. 너무 편안하기 때문에 희도는 부지불식간에 끄덕끄덕 졸 것이다.

"별일 없니?"

"방금 지진이 지나갔어."

굳이 결심해서는 아니지만, 지진이 일어나지 않았다면 아무 말도 할 수 없었을 것이다. 몇 차례 그랬던 것처럼 전화를 받지 않고 베개 밑에다 숨겼을지도 모른다.

"지진?"

"처음인데도 지진인 걸 알겠더라."

"무서웠어?"

"무섭기 직전 상태에서 끝났어. 등 밑에 악어를 깔고 누운 느낌이었어."

이거 악어구나, 하고 알아채는 순간에 끝이 난 것이었다. 희도는 지진에 익숙했다.

"그 정도면 진도 삼사 정도일 거야. 만약 진도 오 이상의 지진을 겪었다면 혼비백산하게 되지. 찬장의 그릇들이 쏟아지고 책장의 책이 떨어질 정도니까. 여기 사람들은 지진 경보가 울리면 준비해둔 재난 가방을 들고 무조건 넓은 장소로 달려나가. 달리 아무런 방법도 없어.

혹시 더 큰 지진이 와서 바닥이 흔들리면 떨어지는 물건이나 깨질 수 있는 창문을 피하고 식탁이나 책상 밑으로 들어가도록 해. 거긴 대피할 만한 넓은 공원이나 빈터가 없으니까, 오히려 집이 안전할 거야."

희도가 주의를 주었지만 그 정도로 큰 지진이 일어날 것 같지는 않았다. 나는 우리가 이별이라는 짐승을 옆방에 가두어두고 잠깐 말장난하는 것 같았다.

"주젠지에 갔어?"

"아니. 네가 없으니 가고 싶지 않아. 오후에 도착해서 온천하고 식사하고 계속 잤어. 그게 전부야."

"……"

"네가 없으니, 이 아름다운 곳도 아무 소용이 없군."

희도는 나 이외의 추억은 모두 잊은 사람처럼 말했다. 희도는 마음을 내비치지 않는 사람이었다. 닛코에서 지내면서도 어린 시절이나 친어머니 이야기를 전혀 꺼내지 않았다. 감정이 동요되는 것을 피하는 것 같았다. 희도는 챔피언 도전을 앞두고 체중 관리를 하는 복서처럼 자기감정을 관리했다.

"전화, 받아주어서 고마워. 숨이 좀 쉬어지는 거 같다."

나도 그랬다. 한동안 견딜 수 있을 것 같았다. 우리는 헤어진 연인들이 흔히 할 법한 이상한 짓을 하고 있었다.

"나애, 잘 지내는 거지?"

"잘 지내. 그러려고 해."

나는 제법 단호하게 대답했다.

"생각났니? 네가 한 약속 말이야."

"……"

"난 그 수수께끼를 늘 생각하고 있어."

희도가 잠드는 방이 일 년 전에 갔던 주젠지 호수 위 가나야 호텔 일층 방인지 알 수 없었다. 그곳 테라스에서는 언덕의 푸른 소나무와 흰 자작나무와 노랗게 물든 생강나무와 붉은 단풍나무 들 사이로 삼나무에 둘러싸인 호수가 보였다. 일층 복도의 한쪽 끝은 지붕을 씌운 복도를 따라 온천탕으로 이어지고, 반대편 끝은 백 년 전에 문을 연 유럽식 레스토랑이었다. 가운데에 정문 로비가 있고 카운터와 이층으로 올라가는 넓은 계단과 기념품 가게와 베이커리가 있었다. 초콜릿과 함께 백 년 된 크로켓이 명물인 가게였다. 희도와 나는 첫날 아침 호숫가에 있는 목조 카페에서 커피와 크로켓을 먹었다. 그리고 아래로 내려가 주젠지 호수 역사관을 둘러본 뒤, 호숫가 절에 가기 위해 버스를 탔다. 승객은 겨우 네 사람뿐이었다. 주젠지 정류장에서 내렸을 때는 도로 위에 희도와 나뿐이었다.

영업을 하는지 폐업을 했는지 알 수 없을 정도로 적막하고 노후한 가게들이 도로를 따라 이어졌다. 민박집들의 이층 격자창 안에 이불이 어지럽게 쌓여 있는 것이 보였다. 여관과 레스토랑들이 방치되어 있고 단 한 곳 문을 연 카페마저도 홀이 텅 비어 있었다. 장기 불황의 여파 같았다. 가을 관광철인데도 비수기인 느낌이었다. 도로 아래 호수를 따라 지도에 표시된 대로 이탈리아와 프랑스, 벨기에 대사의 별장들이 찬란하게 물든 가을숲에 가려져 있었다. 한때는 영화로웠던 휴양지가 오랜 세월에 걸쳐 풍화되며 퇴락하는 중이었다.

호숫가에 자리한 주젠지 대웅전에는 들었던 대로 오 미터나 되는 입목관음상이 때가 낀 듯 침침한 어둠 속에 서 있었다. 천년 전 한 스님이 뿌리를 내리고 살아 있는 나무에 그대로 조각했다는 천수관음이었다. 희도는 절 안내원의 해설을 나에게 전해주었다.

"스님이 도끼로 나무를 한 번 찍을 때마다 합장하고 기도를 올렸대."

희도는 손바닥을 도끼날처럼 바짝 세워 허공을 한 번 찍고 용서하라는 듯 다급하게 합장 기도하는 흉내를 냈다.

"저 입목관음상은 지금도 땅 밑에 뿌리를 내리고 있다고 해."

모든 성스러움에는 같은 양의 사랑과 같은 양의 잔인함이 내면화되어 있었다. 나와 희도는 기쁨과 사랑과 감사만큼, 꼭 그만큼 서로 상처를 주게 될 것이라는 사실을 알고 있었다. 그게 무엇이든, 사람이 만나서 시간을 공유하는 동안 상처는 피할 수 없는 일이다. 둘은 손바닥을 세워 서로의 목이나 가슴과 팔 같은 곳을 치고 서둘러 양손을 모아 기도하는 장난을 했다. 우습고 슬픈 장난은 여행 내내 농담처럼 이어졌고, 돌아와서도 여행의 여운처럼 한동안 계속되었다. 우리는 서로 이런 존재이다. 좋아하면서 상처를 입힐 수밖에 없는 임시 동거인. 그러니 함께하는 동안 적게 하자. 뭐든 적게. 그리고 나중에는 우리 뭐든 용서하자.

그날 주젠지를 나왔을 때 희도는 절 입구 기념품 가게에 들어갔다. 닛코의 상징인 마로니에로 만든 다양한 기념품이 있었다. 희도가 고른 것은 마로니에로 조각한 작은 올빼미상이었다. 생의 대부분을 음화 같은 어둠 속에서 보내는 신비로운 새, 존재하지만 좀처럼 사람의 눈에 보이지는 않는 은둔하는 맹금류. 희도는 올빼미상을 나에게 주며 말했다.

"너를 닮았어."

집안의 불을 모두 껐을 때, 막대한 양의 정적이 몰려왔다. 침이 고이며 우쓰노미야의 자두맛이 절실하게 그리웠다. 우쓰노미야는 일본의 다른 소도시와 마찬가지로 어딘지 침울하고 한적하고 재미라곤 없는 도시였다. 하지만 그런 소도시일수록 옛날의 영화를 전하듯 기막힌 명물 음식들이 남아 있었다. 우쓰노미야역 앞의 만두 가게가 그런 곳이었다. 군만두와 삶은 풋콩과 마요네즈에 찍어 먹는 어린 양배추의 아삭하고 고소한 맛은 닛코의 기후와 토양과 역사를 먹는 것 같았다. 희도와 함께 그 오래되고 비좁은 만두 가게에서 나무의자에 몸을 붙이고 앉아 그것들을 다시 먹고 싶었다. 하지만 다시 먹어도 그 맛 그대로일까. 다시 우쓰노미야의 밤길을 걸어다니다가 오래된 여관과 라면집들과 하천변 길을 지나 '백목'이라는 술집에 들어가 꼬치와 함께 그 상쾌한 맥주를 마실 수 있을까. 내가 다른 선택을 했다면, 다시 닛코로 가는 기차를 타고 나란히 흔들리며 갈 수 있을까. 그때처럼 차창으로 지나가는 평화로운 풍경 속에 정신을 놓고 옆구리에 닿는 체온과 우리의 숨소리를 느끼며, 어깨와 허벅지를 붙이고 뼈와 근육의 감촉을 귓속말인 양 간지러워하며 수줍은 웃음을 주고받을 수 있을까. 그때처럼 그렇게.

*

나는 뒷창문이 깨어진 자동차 안에서 희도의 옷가지들을 빼내고 있었다. 희도의 점퍼, 희도의 등산복 바지, 희도의 러닝셔츠와 양말들…… 옷들을 가져와 서랍 속에 넣는데, 희도가 출장에서 돌아온 것처럼 트렁크를 들고 나타났다. 양복이 아니라 직장 로고가 박힌 점퍼 차림이었다. 희도는 내 앞에 앉더니 트렁크를 활짝 열었다. 그 안에 놀랄 만큼 선명한 붉은색 스웨터가 있었다. 열대 밀림에 사는 붉은 새의 가슴 깃털같이 타오르는 붉은색이었다. 희도는 결코 붉은색 옷을 입는 남자가 아니었다. 무채색 남자인 것이다.

"이런 옷이 있었어?"

내가 놀라서 물었다.

"예전에 사둔 옷인데, 숨겨두었어."

희도는 직장 로고가 박힌 점퍼를 벗고 그 스웨터로 갈아입었다.

"이제 네게 보여주고 싶어."

꿈속에서 희도의 두 눈과 뺨이 눈물로 반짝거렸다.

예레바탄 사라이, 땅에 가라앉은 궁전

내가 강당에서 아라베스크를 연습하는 동안 어른들의 삶은 벽에 비친 추상적인 그림자 행렬처럼 빠르게 지나갔다. 아버지는 들판 한가운데에 새집을 지었다. 그것이 집에 대한 아버지의 취향인지, 토마토밭에 둘러싸인 사택에서 지낸 탓인지 알 수 없었다. 아버지는 예전보다 자주 병원집에 들러 밥을 먹은 뒤 현장을 둘러보고 목수를 만났고, 종려할매는 매일 들판으로 나가 새참을 만들고, 버려지는 못이나 나뭇조각 같은 것을 주워 부대에 담거나 가마니에 톱밥을 모았다. 인부들은 삽을 들고 넓은 쇠판 위에 시멘트와 자갈과 물을 섞고, 기둥을 따라 묶은 표시줄에 맞추어 블록을 쌓았다. 한쪽에서는 시멘트를 개어 미장을 하고, 다른 쪽에서는 대패로 목재를 밀었다.

나는 일요일이면 종려할매를 따라 들판으로 나갔다. 종려할매는 빈터에 화덕을 만들어 국수나 수제비, 김치와 국수를 섞은 국밥을 끓였다. 집을 짓는 동안 긴 장마가 찾아오고, 인부들이 땀을 비처럼 흘리는 폭염이 닥쳤다가, 아침저녁 공기가 서늘해지는 초가을이 왔다. 그러는 사이에 두 번의 결혼식은 나의 인지 범위 바깥에서 다급하게 진행되었다.

오원 언니가 먼 산골 마을로 시집을 간다는 사실을 안 봉자가 부엌방에서 두 다리를 뻗고 엉엉 울었다. 종려할매는 못마땅하지만 어쩔 수 없다는 얼굴로 혀를 찼다. 오원 언니는 돌아앉아 죽은 어머니의 사진만 노려보고 있었다. 내과 의사가 중매쟁이의 소개로 인근 도시에 사는 미모의 이혼녀를 만난 것이 화근이었다. 그 여자는 시골 읍에서 살기를 거절했다. 아직 삼십대인 그녀는 손꼽히는 재력가 집안의 조카였다. 내과 의사는 길게 고민하지 않고 병원집을 내놓았다. 그 여자와 재혼하고 소도시로 옮겨 개원하기로 결정한 것이었다. 내과 의사는 그전에 오원 언니부터 시집보내기 위해 서둘렀다. 두 번의 결혼식은, 내겐 여자들이 모여 만들어내던 온갖 음식들과, 기름 타는 냄새와 사람들로 붐비던 복잡한 예식장과, 카메라 플래시가 터지던 순간들로 남아 있다. 그리고 단출한 흰 드레스를 입고 짧은 면사포를 쓴 백곰같이 통통한 모습의 오원 언니와 폭이 두 배로 넓은 드레스와 길이가 두 배로 긴 면사포를 끌던 새 백모의 늘씬한 자태가 겹쳐졌다. 사진을 찍을 때 오원 언니는 웨딩드레스 아래에 나막신같이 높은 구두를 신고 기뻐하지도 않고 슬퍼하지도 않는 난감한 얼굴로 몹시 힘든 일을 하는 듯 송골송골 땀을 흘렸다. 엄마가 가제 손수건으로 신부의 콧등과 윗입술 위에 맺히는 땀을 닦아주었다. 나는 신부의 부케가 탐나 예식이 끝난 후 내가 가질 수 있는지 묻고 싶은 것을 참았다. 희디흰 피부에 금가루를 입힌 듯 빛나던 새 백모는 영화 속의 여자처럼 아름다웠다. 결혼에는 내가 알 수 없는 수많은 예법과 의식과 절차가 있었고, 잠시 무대에 나타났던 등장인물들은 자기 역할이 끝나자 이내 생의 안쪽으로 숨어버렸다. 내게 결혼식은 국극 무대나 서커스와 다르지 않았다. 두 번의 결혼식이 등뒤로 그림자 행렬처럼 지나가는 동안 나는 강당에서 춤을 추었다. 그사이에 집이 지어지고, 가족이 돌아오고, 나도 가방 하나를 꾸려 들판집으로 들어갔다.

사철 물비린내가 자욱하던 외딴집이었다. 친척들은 그 집을 방목집이라고 불렀다. 방목이란 짐승을 풀어 키운다는 뜻으로 그 들판의 이름이기도 했다. 옛날엔 읍의 넓은 들판이 전부 침수지여서 사람이 살지 못했다고 한다. 농사도 지을 수 없는 습지여서 말과 소를 풀어 키우는 방치된 땅이었다. 배수를 위해 마당엔 자갈을 깔아 다졌다. 자갈 마당 바깥은 온통 논으로 둘러싸여 있었다. 담도 쌓지 못한 상태였다. 아버지는 아래채와 창고를 짓고 담을 쌓고 대문을 달 계획이었지만 이사가 급해 공사는 중단되었다.

"종려할매는 어디에 있어?"

엄마는 대답하지 않고 예의 그 금지와 경멸이 담긴 차가운 눈으로 쳐다볼 뿐이었다. 놀라운 일은 엄마가 또 임신중이라는 사실이었다.

"종려할매는 어디에 있어요?"

아버지의 눈빛이 흔들렸다.

"종려할매 어디에 있어?"

오빠나 동생들은 종려할매를 몰랐다. 나는 이별을 모른 채 헤어져 버렸다. 종려할매가 나를 재울 때, 뭐라고 작별 인사를 했을 것 같은데 기억나지 않았다. 종려할매가 말할 때, 나는 잠들어버렸는지 모른다. 오원 언니가 작별의 말을 할 때, 나는 딴생각을 했는지 모른다. 뱀여인 이야기만 떠올랐다. 봉자가 작별의 말을 할 때 나는 한 귀로 흘렸는지 모른다. 병원집에서 나는 어린아이였지만, 들판집에서는 다 큰 여자아이였다.

아버지와 엄마는 방안에서 아기를 사이에 눕혀둔 채 목청을 높여 언쟁하곤 했다. 마침내는 아기가 울음을 터뜨리고 아버지의 고함소리와 함께 뭔가가 내동댕이쳐졌다. 그런 뒤 엄마가 방에서 뛰쳐나와 마루에 몸을 내던지고 울었다. 다음날이면 엄마는 나를 잘못 사들인 물건 보듯이 대했다. 무를 수도 없고 버릴 수도 없는 낭패스러운 물건이었다. 엄마는 나의 등뒤로 지나갈 때면 얼른 마루를 닦으라고 새된 소리를 질러댔다. 또다시 배가 불러오는 엄마는 집안일이 성격대로 되지 않아 늘 조급증이 나고 부아가 치민 상태였다. 먹여야 하고 치워야 하고 씻고 닦아야 하는 반복되는 집안일에 치여 나 역시 정신을 차릴 수가 없을 정도였다. 학교에서 돌아오면 청소를 하고, 막내를 업고 두 동생이 집을 더럽히지 않도록 밖으로 데리고 나가 저녁까지 놀아주어야 했다. 밥을 먹고 나면 설거지를 하고 빨래를 갰고, 동생들이 잘 이불을 펴는 식이었다. 숙제할 틈조차 없어서 학교에서 자주 손바닥을 맞았다.

청소하다 말고 누가 나를 부르는 소리라도 들은 듯이, 넓은 들판 끝에 고요히 솟은 산을 마주보곤 했다. 가장 높은 산봉우리에서 흘러내린 왼편 능선 상단에는 하늘을 향한 사람의 옆얼굴 형상이 있었는데, 때로는 오원 언니 같고, 때로는 봉자 같고, 때로는 종려할매 같고, 때로는 나 자신을 닮은 것 같았다. 산은 완전한 질서 속에서 평화로운 것 같았다. 사람들은 그 산을 배를 타고 가는 산이라고 불렀다. 옛날에 홍수가 져서, 왕과 신하들이 배를 타고 그 산으로 피난을 갔다는 것이었다. 종려할매는 그 산 깊숙이 파묻힌 산골마을에서 태어났다고 했다. 나는 종려할매의 남동생네가 사는 고향집에 따라간 적이 있었다. 걷고 버스를 타고 산길을 올라가느라 이른 아침에 출발해 오후에야 도착했었다. 종려할매는 갈 때는 헌옷을 모은 보퉁이를 이고 갔고, 올 때는 콩자루를 이고 돌아왔다.

밤에 혼자 깨어 있을 때면 종려할매와 했던 놀이를 혼자 주고받았다.

"종려할매는 누가 낳았어요?"

"까마귀가 낳았지."

"종려할매는 누굴 낳았어요?"

"호박을 다섯 개나 낳았지."

"오원 언니는 누가 낳았어요?"

"고양이가 낳았지."

"아버지는 누가 낳았어요?"

"내가 냇가에서 빨래하는데 네 아버지가 고무신을 타고 오더라. 내가 긴 팔을 뻗어 냉큼 건졌지."

"엄마는 누가 낳았어요?"

"물고기가 낳았지."

"나는 누가 낳았어요?"

"호박꽃이 낳았지. 초여름 새벽에 호박을 따러 나갔더니 호박꽃에 고인 이슬 속에서 내 강아지가 나왔지."

"나는 누가 낳았어요?"

"여름 새벽에 연못이 낳았지. 빗방울이 떨어지고 개구리밥이 빙빙 돌더니 내 강아지가 나왔지."

"나는 누가 낳았어요?"

"아침에 밥하려고 솥뚜껑을 열었더니 흰밥 같은 내 강아지가 나왔지."

나는 호박꽃이 낳았고 연못이 낳았고 밥솥이 낳았다. 나는 뱀 구멍에서도 나왔고, 여우가 물어오기도 했고, 유채꽃 속에서도 나왔다. 내가 몇 번이나 태어났는지 모른다. 혹은 내가 몇 명이나 태어났는지 모른다. 어딘가 다른 세상에 내가 예비로 일곱쯤 더 있다고 해서 나쁠 것 없다. 종려할매가 말하기를, 나는 다른 세상에서 다른 모습으로 살고 있었다. 눈을 감으면 적막하도록 조용한 병원집에서 숙제를 하는 내가 보였다. 내과 의사는 진료를 하고 오원 언니는 종이로 발을 만들고 봉자는 밥상을 차리고 종려할매는 정원에 고추 모종을 심고 있었다. 나는 숙제를 마치자마자 별채 뒷문을 빠져나가 도이네 채소 가게로 갔다. 다른 세상의 나는 이곳의 나를 위해 살아가는 존재들이었다. 종려할매는 나 역시 다른 세계의 나를 위해 잘살아가야 한다고 했다. 또 내가 다섯 번쯤 살아도 나에겐 여섯번째 일곱번째 삶이 더 있으니 아무 걱정 말고 씩씩하게 살라고 했다.

만국기는 운동장 한가운데에 박힌 쇠기둥에서 방사상으로 뻗어나와 천장처럼 하늘을 가리고 소슬바람에 팔락팔락 흔들렸다. 가장자리로 번데기와 솜사탕 같은 것을 파는 장사치들과 학부모들이 운집했고 귀빈석에서는 교장, 교감 선생님과 지역 유지들이 자리잡고 있었다. 아버지도 둘째 줄에 앉아 있었다. 운동회 날이었다. 운동회는 사, 오, 육 학년 전체가 흰색 반팔 상의와 검정 반바지를 입고 일사불란하게 동작을 맞춘 카드 매스게임으로 시작되었고, 오전 첫 경기는 각 반 대표 단거리 주자 달리기였다. 땅땅 하는 소리와 함께 화약을 넣은 딱총이 연기를 피워올렸다. 청군과 백군으로 나뉘어 머리띠를 묶은 응원석에서는 응원단장의 선창에 맞추어 소리를 내지르는 응원이 시작되었다. 무용반과 체조반 아이들은 경기에 참가하지 않았다. 무용반과 체조반은 점심시간이 끝난 뒤 오후 첫 순서에 공연을 해야 했다. 강당 앞쪽에 야외무대가 만들어졌고, 높은 철봉이 세워지고 매트가 깔리고 칠 단 뜀틀이 준비되었다.

강당 옆 교실에서 엄마들이 아이들 얼굴에 화장을 해주었다. 선생님의 당부대로 하얗게 분을 바르고 눈썹은 가늘게, 아이라인은 진하게 그렸다. 선생님은 화장이 끝난 아이들의 눈가에 검은색 섀도를 넓게 펴 발랐다. 그리고 머리에는 커다란 백조 깃털 장식을 붙이느라 실핀들을 찔러넣었는데 순서가 잘못되어 발레복을 갈아입을 때 한바탕 소란을 빚었다. 어른들은 머리장식을 흩트리지 않고 아이들의 웃옷을 벗기느라 낑낑댔고 아이들은 옷을 뒤집어쓴 채 실핀에 머리 밑을 찔려 눈물을 찔끔 흘렸다. 어깨끈이 달린 발레복은 가슴 부분이 깃털과 스팽글로 장식되었고 부풀어오른 망사가 엉덩이 위에서 활짝 펼쳐졌다. 마지막으로 발레 슈즈를 신고 끈을 묶었다. 일곱 명의 발레반 아이가 운동장으로 나가자 북적거리던 운동장이 삽시간에 조용해지고 시선이 집중되었다. 무대에 올라 각자 자리에 서서 두 팔을 아래로 둥글게 펴고 한쪽 다리를 앞으로 뻗어 허리를 꼿꼿이 편 채 신호를 기다렸다. 본교 무용반은 군 대회에서 해마다 우승을 거두고 있으며 학교의 자랑이니 큰 박수를 부탁한다, 는 안내가 흘러나와 준비동작이 길어졌다. 무용 선생님이 무대 아래에서 손뼉을 짝짝 치며 하나 둘 셋, 이라고 신호를 주자 확성기에서 경쾌한 왈츠곡이 흘러나왔다.

무용 공연 다음은 체조 경기 시범이었다. 공연이 끝나고 강당 옆 교실로 돌아가자 부모와 친척과 친구 들이 찾아와 아이들과 사진을 찍었다. 세 번 연속 턴을 한 뒤 거꾸로 서버린 실수를 한 아이는 울고 있었다. 아이의 엄마가 달랬지만 그치지 않았다. 아이라인이 번져 검은 얼룩이 얼굴을 지나 턱으로 흘러내렸다. 나도 엄마, 아버지와 사진을 찍었다. 아버지는 사진을 찍어야 할 순간에는 어딘가에서 어김없이 나타났다. 모든 학교 행사와 입학식과 졸업식 사진에는 아버지가 있었다. 그것이 아버지의 가장 중요한 역할이라고 믿는 것 같았다. 누군가가 머리에 꽂은 실핀을 뽑아내며 백조 깃털 장식을 빼내는 동안 나는 열려 있는 창밖을 보았다. 교실 바로 앞에서 기계체조반의 철봉 경기 시범이 진행되고 있었다. 드디어 도이의 차례였다. 다른 아이들은 발레복을 벗고 화장을 지우는데, 나는 창틀로 다가가 붙어 섰다. 도이는 손에 횟가루를 묻혔다가 털어내며 시작선 앞에 가서 섰다. 선생님이 뒤에서 부르는데도 나는 창틀을 쥔 채 꼼짝달싹할 수 없었다. 가만히 숨이 멎고 소리들이 아득히 멀어졌다. 도이의 동작이 느려지고 긴장한 얼굴이 확대되며 속눈썹 하나하나까지 보였다. 귀에 들리는 심장박동 소리가 내 것인지, 도이의 것인지 알 수 없었다. 도이는 심호흡을 몇 번 한 뒤 무릎을 굽히며 두 팔을 앞뒤로 크게 저었다. 그러고는 반동을 이용해 풀쩍 뛰어올라 제 키의 두 배나 되는 철봉에 매달렸다. 내 감각의 중심이 도이와 연결되어 함께 철봉에 매달린 것 같았다. 도이는 철봉을 쥐고 삼백육십 도 회전을 반복하며 원심력을 끌어모았다. 머뭇거리는가 싶더니, 눈 깜짝하는 사이에 도이가 손을 놓고 만국기가 걸린 하늘 위로 솟구쳐 공중 이 회전 돌기를 했다. 만국기가 달린 줄 하나가 출렁거린 것 같았다. 도이의 몸은 만국기에 가려 보이지 않았다. 다음 순간 누군가가 날카로운 비명을 질렀고, 동시에 깔아둔 매트 바깥으로 도이의 몸뚱이가 떨어졌다. 사람들이 신음 소리를 냈다. 운동장 바닥에 팽개쳐진 도이는 전혀 움직이지 않았다. 얇은 종이 국기 하나가 도이의 얼굴 쪽으로 천천히 떨어졌다. 선생님들과 학부모들이 우르르 달려갔다. 나의 눈이 침침해지며 화려한 만국기가 모두 색깔을 잃어갔다.

그것이 내가 본 도이의 마지막 모습이었다. 그뒤로 도이는 학교에 돌아오지 않았다. 소문에는 도이가 병원에 있는 동안 할머니가 돌아가셨고 먼 친척이 도이를 데려갔다고 했다. 그곳은 중국으로 가는 배의 항구가 있는 머나먼 서해 바닷가의 도시였다. 도이가 운동장 바닥에 떨어진 뒤 나는 며칠 동안 열병을 앓았다.

병이란 고독이다. 아이들은 기쁨과 슬픔이 세상에 있으니 그대로 받아들이는 것처럼, 고독도 세상에 있으니 그대로 받아들인다. 아무도 없는 어둑한 방에서 앓는 동안 나는 벽과 사투를 벌였다. 벽은 이스트를 넣은 밀가루 반죽처럼 부풀어올라 울렁거리며 나를 집어삼키려 했다. 벽 쪽에서 도망치려 했지만 가위눌려 움직일 수가 없었다. 입안에 뭔가가 가득차 있는지 울거나 비명을 지를 수도 없었다. 그때 누군가가 들어와 내게 뭐라고 말을 걸었는데, 어마어마하게 부풀어오른 밀가루 반죽 사람이었다. 나는 형언할 수 없는 공포에 사로잡혔는데, 그때 희미했지만 뭔가를 깨달았다. 예컨대 내가 바뀌면, 세상의 물성도 바뀐다는 것이다. 내가 아프면 세상도 아프고, 내가 변질되면 세상도 변질되고, 내가 흩어지면 세상도 흩어진다. 나는 이제 죽을 것이다. 내가 죽어가는 동안 세상도 함께 죽어갈 거라고 나는 생각했다.

무용반에서 나오려 했을 때, 선생님은 어려운 동작들을 마스터한 아이를 놓으려 하지 않았다. 그러나 나는 더이상 리듬에 맞추어 가볍게 몸을 움직일 수 없었다. 아버지가 학교에 찾아가 아이가 매일 아침 코피를 쏟는다고 말을 해주었다. 거짓말도 아니었다. 특활반 활동 하나는 반드시 해야 하는 것이 교칙이어서 무용반을 나온 뒤 고전읽기반에 들어갔다. 고전읽기반은 하필이면 강당 옆 바로 그 교실이었다. 책을 읽다가 창밖으로 고개를 돌리면 언제나 도이가 떨어지는 것이 보였다. 책을 읽어도 문장들의 행간 사이로 도이가 떨어졌다. 나는 자주 교실을 빠져나갔다. 정신을 차려보면 어느새 도이가 떨어진 그 자리에 그림자를 드리우고 서 있었다. 도이가 떨어진 자리는 도이를 끌고 내려간 아득한 구멍 같았다. 그 앞에 쪼그리고 앉았다. 나도 그 속으로 들어가고 싶었다.

땅거미가 지면 시작되어 새벽녘에 걷히는 고열과 두통은 겨울방학이 지난 뒤에야 끝이 났다. 그뒤로 자주 눈앞이 침침해졌다. 시력은 갑자기 나빠졌다가 좋아지기를 반복했다. 의사들은 신경성이라고도 하고, 쇼크라고도 했다. 일종의 성장통이라고 하는 의사도 있었다. 고열과 두통을 앓는 동안에 도이와 함께 현실의 모든 것이 하나의 구멍 속으로 가파르게 흘러내린 것 같았다. 소중한 것은 모두 저편으로 넘어가고, 혼자만 이편에 남은 느낌이었다.

다음해 봄에 학교에 갔을 때, 상이 나를 때리기 시작했다. 도이가 떨어진 자리에 서 있으면 상은 주변을 빙빙 돌다가 아무도 보지 않을 때, 주먹을 쥐고 나의 팔이나 등을 때렸다. 공격성도 없고 아프지도 않았다. 나를 흔들어 깨우는 듯한 슬픈 타격이었다. 이제 도이는 없어, 그리고 너는 거기 있고, 나는 여기 있어, 라고 말하는 것 같았다. 우리를 엮었던 예쁜 목걸이는 터져버렸다. 우리는 흩어져 의미 없이 부딪치는 두 개의 구슬이었다. 플라타너스 나무 아래서나, 풍향계가 돌아가는 식물원 앞에서, 바람이 그리는 파문을 따라 그물무늬로 일렁거리는 연못 앞에서 상은 나를 때리고 재빠르게 다른 아이들 무리 속으로 사라졌다. 쉬는 시간의 복잡한 화장실 앞이나 수돗가나 신발장 앞에서도 상은 아무도 모르게 주먹을 쥔 손 안쪽으로 나를 치곤 했다. 철저한 무표정이었다. 단둘만 있을 때도 타격을 가하고는 시치미를 뗐다. 그때마다 나는 화들짝 놀라며 상이 거기 있는 것을 알아챘다. 동시에 도이가 없다는 사실도 알아챘다. 상으로 인해 더욱 도이를 의식했고, 도이에 대한 상실감이 깊어지는 것이었다.

상이 내게 한 것이 폭력인지 그 나이의 남자아이가 할 수 있는 대화였는지 알 수 없다. 어릴 때부터 상은 모든 것을 타격으로 표현했다. 도이를 지켜주고 나를 보호하면서도 때론 도이와 나를 괴롭히며 즐거워했던 것이다.

*

오랜 시간이 흐른 뒤에, 상은 어떤 여자애를 들판집에 보냈다. 집에 긴 담을 두른 뒤였고, 상이 체육고등학교를 자퇴하고 돌아와 또래 패거리를 몰고 다닐 때였다. 도시의 하숙집에서 지내던 나는 여름방학을 맞아 집에 와 있었다. 여자애는 높은 나무 대문을 밀고 마당의 자갈을 조심조심 밟고 들어왔다. 정원석이 놓인 둥근 정원을 지나온 여자애는 마루 앞 차양 아래에 서서 내가 나애인 것을 확인했다. 그러고는 기상이 아지트에서 너를 기다리고 있다, 고 말했다. 일요일 오후였다. 아버지는 근처 테니스장에서 맥주 내기 테니스를 치고 있었고 엄마는 부엌방에서 식구들 베개를 쌓아놓고 풀 먹인 커버를 갈고 있었다. 막내는 잠들었고, 동생들은 방에 모여 텔레비전에서 방영하는 애니메이션을 보고 있었다. 아무도 싸우거나 화를 내거나 울음을 터뜨리지 않았다. 보기 드물게 완벽한 일요일 오후였다. 나는 이제 막 샤워를 하고 선풍기 바람에 단발머리를 말리던 중이었다. 나는 갈지 말지 생각을 하며 가르마를 반듯하게 타고 머리에 핀을 꽂았다. 나는 새로 산 옅은 오렌지색 원피스를 입고 여자애를 따라나섰다. 상의 아지트는 들판길 끝과 철길이 만나는 지점에 있는 블록 창고였다.

집 앞을 흐르는 수로가 들판길을 따라 흘러 가파르게 떨어지며 굴 속으로 사라지는 지점이었다. 비가 갠 오후에 나는 집 앞에서 몇 개의 종이배를 띄우고 젖은 들판을 내달리곤 했었다. 내가 속도를 맞출 수 있었던 건 종이배가 유속에 실려 빠르게 앞질러가다가도 논과 연결하기 위해 만든 다리 밑 작은 굴 아래로 빨려들어갈 때마다 그 어둠 속에서 얼마간 시간을 보내다가 나오곤 했기 때문이다. 그리고 더러는 영영 나오지 않는 종이배들도 있었다. 들판 끝까지 흘러간 종이배들은 들판길과 철길이 만나는 지점에서 가파르게 아래로 떨어지며 굴속으로 빨려들어가 사라졌다. 여름의 우기마다 나는 얼마나 많은 종이배를 그곳에서 잃어버렸던가.

벽과 지붕 사이가 떠 있는 창고 안쪽에는 볏짚이 가득 쟁여져 있고 바닥에도 깔려 있었다. 그리고 트럭 타이어만큼 큰 검은색 튜브들이 내던져져 있었다. 상의 패거리는 물놀이를 하고 돌아온 것 같았다. 그들은 상의를 벗은 채 볏짚 위에 드러누워 담배를 피우고 있다가 나를 맞았다. 상은 담배를 입에 문 채 일어나 앉더니 검은색 티셔츠를 주워 입었다. 나는 목과 어깨로 흐르는 선과 가슴과 허리와 거뭇한 배꼽을 순식간에 엿보았다. 성장한 상은 아름다웠다. 어깨에 닿은 머리카락은 검게 빛났고 살결은 햇볕에 그을려 환한 갈색빛이었다. 이마를 덮은 머리카락 사이로 검은 눈이 번쩍거렸다. 눈매가 가위로 오린 듯 날카롭게 올라간 눈이었다. 나는 여자애가 권하는 대로 문가 벽에 기대 앉았다. 상은 잠시 나를 응시했다.

"옷 입어."

상이 비스듬히 누워 연기를 피워올리는 남자애들에게 명령했다. 남자애 하나가 손가락을 입안에 넣더니 나를 향해 삑삑 불량한 휘파람 소리를 냈다. 그 순간 상이 피우던 담배를 남자애 얼굴에 내던졌다. 남자애는 재빠르게 고개를 돌려 피했고 곁에 떨어진 담배는 볏짚 속에 웅크리고 있다가 이내 연기를 피워올렸다. 다들 홀리기라도 한 듯 연기를 쳐다만 보고 있었다. 불길이 번져나가다가 화르르 치솟은 뒤에야 다섯 명의 남자애는 벌떡 일어났다. 불길은 번지고 남자애들은 맨발로 불을 밟고 몸을 구르며 한바탕 소동을 피웠다. 그뒤엔 아무도 숨소리조차 내지 않았다. 상과 나 사이엔 불탄 자리가 시커멓게 남아 있었다. 상은 내게 말 한마디 붙이지 않고 쳐다보기만 하더니 여자애에게 나를 집에 바래다주라고 했다. 나는 가끔 수수께끼를 풀듯 상의 마음을 상상했다. 하지만 도무지 알 수 없었다. 자신의 마음을 타격으로만 표현한다는 것밖에는.

그 여름 동안 집 주변 길에서 자주 상과 마주쳤다. 상은 늘 오토바이를 타고 다가와 내 발 앞에 멈추어 섰다. 우리는 한마디 말도 없이 팽팽하게 대치하다가 누군가가 나타나면 엇갈려 지나가곤 했다. 상이 내게 말을 한 것은 들판길에서 마주섰을 때 단 한 번이었다. 들판길가 푸른 탱자가 빼곡하게 열린 가시울타리 아래로 내가 종이배를 띄웠던 수로가 흐르고 있었다. 그 안쪽은 테니스장이었다. 테니스공을 치는 아버지의 음성이 들렸다. 이계장 똑바로 해, 같은 소리였다. 내가 재빨리 피해 가려 하자 상이 말했다.

"너도 내가 무섭냐?"

며칠 뒤 나는 개학을 맞아 도시로 돌아갔다. 상이 한 말이 계속 머릿속을 맴돌았다. 너도 내가 무섭냐…… 나는 무서운지, 무섭지 않은지 생각하며 오래전에 내가 띄웠던 종이배들을 헤아려보았다. 그 많은 종이배는 어디로 갔을까. 물이 마른 늦가을에 수로를 따라 걷다가 작은 굴 밑에 들어가본 적이 있다. 굴 밑에는 가장자리에 거친 풀이 있고 풀뿌리 속에 반쯤 녹은 종잇장들이 걸려 있었다. 내가 잃어버린 종이배들은 그곳에 없었다.

가정의 전설

엄마는 검은색 코트를 입고 거리에 서 있었다. 황량한 우주의 표면을 홀로 떠돌고 있는 것만 같은 모습이었다. 그런데 엄마에게 저런 옷이 있었던가. 도무지 처음 보는 옷이었다. 거리에 서 있는 엄마는 나와 일면식도 없는 사람 같았다. 나는 엄마를 뻔히 보면서 정지할 타이밍을 놓치고 가전제품 수리 센터를 지나쳐갔다. 엄마가 내 차를 알아보았는지 몇 걸음 다가오다가 멈추는 모습이 백미러로 보였다.

엄마의 얼굴이 이내 울 것같이 일그러졌다. 검은색이어서인지 코트는 흡사 상복 같았다. 여든 넘은 사람이 입기에는 너무 어둡고 무거운 색이었다. 아버지가 돌아가신 지 십삼 년째였다. 여든세 살이면 자신의 죽음도 부쩍 가까워서 아마도 꿈결에는 경계를 오락가락할 것이었다. 그래서 아침마다 깨어나는 것이 스스로 실망스러운 것이다. 나는 군청 앞에서 유턴을 해서 수리 센터 앞을 지나가며 차창 문을 내리고 엄마를 불렀다. 엄마가 쳐다보자 웃음을 짓고 손을 흔들었다. 차는 철길 앞에서 다시 돌릴 수 있었다.

"아까는 왜 지나갔니?"

"다른 생각에 빠져서."

"너는 어릴 때도 늘 딴생각에 잠치러졌지. 거기 있어도 정신이 다른 데 가 있는 사람처럼 불러도 대답도 없고. 넋 나간 아이처럼."

잠치러진다는 말이 사전에 있는지 알 수 없었다. 생각에 잠겨서 정신을 놓는다는 뜻 같았다. 엄마가 나를 부르는 말은 차례가 정해져 있었다. 어디에 있니? 뭘 하고 지내니? 집에 좀 오렴. 엄마는 내가 오빠네와 겹치지 않도록 교통정리를 했다. 어쩌다 일요일에 집 마당에서 나와 오빠네가 마주칠 때는 숨겨야 할 일이 들통나기라도 한 듯 허둥댔다. 그런 엄마의 방식에 모욕감을 느꼈지만, 나는 그 오래된 습성을 새삼 문제삼고 싶지 않았다. 오빠는 최상의 효심으로 흠 잡히지 않을 만큼 엄마에게 하고 있었고 나는 문제삼을 의욕조차 없었던 것이다. 엄마는 이번에는 수리한 밥솥을 찾아야 한다고 나를 불렀다.

"밥솥은요?"

"원래 오늘 찾기로 했는데, 안 됐다는구나. 부품이 안 왔다고."

"밥솥이 왜 그렇게 자주 고장나는 거래요?"

엄마의 압력밥솥은 계절마다 고장이 나는 것 같았다.

"……고무테를 너무 자주 빼서 그런다네."

"왜 자꾸 빼는 거예요?"

"찜찜해서. 고무테를 빼서 씻어야 안심이 돼."

"밥솥을 꺼내 씻을 때마다 매번 빼서 씻는 거예요?"

"안 그러면 성에 안 찬다. 그러지 말자고 다짐해도 결국은 빼서 씻고 말아."

"엄만, 이 세상 할머니 중에서 가장 깔끔한 할머니일 거야."

집이 조금이라도 어질러지면 부아가 치밀고 심장이 끓어오르는 조급증과 결벽증의 일부였다. 노인이 되었는데도 불구하고 무언가가 엄마를 타고 앉아 하루종일 감시하고 엄마의 신체를 난폭하게 부려먹는 것이었다. 차라리 엄마가 술이라도 좀 마시길 바란 적도 있었다. 노래라도 부르는 사람이기를. 혹은 식탐이 있거나 우스갯소리나 쓸데없는 잡담이라도 하는 사람이기를. 혹은 이웃집에 놀러라도 다니는 사람이기를. 아니면 낮잠이라도 자는 사람이기를. 엄마는 하루종일 노동 외에는 아무것도 하지 않았다. 병까지는 아니었지만, 일상을 살기에는 너무 난폭한 조급증과 결벽증과 자폐의 증세가 코팅된 전선 속을 흐르는 전기처럼 내 혈관에도 전수된 것만 같았다. 그래서 더욱 반발하는지 모른다. 나는 오히려 모르는 척하며 방치하는 편이었다. 수리 기사가 가끔 고무패킹을 분리해서 씻어야 한다고 충고했을 정도였다. 나는 청결과 정돈에 대한 저항감을 가지고 있어서 청소를 한 뒤에도 조금 흩트려놓아야 편안했다.

"저 사람들은 아직도 저러고 있나? 아이구, 지겹다."

엄마가 텔레비전 화면에 눈길을 두고 말했다. 치맛살을 굽고, 배춧국을 끓이고, 이제 막 밭에서 딴 상추 초무침을 만들어 점심을 먹던 중이었다. 양복 깃에 노란 리본을 꽂은 남자가 뭐라고 인터뷰를 하고 있었다. 그뒤로 세월호 유족과 미수습자 가족들이 모여 있었다. 파도에 닳아버린 소라 껍데기의 안쪽처럼, 눈물에 닳아 얼굴이 희끄무레해진 사람들이었다.

"저래서야 어떻게 나라가 돌아가겠냔 말이다."

엄마는 혀를 찼다.

"자식 앞세웠으면 한이 있어도 팔자려니 하고 자기 가슴에 묻어야지, 저렇게 두고두고 떠들어댄다니. 팔자 부끄러운 줄도 모르고."

엄마는 자기 자식이 죽었어도 자기 팔자를 탓하고 부끄러워하며 얼른 덮을 사람이었다. 자신이 사기를 당해도, 폭행을 당해도, 강간을 당해도 남 보기 부끄러우니 덮기에 급급할 것이다. 나는 마음을 가라앉히려고 노력했다.

"사고 원인조차 아직 제대로 밝혀지지 않았어요. 배를 인양해 조사를 해야 알 수 있다고요. 저번 정권에서 덮으려 한 정황이 드러났는데, 진실은 아직도 오리무중이에요."

뉴스를 보다가 엄마와 대화하면 안 된다는 걸 알면서도 이미 말려버린 뒤였다.

"나라에서 덮으면 그만한 이유가 있나보다 해야지. 다 밝히려 들면 나라가 굴러가겠니?"

"도대체 나라가 어디로 굴러가야 한다는 거예요? 국민도 못 챙기는 나라가 마구 굴러가기만 하면 되는 거예요? 국민 한 사람 한 사람이 나라예요. 그게 아니면 나라가 뭐겠어요?"

"말이 되는 소리를 해라. 한 사람이 어떻게 나라냐? 나라는 없으면 안 되지만, 한 사람, 한 사람은 있어도 그만 없어도 그만 아니냐."

엄마와 내가 도무지 경계를 넘을 수 없는 지점이었다.

"우리 때는 시퍼런 바다에다 사흘 밤낮 사람을 생선 엮듯 엮어 밀어넣었어도 아무도 말 한마디 안 하고 살았다."

1950년대 전쟁 직후의 이야기였다. 엄마의 영원한 악몽이었다.

"빨갱이들, 부역한 사람들뿐 아니라 육십 안 된 남자는 다 엮어서 밀어넣었어. 한 줄로 엮었으니, 바닷가에 세우고 가운데 한 사람만 밀면 다 떠밀려들어가 물속에 처박히는 거야. 어떤 사람은 넋이 나간 듯 나무토막처럼 떨어지고, 어떤 사람은 이미 맞아서 골병이 들어 시체 같고, 어떤 사람은 안 들어가겠다고 몸부림치고 버둥거리다 어머니를 부르짖으며 떨어지고…… 물속에 처박히면 서로 엮인 무게에 치여 꼼짝없이 코를 박고 죽는 거야. 한쪽 선착장에서는 엮은 사람들을 아예 배에 태우고 나가서 떠밀어넣고…… 바다가 온통 썩은 핏물이었다. 해안으로 시체가 다시 떠밀려오고, 썩느라고 여러 달을 그 피고름이며 악취며, 커다란 구더기며, 파리며…… 말도 못하지, 말을 못해. 지금도 자려고 눈을 감으면 떠오를 때가 있다."

"그러니까, 그렇게 억울하게 죽은 한 사람 한 사람은 뭐예요?"

"알게 뭐냐. 그렇게 해서 이 나라를 지킨 거 아니냐. 우리 때는 살기에 급급해서 그런 거 생각도 안 했다. 그저 식구들끼리 뭉쳐 살고 친척들과 동네 사람들 눈 밖에 안 나려고 아등바등 살고, 나라에서 하라는 대로 죽은듯이 살고."

엄마는 악몽 속에서 쇠붙이처럼 살아남기로 결심했을 것이다. 그런 사람에게 객관적인 진실이나 합리적인 생각이 있을 리 없다. 엄마는 시체가 썩는 피바다 이야기를 하면서도 국물을 다 비웠다.

엄마에게, 한 사람은 무엇일까? 엄마에게 상대의 마음이란 무엇일까? 타인이라는 감각은 무엇일까? 나에게 전체는 무엇일까? 상대의 마음이란 무엇일까? 타인이라는 감각은 무엇일까…… 가끔 엄마가 온 나라를 상상해보곤 했다. 엄마가 어디서 왔는지 알아야 내가 어디서 왔는지 알 수 있을 것이다. 엄마의 집안이나 가족이나 성장기는 깨어진 토기 조각 몇 개만 뒹구는 도굴된 무덤처럼 비어 있었다. 바다가 보이는 언덕 위의 집, 언제나 반들거리도록 닦여 있는 마루, 흘린 밥알도 주워먹을 수 있을 정도로 깨끗한 흙 마당, 재봉질을 하던 어머니, 파도 소리가 들릴 정도로 고요한 집 같은 것이 전부였다. 엄마의 바닷가 고향은 너무 멀고, 그곳엔 오래전부터 아무도 없었다. 오빠 둘은 전쟁에서 죽었고 홀어머니는 딸이 시집을 가자마자 돌아가셨다. 그리고 전쟁에서 살아남은 남동생 하나는 소식이 끊어졌다. 아버지에 대해서는 철저히 함구했다. 엄마의 아버지는 한 줄에 엮여 바다에 던져진 남자들 중 하나인지도 모른다. 엄마라면 그런 일을 당하고도 불행을 부끄러워하며 입을 다물 수 있는 사람이었다. 대신 조급증과 결벽증으로 삶의 피부가 벗겨지도록 문질러 씻고 닦고 부패하는 냄새가 나지 않게 소독하는 것이다.

엄마는 언제부터인지 모르게 불감의 사물이 되어 자신을 조소했다. 참 이상한 물건이지, 무슨 물건이 이렇게 오래 산다니, 이렇게 오래 살 줄은 정말로 몰랐다. 엄마는 스스로에게 신원 불명의 사물, 나이 불명의 사물이었다. 엄마도 불감증을 타고나지는 않았을 것이다. 엄마는 일제강점기와 동족 상잔과 기나긴 독재의 난폭한 역사가 퇴적한 불감의 유적이었다. 하지만 나는 엄마를 자기 시대 안에서 꺼내놓을 수 없다. 그것은 엄마의 삶과 빈틈없이 녹아버린 인생의 피부였다.

자전거로 유치원에 태워다주곤 했던 아버지는 엄마와 나를 가능한 한 떼어놓았는데, 우연인지 의도인지 알 수는 없었다. 아버지는 나를 엄마와는 다른 여자로 키우고 싶었는지 모른다. 혹은 둘 사이에 흐르는 상극의 기운을 일찌감치 감지했는지도 모른다. 혹은 허약하게 태어나 식구들에게 치이며 잔병을 자주 앓던 내가 가여웠는지도 모른다. 중학교를 마치자마자 나는 집을 떠나 하숙집에서 자라났다. 긴 세월이 지난 뒤 내가 엄마 가까이에 돌아오게 될 거라고는 아무도 예상하지 못한 일이었다.

나는 나가서 국을 데워 조금 더 떠왔다. 수저질만 하자니 다시 침묵이 버거워졌다. 내 가슴 안에는 항상 엄마에게 묻고 싶은 질문이 하나 있었다. 하지만 그런 질문을 차마 입 밖으로 뱉어낼 수는 없었다. 그것은 누구와도 나눌 수 없는 나의 고독이고, 오직 나의 것이었다.

친척 아주머니가 재단한 한복 천을 들고 찾아와 엄마와 재봉질을 하던 날이었다. 천조각 먼지들이 날리고, 재봉틀 돌아가는 소리가 들들들들 울렸다. 너는 주워온 애다. 느닷없이 엄마가 나를 쫓아내려 했다. 너는 시장 굴다리 밑에서 주워온 애야. 거기 가봐라. 친엄마가 너를 찾고 있을 테니…… 친척 아주머니도 엄마가 나를 데려오는 것을 봤다며 증인으로 나섰다. 친척 아주머니들이란 어딘가 고약한 존재들이다. 친척 아주머니는 어른들과 있을 때는 아이에게 호의적이지만, 단둘만 있을 때는 매정한데다 자기 아이들보다 나은 꼴은 눈뜨고 못 보는 것이다. 나으면 시기하고 못하면 대놓고 동정하며 완전히 떨어지면 경멸한다. 엄마의 눈은 친척 아주머니의 눈보다 더 심술궂었다.

대여섯 살 무렵이었다. 그날 나는 가위로 오려낸 노랗고 파란 양단 천조각을 달라고 졸랐는지 모른다. 혹은 감히 엄마의 하나뿐인 아들과 집요하게 다투었는지도 모른다. 혹은 엄마와 경쟁하며 아버지의 관심을 차지하려고 애썼는지도 모른다. 혹은 작은 심부름을 하지 않고 도망 다녔는지 모른다. 나만 생각하고 이기적이고 오만하고 게을렀는지 모른다. 하지만 그렇게 어린애가 집에서 쫓겨날 만큼 큰 잘못을 저지를 수 있었을까…… 나는 엄마에게 다가가 치마꼬리를 쥐었지만 엄마는 야멸치게 밀어냈다. 엄마의 시선이 쇠붙이처럼 나를 찔렀다. 나는 마침내 울음을 터뜨리고 가지고 놀던 잡동사니를 보자기에 싸서 집을 나왔다. 그날 엄마는 끝내 나를 잡지 않았다. 길을 나섰을 때 온 세상이 바람에 날려가는 것만 같았다. 철길 앞에서 시장 쪽으로 걸어내려갔는데, 그후의 일은 아득한 망각에 묻혀 있다. 어디로 갔는지, 얼마나 갔는지, 어떻게 집에 돌아왔는지, 당일에 돌아왔는지, 혹은 한 달쯤 흐른 뒤 돌아왔는지…… 어쩌면 영영 돌아오지 못한 것만 같았다.

그뒤로 나는 모든 것을 양보하고, 내 것을 갖지 않았을 것이다. 가족을 피해 다니고 구석에 혼자 숨고 엄마와 마주하면 수줍어하고 한 방안에서는 좌불안석했을 것이다. 엄마나 아버지에게 아예 사랑을 바라지도 않았을 것이다. 나는 먼 친척집에 얹혀사는 먼 친척 아이에게 걸맞은 처신을 찾아냈던 것이다. 욕심을 부리거나 고집을 부려서는 안 된다. 일절 말대꾸를 해서는 안 된다. 요구를 해서도 안 된다. 나 자신의 것을 챙겨서는 안 된다. 나는 늘 소화장애를 앓았다. 나도 모르게 엄마의 음식을 거부했던 것이다. 자주 끼니를 건너뛰었고 차라리 속이 완전히 비어 있을 때가 편안했다. 나는 가족들이 나를 의식하지 못할 정도로 얇고 희미해져서 눈에 띄지 않고 싶었다. 손가락을 다 벌리고, 아무것도 움켜쥐고 싶지 않았다. 그러나 동시에 더이상 아무것에도 지배당하고 싶지 않았다. 또한 어느 것 하나도 지배하고 싶지 않았다. 그러니 피하고 숨고 안전거리를 유지하는 것이다. 고양이 한 마리조차도 내게는 위험했다.

"왜 남기니? 더 먹어라."

내가 숟가락을 놓자 엄마는 상을 넘어와 왈칵 끌어안기라도 할 것 같이 다정하게 권했다. 나는 약간 물러나 앉았다.

"그때, 나에게 왜 그랬어요?"

내 심연 속에서 일어나는 회오리를 제어할 수 없었다. 나의 고독이 고삐 풀린 짐승처럼 우리를 넘어 튀어나갔다.

"무슨 일 말이냐?"

"겨우 대여섯 살 아이였는데, 왜 주워왔다고 밀쳐내고 집밖으로 내쫓았어요?"

결국 이 말을 하고야 마는 내가 싫었다. 싫으면서도 또한 어쩔 수가 없었다.

"그걸 다 기억하니?"

엄마도 그 일은 잊지 않은 것 같았다.

"집집마다 흔히 하는 장난이었다."

"장난이 아닌 거 알아요. 당한 사람은 아는 거예요."

엄마는 평생 단 한 번도 농담을 하거나, 장난한 적이 없었다. 내 눈을 들여다본 적도 없고 웃어준 적도 없었다.

"내가 울던 울음이 지금도 귓속에 들려요."

"부모상이라도 당한 아이처럼 통곡을 하더구나."

엄마는 피하고 싶은지 눈길을 돌렸다.

"그런데도 왜 취소하지 않았어요? 그 작은 아이를 왜 달래지도 않고, 옷을 싸들고 집을 나가는데 왜 잡지도 않았어요?"

"모르겠다."

"모를 리가 없어요."

"그냥 그렇게 되었다. 왜 그랬는지, 전후 사정은 까마득히 기억이 나지 않는구나. 내게도 세상을 잃은 듯이 통곡하던 네 울음만 귀에 남아 있다. 그래서 늘 네가 눈에 밟힌다. 내가 왜 그랬는지."

"그리고 나는 얼마나 지난 뒤에 돌아온 거예요? 어떻게 돌아온 거예요?"

엄마의 얼굴이 얼음처럼 단단해졌다. 그 아래로 두려움과 슬픔과 원망이 물고기떼처럼 몰려들었다.

"사흘 뒤에 찾았다. 그날 저녁에 네 아버지가 읍내 바닥을 뒤지고 경찰서에 실종 신고를 했어. 아는 동생들을 동원해 구석구석 다 뒤져도 찾지 못하자 다음날엔 시외버스 터미널과 기차역에 사람을 세워두고 인근 면의 경찰서에도 연락을 다 했지. 사흘 뒤에, 이웃 면의 경찰서에서 연락이 왔어. 보퉁이를 들고 역 마당에 서 있는 너를 그 앞에서 장사하던 국밥집 남자가 경찰서에 데려갔다더라. 경찰은 실종 신고를 한 네 아버지 사무실로 전화를 했고. 네 아버지가 너를 집에 데려다놓고 나를 안방으로 부르더구나. 안방에 들어갔더니 네가 싸들고 나간 보퉁이를 풀어 내던지고는 불문곡직하고 내 뺨을 때리더라. 머리가 장식장에 부딪쳤고, 그 바람에 네 아버지가 아끼던 백자 항아리도 떨어져 깨어지고, 내 머리에서는 피가 흐르고…… 그날 얼마나 맞았는지."

나를 지나 장롱 어딘가에 시선을 두고 있던 엄마가 윽 하고 딸국질 같은 울음을 터뜨렸다.

"그뒤로 네 아버지는 밖으로만 나돌고…… 얼마나 매정하게 굴던지."

귓속에서 어린 나의 울음소리와 엄마의 울음소리가 뒤섞였다.

"그 이야기를 왜 그때 내게 해주지 않았어요. 왜 지금 와서야 해요? 왜 이렇게 늦어서야 해요?"

"어린애에게 그런 말을 하니? 어떻게 거기까지 갔는지, 무슨 일이 있었는지, 네가 기억을 못하더라. 아이니까, 며칠 지나면 다 잊을 줄 알았다. 그렇게 시간이 지나가니 하루하루 살기가 바빠 어제 일을 다시 말할 틈도 없었다. 네가 다 자라서는, 어릴 때의 일이라 까맣게 잊은 줄 알았다."

"그런 일을 어떻게 잊어요? 어린애라도 말했어야죠. 그 말을 취소하고 안아주었어야죠. 그리고 나를 잃고 얼마나 애태웠는지, 아버지가 찾았고 몹시 화를 냈다고 말해주었어야죠. 그 일로 엄마가 맞았다고 말했어야죠. 내가 진짜 엄마라고 말해주었어야죠. 그러면 내가 엄마를 위로했을 텐데, 그 일을 다 잊었을 텐데, 왜 취소하는 말을 안 했어요? 난 아직도 집에 돌아오지 못한 것 같아요. 아직도요."

엄마는 대답하지 않았다. 나는 남은 말을 호흡으로 자르며 엄마와 나 사이의 공기 속으로 천천히 흘려보냈다.

'그때 난 마음이 다 찢어졌어요. 마음이 다 찢어지면, 그다음엔 자기 마음의 바깥에서 살게 돼요. 자기 마음의 바깥이 어딘지 알아요? 거긴 세상의 바깥이에요. 나 혼자뿐인 것 같은 세상에서 언제까지나 등불을 안고 걸어가는 거예요.'

엄마의 눈에서 빛이 캄캄하게 꺼지고 있었다.

"좀 쉬세요."

밥상을 들고 일어서려 할 때였다. 엄마가 넘어지듯 자신을 내던지며 나를 끌어안았다. 나는 엄마를 엉거주춤 안았다. 흡사 이산가족 상봉 같았다. 엄마가 나의 등을 쓸었다. 친밀한 접촉에 속이 거북하고 한편으로는 온몸이 저릿하더니 눈물이 몰려들어 얼굴이 무거워졌다. 나는 거북함을 넘어서지 못하고 눈물을 흘리지도 못했다. 나는 손바닥을 엄마의 등에 올려보았다. 살이 다 말라버려 누르면 푹 꺼질 듯 가여운 등이었다. 엄마와 나 사이로 흘러가버린 시간의 빈 껍데기를 만지는 느낌이었다.

이제 필요한 건 우연을 관리하는 능력

검사인 고교 동창을 통해서 손도이의 신원조회를 부탁했더니 며칠 뒤 소식이 왔다. 출생 연도와 어린 시절 주소만 주었는데도 찾기 어렵지 않았다고 했다. 동명인 사람이 몇 명 없기도 했지만 전과자라 이내 드러난 것이었다. 조폭 떨거지여서 이런저런 사건에 연루되었지만, 상습 마약 투약과 공급이 그중 큰 범죄였다. 오 년 전에 출소한 뒤로는 쪽방을 전전했고, 나중에는 정신이 온전치 못해 거리에서 부랑하다가 시립 정신요양병원에 들어간 게 일 년 반 전이라고 했다.

손도이의 입원 서류의 보호자 난에는 임수호라는 이름이 기재되어 있는데, 그 역시 그 무렵 노동하던 중에 사고사를 당했다고 했다. 요양원 주소를 받아 적었다. 인천이었다. 후배의 작업실이 있는 동네와 가까웠다. 나애에게 알려줄지 말지 잠시 고민하다가 그만두었다. 내가 가보는 편이 나을 것 같았다. 어떤 놈이기에 나애의 기억 속에서 그렇게도 오래 살아가는지 궁금하기도 했다.

고작해야 평생 어둠의 세계에 의지해 산 마약 사범에다가 부랑자였다가 지금은 정신요양원에 갇힌 환자 신세였다. 그런 놈을 애지중지 기억에 간직하면서, 스케치북 한 권을 다 제 얼굴로 채우고, 팔월 햇볕 속에서 자전거 뒷자리에 태우고 달린 나는 기억하지 못하는 것이다. 그렇다고 시비를 가릴 수도 없고 따질 수도 없었다. 기억이란 제가 선택하는 일이 아니니.

시립 정신요양병원은 도시의 경계가 애매한 산 언저리에 있었다. 일반적인 요양병원들과 다른 점은, 창문마다 방범창이 덧대어 있는 것은 물론이고 출입문도 철문이라는 점 정도였다. 로비에서 환자 면회를 신청했다. 면회실에서 기다리는 동안 장애인 단체에서 나왔다는 자원봉사자가 예치금 계좌 안내를 했다. 그 자신도 정신지체 장애인이었다. 서른쯤 돼 보이는 남자는 아마도 어렵게 외웠을 내용을 더듬거리며 전달했다. 예치금은 환자의 복지 비용으로 쓰인다고 했다. 나는 그가 건네준 환자 명부에서 손도이를 찾아 자동이체할 수 있는 계좌번호와 연락처와 소액의 금액을 적었다. 자원봉사자는 절을 세 번이나 하고 면회실을 나갔다.

손도이는 푸른 유니폼을 입은 남자 간호조무사와 함께 나타났다. 손도이가 다가올 때, 나는 왜 나애에게 손도이가 각별한지를 단번에 알게 되었다. 나는 한동안 손도이에게 의식을 내어주고 멍하니 앉아 있었다. 그는 세상 밖으로 나간 적이 없는 정령 같았다. 짧게 민 머리통은 둥글고 피부가 희고 투명한데다 동공은 검은색 색종이를 오려

붙인 듯 검었다. 너무 검어서 캄캄해 보였다. 그렇게 캄캄한 눈으로도 무엇을 볼 수 있는지 의심스러웠다. 그리고 보기 드물게 아름다운 이 목구비를 조소하듯, 오른쪽 뾰족한 귀 밑과 뺨과 턱에 담뱃불로 지진 자국들이 연이어 나 있었다. 담뱃불 자국이 손등에도 연이어 나 있는 것으로 보아 소매 안쪽도 성치 않을 것 같았다. 손도이는 흉터를 잊은 듯 무심했다. 아마 누군가가 담뱃불로 얼굴을 지질 때도 저항조차 하지 않았을 것만 같았다. 자기에게 아무 쓸모도 없고 의미도 없고 거추장스럽기만 한 아름다움을 아무 값어치 없이 내어주었을 것 같았다. 중간 키 정도는 되는데도, 나애가 그렇듯 어딘지 다 자라지 않은 식물성의 느낌을 주었다. 얄팍하고 풋풋한 채로 이제는 겉늙고 있었다.

손도이는 나를 알지 못했다. 시선이 나를 지나 창 쪽을 향한 채 한쪽 손가락들을 가지런히 모아 탁자를 탁탁 쳤다. 나는 고향 선배라고 인사를 했다. 못 알아보는 게 당연한 일이지만, 남자 간호사는 기억을 많이 상실했다고 알려주었다.

"여기서 잘 지냅니까?"

"안정된 생활을 하고 있습니다."

"누군가 찾아오는 사람은 있나요?"

"없습니다. 친구라는 남자가 경찰서와 구청과 시청을 오가며 부랑자보호법에 관해 백방으로 알아봤다며 서류를 넣고 몇 년을 기다려서 어렵게 입원 시켰다는데, 그뒤론 두어 번 찾아온 게 전부라고 해요."

입원 서류에 이름이 적혀 있다는 임수호 같았다. 부랑자, 그것이 도이를 분류하는 법적인 호칭이었다. 고아로 시작해 마약 사범을 거친 뒤의 마지막 신분이었다.

"조부가 국가유공자라는 사실이 입증되어 들어올 수 있었어요. 그 친구분이 애써주지 않았더라면, 이 환자는 이미 딴 세상 사람일 겁니다."

나는 고개를 끄덕였다. 알든 모르든 우리는 누군가가 애를 써주어서 살아 있는 것이다.

"다른 병은 없습니까?"

"심장이 안 좋아요. 선천성 혈관 기형이 있는데, 그동안은 용케 살아 있었지만 이젠 위험하다고 해요. 별 자극을 받지 않는 생활을 하는 게 다행이라면 다행이지요. 하지만 부정맥이 심하니 언제 어느 순간에 잘못될지는 아무도 모를 일이지요. 이렇게 살아 있는 게 기적이라고 하더군요."

"잘 좀 보살펴주세요."

나는 제법 보호자처럼 당부했다.

"삶에 시달려온 이런 분에게, 이곳에서의 날들은 평생 처음으로 봄 같은 시간일 겁니다."

내가 보기에도 그랬다. 비록 무의미하다 해도, 손도이는 불운이 차단된 곳에서 휴식하는 것 같았다. 자기의 삶을 떠나 어느 타인의 꿈속에서 지내는 것처럼.

남자 간호사가 뭐라고 말을 이으려 하는데, 나는 말을 끊고 손도이에게 물었다.

"혹시 나애 아세요?"

내 뒤쪽 창밖을 향해 있던 손도이의 눈이 뒤늦게 반짝 빛났다. 그는 천천히 내게로 시선을 돌렸다. 그러곤 압력을 이겨내듯 어렵게 입술을 열더니 혀를 들어올려 발음했다.

"라애."

"라애?"

손도이는 고개를 끄덕였다. 그러더니 탁자를 탁탁 쳤다.

"기억을 많이 상실했습니다."

남자 간호사가 조금 전에 한 말을 다시 했다.

"편히 지내요."

내가 인사를 하자 남자 간호사가 손도이의 팔을 잡아 일으켰다. 손도이가 면회실을 나간 뒤에야 나는 나애와 라애 사이의 연관성을 깨달았다. 나애에게 전화를 할지 말지 갈등했다. 나애는 머리를 양 갈래로 단정하게 땋고 멜빵이 달린 치마를 입고 새하얀 운동화를 신은 모습으로 병원집에 왔었다. 늦봄에 온 나애가 도이와 상과 어울려 헐거운 바지를 입고 맨발에 슬리퍼를 끌며 흙탕물을 튀기고 시장 바닥을 돌아다닌 건 채 여름도 되기 전이었다. 어느 저녁에 분홍색 잠옷 차림으로 머리를 풀어헤친 채 약국에 심부름을 왔던 모습을 나는 스케치북에 그려보기도 했었다. 일요일마다 등이 구부정하고 뚱뚱한 병원집 큰딸의 손에 잡혀 목욕탕에 오던 모습도 귀여웠다. 나애와 좀더 가까이 지낸 건 다음해 늦가을부터 겨울방학 전까지의 짧은 시간이었다. 나애는 무슨 이유인지 갑자기 무용반에서 나와 고전읽기반으로 들어왔다. 그때 나애가 받은 책은 『안티고네』였다. 나는 『오이디푸스왕』을 읽는 중이었다. 무서운 신탁에 의해 버려졌던 오이디푸스는 성장해 길에서 우연히 마주친 아버지인 왕을 살해하고 왕비인 자신의 어머니와 결혼을 한다. 안티고네는 그 사이에서 난 첫딸이었다. 오이디푸스는 자신의 죄를 알게 된 후 바늘로 자기 눈을 찔러 무지를 심판하고 장님이 되어 사막으로 들어갔다. 그리고 그를 낳은 어머니이자 아내는 목을 매 죽는다. 그때 나애는 늘 혼자였다. 내가 다가가면 불편해하고 말을 걸어도 못 들은 척했다. 수줍어하는지 성가셔하는지 불안해하는지조차 알 수 없었다. 나애의 음성은 안티고네의 대사를 읽을 때나 겨우 들을 수 있었다. 안티고네는 전쟁에 패배하고 전사한 오빠의 시신을 땅에 묻어준 죄로 벌을 받고, 사랑하는 약혼자를 남겨둔 채 영원히 돌로 된 감옥에 갇히게 된다. 당시 나는 그 슬픔을 제대로 이해하지 못했지만, 감옥으로 끌려가는 안티고네의 대사를 읽던 나애의 맑고 높고 서러운 음성을 통해 고스란히 느낄 수 있었다. 나애는 그때 어떻게 영원히 계속될 슬픔이라는 감정을 이미 알고 있었을까.

나는 마지막 길을 걸어가며
마지막 햇빛을
보고 있어요. 이것을
나는 다시는 보지 못할 거예요.
모든 것을 잠재우는 죽음의 신 하데스가
나를 산 채로 저승의 강, 아케론 강변으로
끌어가고 있어요. 나를 위해서는
결혼식장으로 갈 때의 노래도
신방 앞에서의 축혼가도 울려퍼지지 않았어요.
나는 이제 죽음의 강의 신부가 될 거예요.

나애가 병원집을 떠날 무렵, 그 집 사람들은 뿔뿔이 흩어졌다. 척추 병을 오래 앓았던 큰딸은 어느 먼 산골 마을로 시집을 갔고 병원장은 미모의 젊은 여자와 재혼을 해 도시로 떠났다. 그리고 그 집 별채에 살던 종려할매는 산동네의 아들 집으로 갔고 나애는 아버지가 부임지에서 돌아오면서 지은 들판집으로 들어갔다. 그리고 봉자는 공장에 들어갔다. 약국을 드나드는 어른들의 잡담 속에서 나온 말을 모아보면 종려할매는 병원장의 어머니가 아니었다. 병원장에게는 돌아가신 어머니가 따로 있었다. 종려할매의 진짜 아들은 산동네의 아들이었다. 그런데 나애의 아버지에 관해서는 다들 분명히 알지 못하고 의견이 분분했다. 어머니가 셋이라는 말도 있었다. 나애 아버지는 원래 용맹하기로 소문난 사람이어서 믿을 수 없는 무용담이 많았다. 그중에서도 가장 황당한 것은, 군대에 두 번 갔다는 이야기였다. 한 번은 자신의 병역의무였고, 두번째는 내과 의사인 형의 병역의무를 대신했다는 믿거나 말거나 한 소문이었다.

나애는 들판집으로 간 뒤에도 간혹 보였다. 시장으로 국수를 사러 오기도 하고, 목욕탕 옆 미장원에 와서 머리를 자르고 가기도 하고, 가족들과 목욕탕에 오기도 했다. 나는 나애를 볼 때마다 스케치북에 그렸다. 무엇이든 눈에 띄는 건 그리던 때이기도 했다. 나애는 내 스케치북 속에서 조금씩 자라났다.

햇살이 따가운 가을날 나는 나애와 나란히 걷고 있었다. 나애는 흰색 블라우스에 자주색 조끼와 짧은 주름치마를 입고 무릎까지 오는 새하얀 양말에 검은 구두를 신었다. 나 역시 셔츠와 반바지만 살짝 다를 뿐 같은 차림이었다. 우리는 유신 지지 집회를 마치고 돌아오는 길이었다. 군내의 모든 초등학교에서 반대표를 꾸려 정부에서 지급된 옷을 맞추어 입고 유신 지지 행진을 한 날이었다. 나애와 나는 각자 반 대표로 선두에서 피켓을 들었다. 뒤에서 따라오는 아이들은 〈우리의 소원은 통일〉과 〈시월의 유신은 김유신과 같아서 삼국통일 되듯이 남북통일 되어요〉라는 노래와 애국가를 번갈아 불렀다. 군민들이 모여든 공설운동장에서는 학교에서 연습한 대로 행진을 해 다른 색깔 옷을 입고 온 다른 초등학교 학생들과 함께 '유신'과 '통일'과 '소원'이라는 글자를 만들었다. 시골 아이들은 학교에서 지급한 자주색 옷에 누렇게 바랜 블라우스와 셔츠와 발목 양말을 겨우 맞추어 입은 정도여서 나애의 옷차림은 단연 눈에 띄었지만 그보다는 다른 이유로 내 눈엔 오직 나애만 보였다. 가을 햇볕에 오래 노출된 나애의 뺨과 콧등은 붉었지만 그 얼굴은 금세 기절이라도 할 듯 창백했다. 나는 아슬아슬한 마음으로 나애를 지켜보았고 돌아오는 길에는 나애 곁에서 바짝 붙어 걸었다. 지나가는 사람들이 새 옷을 입은 우리 둘을 눈부신 듯 바라보았다. 나는 무슨 의식이라도 치르는 기분이었다.

나애를 마지막으로 본 건 고등학교 일 학년 여름방학 때였다. 화실로 자전거를 타고 가는데, 단발머리에 중학교 교복을 입은 나애가 걸어오고 있었다. 새하얀 상의와 감청 주름치마를 입고 흰색 양말에 검정 구두를 신은 나애를 발견하자 나는 더 다가가지 못하고 자전거를 세웠다. 뜨거운 한낮인데 나애는 햇볕을 고스란히 받으며 걷고 있었다. 내가 불러 세우자 나애는 손수건으로 땀을 닦았다. 머리카락이 찰랑거렸고, 열기 때문에 이마와 목은 새하얀데 두 뺨은 몹시 붉었다.

"어디 가?"

"버스 터미널."

"태워줄게."

폭염에 걷느라 지쳤는지 망설이지 않고 가방부터 올리고 나의 등뒤에 올라앉은 나애는 가방을 둘 사이에 끼우고 안장을 잡았다.

"허리를 잡아."

나애는 시키는 대로 나의 허리 양쪽을 옮겨 잡았다. 나는 폭염을 뚫고 자전거 페달을 밟았다. 자전거가 길에서 떠올라 날아가는 것 같았다. 마치 꿈속에서 달리는 것같이 마찰력이나 공기저항조차 느낄 수 없이 둥둥 떠갔다. 뱃속에 새 한 마리가 들어간 것만 같았다. 새는 배꼽 아래쯤에서 날개를 퍼덕거리며 요동쳤다. 어떤 일은 단 한 번 일어났다 해도 영원히 계속된다. 시간을 이기는 경험이 있는 것이다. 나는 읍내 중심 거리를 단번에 지나가 버스 터미널의 매표소 안까지 그대로 미끄러져들어갔다. 대합실에 있던 사람들은 화들짝 놀라며 비켜섰고, 자리에 앉아 있던 사람들이 벌떡 일어섰다. 나로선 감당할 수 없는 소동을 일으킨 것이었다. 나애가 내린 뒤 사람들이 욕을 퍼붓기 전에 뒤도 돌아보지 않고 자전거를 끌고 나왔다. 나애와 눈인사조차 못한 채.

내가 서울로 떠나온 건 그 직후였다. 선명하고 예리한 단절 때문인지, 자전거를 탔던 내 몸의 감각은 초현실적으로 생생하게 남아 있다. 태어나 처음으로 꾼 총천연색의 꿈처럼, 그 꿈을 통해서 세상의 색채를 배운 것처럼. 그 일을 나애는 정말 잊었을까, 대합실까지 자전거를 타고 들어간 소동을 쉽게 잊을 수가 있을까. 나의 자전거에 실려서 허리를 잡고 달려간 일은 두고라도, 내가 도망친 뒤에 놀란 사람들을 혼자 감당했을 낭패스러웠던 시간이 정말 흔적을 남기지 않고 사라졌을까? 자전거의 기억을 되살리기 위해 이집트와 중국 벽화에 그려진 최초로 바퀴를 갖춘 자전거부터 페달이 달린 오늘날의 자전거를 만든 사람들 이야기나, 바퀴의 역사와 자전거로 세계 일주 한 사람들을 화제로 변죽을 울렸지만 다 허사였다. 나애에게서 그날의 자전거 이야기는 여전히 나오지 않았다. 나애는 그날 자신을 태워준 남자 고등학생이 누군지 정확히 모르는 것 같았다. 그해에만 키가 이십 센티나 자라고 얼굴 윤곽이 갑자기 굵어진 탓도 있었다. 그리고 다들 제정신이 아닐 정도로 뜨거운 날이기도 했다.

면회실을 나오면서, 나애에게 전화하지 않기로 마음먹었다. 세상에는 모르고 사는 편이 나은 일이 더 많은 것이다. 나는 나애를 조금이라도 가볍게 두고 싶었다. 대신 내가 가끔 들여다보기로 했다. 그러다 세월이 더 흐른 뒤에 옛날이야기처럼 해주고 싶었다. 그때까지 나는 몇 명인가 여자를 더 만나고 헤어질 것이다. 그리고 헤어질 때마다 나애에게 연락을 하고 얼굴을 볼 것이다. 운이 좋으면 어딘가에서 멈추겠지만, 계속된다고 해도 나쁠 것이 없다.

이젠 나애도 나이가 들어 눈가와 입가에 섬세한 주름이 지고 피부도 얇고 느슨해지고 더 연약해 보였다. 하지만 안색은 더욱 투명하고 화사해서 어느 땐 노화라는 현상이 기이하게 여겨진다. 목소리도 조금 더 가녀려졌지만 여전히 맑고 높다. 나이들면서 자신의 정수를 드러내듯 향기와 색이 더 짙어지는 것이다. 내가 아직도 오나애군에게 설레는가, 오나애군이 여전히 궁금한가, 오나애군이 보고 싶은가, 내게 오나애군이 어떤 의미인가? 의미라니, 이제 필요한 건 의미가 아니라 다가오는 우연을 관리하는 능력이다. 그 우연 속에서 나는 나애를 보고 또 볼 것이다.

상자 속의 동화

오원 언니가 이사한 집은 박물관으로 가는 새 도로를 따라 주택이 생기기 시작한 전원마을에 있었다. 마을 뒤로는 공원 개발에 포함되지 않은 옛집 몇 채가 대나무숲과 구릉과 고대 왕릉을 등지고 있고, 앞쪽으로는 논과 연밭이 펼쳐져 있었다. 나는 고인돌 무덤 공원을 지나 박물관 주차장에 차를 세웠다. 불꽃무늬 굽다리 접시를 형상화한 박물관 건물과 입구를 장식한 수레바퀴 모양 토기를 보니 추상을 모르는 직설법에 애틋함과 실소가 뒤섞였다.

차에서 내린 뒤 그럴 계획이 아니었지만 구릉 쪽 산길로 발길이 옮겨갔다. 좀 다급하게 산길을 올라가는 사이에 아주 오래전 들판집에서 박물관과 왕릉 공원 청사진을 본 기억이 떠올랐다. 아버지가 부임지에서 돌아와 처음 맡은 업무였다. 집안에 청사진과 조감도가 조금씩 바뀌며 들어오고, 왕릉 부근 마을의 집에 보관중이거나 밭과 숲에 함부로 굴러다니던 토기들이 수집되어 마당에 모여들었다. 색이 바랜 재색이거나 황토색 토기들은 현실성이 희박해서 바로 눈앞에 있어도 한없이 멀어 보였고 손으로 만져도 어렴풋하기만 했다.

고대국가 왕들의 무덤은 오래전에 도굴되어 속이 텅 비었다고 했다. 왕릉의 다락방 창문만한 검은 입구에는 깨어진 토기들이 뒹굴고 개미가 들끓고 이따금 뱀이 나왔다. 상은 도이와 나를 이끌고 정복 원정이라도 하듯 왕릉에 오르곤 했다. 상은 먼저 토기 조각과 돌을 모아 담을 둘러쳐서 우리의 영역을 표시했다. 집이 생기고 나면 이 미터나 되는 무덤을 타고 올라가 미끄럼을 탔다. 무슨 의식처럼 몇 번 미끄럼을 타고 나면 다시 담 안으로 들어가 셋이 무릎과 머리가 닿도록 붙어 앉아 서로의 발등이나 팔이나 머리카락에 개미를 올리고 경주를 시키거나 개미를 각자의 신발 감옥 안에 가두고 누가 더 오래 포로를 지키는지 경기를 했고, 신발로 내리쳐 한 번에 누가 더 개미를 많이 죽였는지 숫자를 세기도 했다. 어느 때는 서로의 발등과 무릎과 어깨와 얼굴과 머리에 침을 뱉으며 끝까지 담 안에 남는 사람이 이기는 더러운 게임도 했다.

담 안에서 놀이가 끝나면 나비나 잠자리를 따라 풀밭으로 들어가곤 했는데 뱀과 송충이와 애벌레 같은 적이 나타나면 상은 끝까지 쫓아가 생포한 뒤 다양한 방식으로 처형했다. 처형이 끝나면 상은 제 힘을 못 이겨 소리를 내지르며 왕릉들이 솟은 산능선을 타고 달렸다. 나는 토기를 빻아 가루를 만드느라 분주하고 도이는 그런 나를 바라보았다. 까마귀와 박새가 도이 곁에 날아와 앉아 살금살금 걸어다니고 새하얀 햇볕 속에 바람이 한 자락씩 불어왔다. 내가 얼굴을 가리는 머리카락을 넘기느라 고개를 들면 도이는 뺨에 속눈썹 그늘을 드리우고 소리 없이 웃었다. 하얗게 빛나는 작은 얼굴, 그 안에 눈과 코와 입이 절대 균형을 이루고 나를 바라보면 나는 순간 속에서 넋을 잃었다. 나는 도이가 바로 앞에 있어도 도이의 얼굴을 볼 수 없었다. 아른거리는 빛이나 향기나 음악이나 압도적인 고요가 다른 차원에서 자신을 표현하듯, 도이는 다른 방식으로 존재하는 것 같았다. 오랜 후에, 처음으로 바로 코앞에서 무지개를 보았을 때, 손대면 색채가 묻어날 것처럼 선연한 빛 가루에 손을 뻗치면서 나는 도이를 떠올렸다. 샤갈의 〈푸른 빛의 서커스〉를 처음 보았을 때, 베토벤의 피아노 소나타를 처음 들었을 때, 여행중에 세상의 어느 모퉁이를 돌아 예기치 않게 숨이 멎는 듯 아름다운 풍경과 마주했을 때, 나는 도이를 떠올렸다.

기어이 기억을 되살려보면, 유난히 검고 선명한 눈썹, 그 아래 압도적으로 고요한 눈, 눈 밑에 번진 보랏빛 그늘과 선이 가느다란 코와 정교한 입술, 각지고 오목한 어깨와 좁다란 몸통, 단단하고 곧은 팔과 다리가 떠오른다. 햇볕을 쬐어도 분홍빛으로 달아올랐다가 이내 희어지는 납작하고 작은 얼굴과 쫑긋한 당나귀 귀와 동그란 머리통, 빳빳한 뒷목 위로 난 선명한 제비초리. 하지만 이제는 하나의 관념이 된 기억 속의 모습이 도이의 것인지, 아니면 내가 생각하고 생각하는 사이에 만든 상상인지 알 수 없다. 나는 도이를 그렇게 그린다. 결코 다르게 그릴 수는 없다. 그러니 사실일 것이다.

우리의 발아래로 읍내를 가로지르는 긴 선로를 따라 기차가 기적을 울리며 오래 지나갔다. 둥근 분지를 둘러싼 맞은편 산 아래로 은하수가 흐르고 철길을 따라 형성된 시장과 상가들과 집들과 주변과 뚝 떨어져 있는 관공서들과 바다처럼 더 넓은 들판이 조그맣게 내려다보였다. 우리가 다니는 학교는 바로 산밑에 기대듯 있었다. 그리고 그 모든 것과 떨어져 들판 한가운데 섬처럼 떠 있는 우리집, 그 속에서 가족이 소리치고 웃고 울며 살아가고 있었다.

산 위에서는 모든 것이 마법에 걸린 듯 축소되어 보였다. 산을 내려가 내 몸이 점점 작아지며 들판 가운데 집으로 들어가는 모양을 상상하면, 어쩌면 개미는 우리가 너무 먼 곳에서 보는 우리들인지도 모른다는 생각이 들었다. 나와 우리 가족도 먼 곳에서 보면 줄을 지어 기어가는 개미 같을 거라고. 도이와 상도 그럴 거라고. 그럴 때면 나는 안타깝고 두려워 실파처럼 가늘고 흰 도이의 손가락을 붙잡았다.

"내가 등불을 들고 가고 있어."

"네가 보여?"

"보여."

"너 마술사구나."

"그런가봐."

"나도 보여?"

나는 시장 쪽을 보았다.

"저기야."

도이가 콕 짚듯이 검지로 가리켰다. 그러자 신문지로 도배한 종이상자 같은 방에서 도이가 할머니와 잠자는 모습이 보였다. 고단한 할머니는 저녁밥을 먹으면 그 자리에 누워 잠들기 일쑤였다. 윗목으로 밀쳐진 밥상은 냄새를 피우고, 밖에는 부추와 상추가 시들어가고, 도이의 감긴 눈꺼풀에는 눈물이 맺혀 있었다. 무섭도록 외로운 풍경이었다. 내 눈에도 눈물이 고였다. 종이 상자 같은 방이 젖고 있었다.

"네가 할머니와 둘이 자고 있어. 밥 먹은 상이 머리맡에 있네."

"라애, 진짜 마술사네."

도이는 뒤로 벌렁 넘어갔다가 일어났다.

"다음에도 가끔 나를 봐줄래?"

"다음에도 가끔 너를 봐줄게."

도이가 약속 손가락을 내밀었다. 나는 주저 없이 손가락을 걸었다. 그때 상이 우리 사이로 몸을 내던지며 들어왔다. 도이와 나의 손가락이 풀렸다.

"뭐해?"

도이와 상과 나애, 나는 우리의 구성이 가진 의미를 알 수 없기에 몬드리안의 극단적인 추상화를 바라보고 있다. 빨강, 파랑, 노랑의 구성. 어디에나 그런 구성이 존재하는 것일까. 우주의 질서 속에 존재하듯, 나뭇잎 한 장의 질서 속에도, 물 한 방울의 질서 속에도 존재하는 것일까. 우연도 필연도 아닌 물질의 속성으로서의 기본 구성, 최초의 구성.

종려할매는, 사람은 세상에 있는 모든 것을 다 합친 존재라고 했다. 바다와 숲에는 인간의 육체 기관 중 일부를 연상시키는 생물들이 아직도 존재하고 우리는 그런 것을 사용하고 먹는다. 온갖 조개 종류, 개불, 전복, 민달팽이같이 원초적인 생물들뿐 아니라, 다른 생물들, 식물들, 동물들도 마찬가지이다. 기관의 일부로서, 혹은 성격의 일부로서, 혹은 존재태의 일부로서 인간 내부가 아니라 외부에 현현해 있다. 그러니 모든 생물은 인간의 일부이고 인간은 모든 생물의 일부이다. 흰 장미와 호랑이와 비둘기와 상과 도이와 나애, 그리고 조개와 지렁이와 개미…… 단순하고 작은 것일수록 더욱 사람의 일부이다. 이런 설의 진화론이 있는지, 아니면 어떤 종교에서 나온 것인지, 혹은 일종의 애니미즘인지 알 수 없지만, 난 종려할매와 낳기 놀이를 하는 사이에 저절로 알게 되었다.

누군가 죄를 지으면 모두가 나누어 가지게 되고, 누군가 선을 지으면 모두가 나누어 가지게 된다고 종려할매가 말했다. 모두란, 흰 장미와 호랑이와 비둘기와 조개와 해파리와 상과 도이와 나애, 말 그대로 세상 전부이다. 우리 각자가 한 일은, 모든 사람과 생물과 무생물의 꿈속으로 스며들어간다. 그러니 도이, 내가 기억하는 것이 너에게 힘이 되면 좋겠다.

황토색 벽돌집의 회색 철문을 밀고 들어가니 현관 옆 테라스에 끈으로 엮은 감이 발처럼 이어져 주렁주렁 걸려 있었다. 감 껍질을 깎아 밝은 그늘에서 말려 곶감을 만드는 것이었다. 담 밑의 좁고 긴 화단엔 어린 과실수 몇 그루뿐 비어 있었다. 아직 오원 언니의 집 같지 않았다. 전화로 들으니, 이사 온 지 두어 달 되었다고 했다. 공무원인 큰아들이 고향을 그리워하는 어머니의 마음을 헤아려 근무지를 지원해 모셔온 것이었다. 시부모도 돌아가신 지 오래되었고 몇 년 전에 남편과도 사별을 해 굳이 그곳에 있을 이유가 없었다고 했다.

현관문을 몇 번 두드린 뒤 밀고 들어가니 오원 언니가 열린 방문으로 내다보았다. 나애구나, 나애구나…… 오원 언니가 무거운 몸을 일으켜 다가왔다. 집안에 매운 마늘 냄새가 코를 찔렀다. 나는 사들고 간 고기와 술을 내려놓고 오원 언니가 내미는 손을 잡았다. 눈두덩과 입술이 두툼한 오원 언니는 두꺼비상을 한 내과 의사를 퍽 닮은 모습이었다.

오원 언니는 방안에 신문지를 펴고 마늘을 까던 중이었다. 제법 큰 창이 있는데도 방안이 어둑했다. 장식장엔 옛날과 똑같이 한국과 일본과 베트남 인형이 든 유리갑들이 놓여 있고 오래된 책들이 꽂혀 있는 낡은 책장도 새 장롱 곁에 그대로 있었다. 책장 위 벽에 밀레의 〈만종〉 복제화가 액자도 없이 덩그러니 나와 테이프로 고정된 것을 보자 마음이 덜컥 내려앉았다. 물감이 덩어리진 듯 초라하고 볼품없는 그림이었다. 그럴싸한 복제화도 아니고 삼류 간판장이가 함부로 모작한 것 같았다. 예전에 내가 본 그림이라고는 믿기 어려웠다.

"너는 어찌 이리도 안 변하니?"

"그래요?"

"사람이 마음이 편치 않으면 모습이 안 변한다더라."

나는 얼굴이 붉어져 방안을 둘러보았다. 다시 〈만종〉으로 시선이 가자 눈이 아파왔다.

"저 그림이 아직도 있네요."

"긴 세월에 어찌어찌하다가 유리도 깨어지고 그뒤 또 어찌하다가 액자틀도 부서지고 저렇게 나와 있다."

방안 곳곳에는 종이꽃이 장식되어 있었다. 분홍색 카네이션과 보라색 붓꽃, 붉고 흰 장미가 유리병에 꽂혀 있거나 리본으로 장식되어 놓여 있고 오래된 소설책과 문예지와 수필 전집 같은 책도 그대로 있었다. 유리갑 속의 값싼 인형들과 볼품없는 그림과 종이꽃과 누렇게 바랜 옛날 책들은 오원 언니가 꾸었던 꿈의 잔해들 같았다.

"생김치 버무리려고 한다."

오원 언니가 마늘 까던 신문지 쪽으로 다가앉았다. 같이 하려 하자 말렸다.

"다 했어. 손 버린 김에 얼른 마저 하고 치울게. 너는 쉬다가 저녁 먹고 가."

손톱을 짧게 자른 거칠고 주름진 손이었다. 손톱 밑에 마늘 액이 묻어 매워 보였다. 긴 손톱에 색색의 매니큐어를 바르곤 했던 왕녀처럼 아름답고 흰 손의 흔적은 어디에도 없었다.

"난 자라서 도미니크가 되려고 했었어요."

나는 책장의 책 한 권을 가리키며 말했다. 도미니크는, 프랑수아즈 사강 소설의 주인공이었다.

"발칙한 꿈이었지. 넌 그때 겨우 열한 살이었어."

오원 언니가 옛날처럼 시름없이 웃었다.

"난 구구단을 외우고 국민교육헌장을 외운 뒤 곧바로 연애소설을 읽었으니까요."

"넌, 무예를 익히고 돌아와 추녀의 탈을 벗고 아름다운 여인으로 변신하는 박씨 부인이 되려고도 했지."

"호랑이 여인이 되려고도 했는걸요."

여자로 변신한 호랑이가 한 선비를 따라가서 아들딸 낳고 살다가, 변덕스럽고 부질없는 인간의 삶에 실망해 숲속 오두막집으로 돌아가 벗어둔 털가죽을 뒤집어쓰고 깊은 숲속으로 돌아가버리는 이야기였다.

"황당한 꿈이었지만 재미있었어. 그래 꿈은 이루었니?"

"글쎄요."

나는 그럴듯한 표정을 지었다.

"새침한 것도 여전하구나."

운동회 때 트랙을 출발해 흩어져 있는 옷을 하나씩 주워 입고 달려가야 하는 경기가 있었다. 육체를 잃은 유령이 타인의 몸에 들어가 산다는데, 나는 늘 누군가가 되기 위해, 다른 사람의 옷을 입기 위해 두리번거렸다. 누군가는 엄마도 아니고 친척 아줌마나 오원 언니나 봉자나 종려할매도 아니었다. 나는 주변 사람들이 아무도 모르는 누군가가 되고 싶었다. 그 아이는 누구였던가? 자라서 도미니크가 되려고 했고, 호랑이 여인이 되려고 했고, 생라자르역의 벤치에서 기차를 기다리는 유럽 여자가 되려고 했고, 라싸를 여행하려고 했고, 평원에 숲을 만들고 성의 여주인이 되려고 했던 그 여자애는 누구였을까. 그리고 나는 지금 누가 된 것일까? 나는 등불을 안고 자신조차 지나와버린 느낌이 들었다. 책장으로 다가가 『삼국유사』를 찾아 그 속에 뱀 여인 이야기가 실려 있는지 살펴보았지만 어디에도 없었다. 호랑이 여인 이야기를 읽어보니 시작 부분이 어딘가 뱀 여인 이야기와 비슷했다.

오원 언니는 마늘 까던 자리를 치우고 설탕 넣은 홍차와 검정깨강정을 내왔다.

"숙모가 네 이야기를 자주 한다. 네게 잘못한 일이 많다고."

"나도 예쁜 짓을 못했어요."

"숙모가 다정한 분은 아니지. 쇠붙이처럼 단단하고 꼿꼿하지. 평생 너무 긴장해 있달까."

"오랫동안 엄마가 내게 한 것을 내가 나에게 해온 것 같아요."

오원 언니는 고개를 끄덕였다.

"너는 참 외로워 보였어. 어릴 때도."

오원 언니는 달래듯 나의 손등을 쓸었다.

"숙모도 성격이 그렇지, 마음은 그렇지 않다. 숙모는 네가 해준 것들을 늘상 이야기한다. 한 번 해준 것을 열 번, 백 번 곱씹으면서. 첫 월급 받았을 때 월급을 반이나 뚝 떼어 옷 한 벌을 사왔었더라고, 그 옷을 참 오래 입었다고 하더라. 그 옷 입은 모습을 나도 여러 번 봤지. 흰색과 파란색 꽃무늬가 난 주름치마 투피스 말이다. 봄부터 초여름까지 입고, 늦여름부터 가을까지 입었지. 한때 앙고라 스웨터가 유행할 때, 네가 숙모에게 선물하려고 붉은색 앙고라 스웨터를 사러 갔다가 너무 비싸서 못 사고 녹둣빛 순모 섞인 스웨터를 사왔었는데, 눈물이 났다고 하더라. 또 한번은 네가 갑자기 나타나서는, 한약을 지어 먹으라고 돈이 든 봉투를 놓고 갔는데, 그날도 너 가고 난 뒤에 울었다더라. 그땐 너도 낡은 구두를 신고 다닐 정도로 어려울 때였다고. 그리고 네가 일이 잘되어 몇 날 며칠 발품을 팔아 사 넣어준 장롱이며, 백화점에서 산 양산이며 구두며, 네가 준 것들을 얼마나 아껴 썼는지 두고두고 이야기한다. 너의 예쁜 마음을 못 잊는다고. 원래 그 아이가 마음이 상냥하고 고왔다고."

그때의 사무치던 마음의 정체를 알 수 없었다. 그저 엄마의 기대를 충족시키려던 안간힘이 아니었을까? 혹은 엄마의 삶에 등돌리고 떠나던 작별의 인사였는지도 모른다. 엄마의 감정에 이입되고 엄마의 삶 속에 함몰되는 나 자신을 발견할 때마다 나는 한사코 엄마를 떠났었다. 주름치마 투피스, 앙고라 스웨터, 구두와 양산 같은 사물들을 선물하면서 한 걸음씩 더 멀리 떠났던 것이다.

"부모 자식 사이란 옳고 그른 것도 없이 그저 사람됨으로 감당하는 일인 거 같다. 예쁘게 감당하기도 하고 흉하게 감당하기도 하고. 자식에게는 그 관계가 가장 큰 시련이기도 하지. 나도 그게 참 힘들었지만."

오원 언니의 말은 아름답고 슬펐다. 사람으로서 감당하고 사는 삶의 감촉이 허공을 떠다니는 오로라처럼 아슬아슬하게 손끝을 부딪치고 간 기분이었다. 오원 언니를 부랴부랴 산골로 시집보내고 같은 달에 재혼했던 내과 의사는 그뒤로 혈육들과는 왕래가 끊겼다. 미모의 젊은 아내와의 사이에 아들도 하나 얻어 무탈하게 잘살았고 은퇴한 뒤엔 도심에서 작은 호텔을 경영하다가 여든 살에 세상을 떠났다는 소문과, 재혼한 아내와의 사이에 아들을 얻었지만 얼마 못 가 이혼을 했고 결혼을 두 번인가 더 하며 전락했다가 나중에는 시장 입구에 있는 낡은 여관에 갇혀 카운터를 보다가 죽었다는 소문이 있었다. 나는 오원 언니에게 굳이 확인하고 싶지 않았다. 그런 걸 확인한다고 해서 뭔가를 알게 되는 게 아닌 것이다. 진실은 그것을 직접 겪은 당사자만 아는 법이고, 고스란히 그 자신의 것이다.

"나야말로 방법이 없으니 꾸역꾸역 살았지만, 한가하고 평화롭게 지낸 옛 시절이 얼마나 그리웠겠니. 하지만 아무리 뒤돌아보아도 사람은 뒤로 갈 수는 없더구나."

"나도 병원집에서 보낸 이 년을 잊지 못해요."

"다행이지. 우리에게 그나마 좋은 시절이 있었으니. 두고두고 살아갈 힘이 되지 않니."

오원 언니는 고개를 숙인 채 낡은 치마의 보풀을 떼어냈다.

"작은아버지와 우리 아버지는 한배에서 난 형제지만 참 달랐어."

오원 언니의 작은아버지는 나의 아버지였다.

"우리 아버지는 종려할매를 몇 년 동안 별채에서 거두기는 했지만, 늘 보는 둥 마는 둥 했지. 아버지는 생모만을 어머니라고 불렀어. 작은아버지는 세 분을 다 어머니라 부르고 군말 없이 예를 다했고."

아버지에겐 어머니가 셋이었다. 누구도 정확하게 계보를 설명하지 않았지만, 저절로 터득하듯 알게 된 사실이었다. 생모인 큰할머니와 아버지를 양자로 들인 작은할머니, 그리고 종려할매였다. 큰할머니는 키가 작고 깔끔하고 온순한 분이었다. 여장부인 작은할머니는 원래 아버지의 숙모였다. 그분은 혼례를 올리고 당시 풍습대로 친정에서 일 년을 지냈는데, 그사이에 병약한 신랑이 죽는 바람에 시집 올 때 백가마를 타고 와서 평생을 큰할머니에게 의지해 살았다고 한다. 같이 살림을 하고 누에를 치고 일꾼을 대 농사도 짓고 밤이면 바느질을 하며 잠잘 때 외엔 떨어지지 않아서 나중엔 아들까지 나누어가진 것이었다. 두 분 관계가 너무 돈독하니 오히려 할아버지가 외톨이가 되어 집밖으로 나돌게 되었다. 그렇게 해서 할아버지는 시장통에서 국밥집을 하던 종려할매를 만나게 되었다.

"들판집으로 갈 때 아버지는 종려할매를 모시고 싶어한 거 같은데, 엄마가 끝내 반대했어요."

"나도 들었다. 종려할매도 너희 집에 가고 싶어했지. 하지만 결정이 난 뒤에는 아무 원망 없이 산동네 집으로 갔어."

"그뒤론 종려할매 소식을 전혀 듣지 못했어요. 좀 자란 뒤 두어 번 산동네를 찾아간 적도 있었어요. 어디에도 종려할매가 사는 집은 없었어요."

"얼마 지나지 않아 큰아들네가 아랫동네로 이사를 했지. 그때 종려할매는 고향집이 있는 산골로 갔다더라. 예전에 너도 가본 적 있지? 산 위에 저수지가 있는 동네 말이다. 그 무렵에 집이 한 채 비었나봐. 거기서 밭농사를 짓고 염소와 닭을 키우고 근처 절에서 공양주 일도 하며 살았다더라. 늙고 죽는 일은 누구에게나 힘든 일이지만, 종려할매는 불심이 깊어서 평안했을 거다. 작은아버지가 가끔 들렀다고 하더라."

"종려할매 무덤은 어디에 있는지 들었어요?"

"무덤은 없어."

"그러면요?"

"절에서 종려할매의 소원을 들어주어 스님들처럼 화장을 했다더라. 네 아버지가 장례식을 봤다고 들었어. 뼈는 계곡물에 뿌렸다고 하더라."

깊은 계곡과 은하수와 악양루를 지나온 물이 내 몸안으로 흘러들어오는 것 같았다. 쌀냄새와 민물고기 냄새와 풀냄새와 개흙 냄새를 실은 따스한 물이 체액과 뒤섞일 때 아득한 허기가 채워지며 눈물이 글썽 고였다.

"종려할매를 내쳤다고 엄마를 원망할 거 없다. 종려할매 복이라고 생각해라. 너는 모르겠지만, 숙모는 신혼에 시어머니 시집살이를 이미 했었다. 작은할머니가 돌아가실 때까지 한 삼 년 병수발을 했는데, 그분 성격이 보통이 아니라 고생이 심했지. 대소변도 받아냈어. 아마도 시어머니라면 넌더리가 났을 거다. 종려할매를 모시지는 않았지만 지금까지도 제사를 챙긴다. 제사 열흘 전에 꼬박꼬박 햅쌀과 돈을 종려할매 큰손자네로 보내."

내가 안다고 생각한 세계는 다시 무너졌다. 마음이 다 해져버리는 것 같았다. 하나를 알면 다시 모르는 일이 나타났다. 삶은 무수히 접힌 커튼으로 연결된 부피 없는 밀실 같았다. 아무리 걷고 들어가도 다시 눈앞에 나타나는 것은 진상을 가리는 가림막들이었다. 사람들은 저마다 자신의 고독 속에 진실을 꼭꼭 숨기고 간다. 보이는 것, 들리는 것은 모두 사금파리처럼 반짝이는 부스러기일 뿐이다.

잠시도 손을 놀리지 못하는 오원 언니는 문갑에 있던 상자를 들고와 속에 든 종이들을 주섬주섬 펼쳤다. 얇은 철사와 풀과 초록색 종이 테이프 같은 것이 함께 나왔다.

"요즘은 문화원에 가서 종이꽃 만들기를 배우고 있어. 재미가 있다."

"언니, 두루미 말이에요. 두루미가 어떻게 우는지 알아요?"

"뚜르르르 뚜르르름, 하고 울지. 아주 크고 아름다운 소리란다. 그래서 두루미라고 이름을 지은 거야. 그걸 왜 묻니?"

"그냥 생각이 나서요."

"두루미는 멀리 떠날 때는 울지 않기 위해 입안 가득 작은 돌을 물고 간다는구나."

"우는 대신 작은 돌을 떨어뜨리겠네요."

"그렇지. 갑자기 두루미 생각이 왜 난 거야?"

"그냥요. 어릴 때부터 물어보고 싶었어요."

"너도 입안 가득 돌을 문 것 같구나."

오원 언니는 내 등을 두드리고는 등뒤에 있던 베개를 내어주었다.

"누워서 좀 쉬렴."

나는 오원 언니 무릎 쪽으로 베개를 밀고 가 베고 누웠다. 오원 언니는 종이를 접다가 무슨 생각이 난 듯 멈추었다.

"이야기해줄까?"

나는 고개를 끄덕였다. 내가 조르기 전에 먼저 이야기를 꺼내는 건 처음이었다. 오원 언니의 음성이 옛날처럼 내 의식의 실루엣을 쓰다듬었다. 명주실처럼 매끄럽고 단단하던 음성이 꺼칠하고 푸석하게 삭았지만 그 안쪽은 더욱 포근하게 느껴졌다. 나는 가물가물 잠들다가 깨다가 하며 오래전에 들었던 뱀 여인 이야기를 들었다. 이야기가 뒷부분에 이르렀을 때 꿈결에선 듯 희도에게 한 약속이 떠올랐다.

"내가 뱀 여인의 이름을 알아내면 나와 함께 갈 수 있니?"

어느 날 이야기를 끝까지 들은 희도가 물었다. 나는 두 팔로 밍크고래 같은 희도를 힘껏 안고 말했다.

"뱀 여인의 이름을 맞히면 너와 함께 갈게."

"당신은 삼 년 안에 나의 숨은 이름을 불러야 합니다. 그러면 나는 낮의 얼굴을 되찾고 당신과 함께 갈 수 있어요."

신근은 여자의 숨은 이름을 알아낼 자신이 있었습니다.

"당신은 매일 하나씩 이름을 부를 수 있어요. 하지만 도중에 그만두거나 끝까지 이름을 알아내지 못하면 무서운 일이 생길 거예요."

신근은 벌써 이런저런 이름을 떠올리느라 그 말을 흘려들었습니다.

신근은 처음엔 자신이 부르고 싶은 이상적인 여자의 이름을 지어서 불러보았습니다. 다음에는 세상에 있는 온갖 여자의 이름을 하나씩 불러보았습니다. 다음에는 자신이 아는 모든 글자를 섞고 조합해 불러보았어요. 하지만 모두 여자의 숨은 이름이 아니었어요. 다음에는 자신이 아는 남자의 이름을 불러보았습니다. 세상에 있는 모든 남자의 이름을 불러보았고, 자신이 아는 모든 글자를 섞어 조합해 불러보았지만 아니었습니다. 그다음에는 온갖 풀의 이름을 불렀어요. 온갖 나무의 이름, 과일의 이름, 달의 이름, 별의 이름, 강과 산과 마을의 이름을 불러보았어요. 모두 여자의 숨은 이름이 아니었습니다. 다음에는 온갖 사물의 이름을 불러보았고 온갖 색의 이름을 불러보았어요. 세상에 있는 모든 것의 이름을 다 불러보았지만 여자의 숨은 이름이 아니었습니다.

여자는 낮에는 실을 구하느라 숲으로 들어갔다가 저녁이 되어서야 돌아왔어요. 그러고는 밤새 깨어서 옷을 지었어요. 신근은 아침마다 하나씩 여자를 향해 새 이름을 불렀지만 허사였어요.

신근은 낮 동안 여자의 이름을 생각하고 또 생각하며 숲을 개간해 농사를 짓고 저녁에는 집에 돌아가 여자가 지어준 밥을 먹고 사랑을 나누고 잠에 빠졌어요. 밤마다 죽었다가 아침이면 되살아나는 것 같은 깊은 잠이었어요. 아무 근심 없이 행복한 일 년이 흘러갔어요. 그다음 해엔 초조해지기 시작했지만 불안하고 부족한 대로 무엇과도 바꿀 수 없을 만큼 행복한 일 년이 또 흘러갔어요. 신근은 이제 불러볼 수 있는 이름은 다 불렀어요. 이름이 바닥난 신근은 안절부절못했어요. 여자가 제 이름을 알려주기를 바랐지만 그럴수록 여자는 냉정하게 입을 다물었습니다. 둘 사이에는 긴장이 생기고 다툼이 일었어요. 신근이 불안해할수록 여자도 거칠어졌어요. 여자가 화를 낼 때면 눈 속이 더욱 희어지고 검은 자위가 더욱 커졌어요. 그럴 때면 얼굴을 가린 검은 천 너머에서 여자가 어떤 표정으로 자신을 보고 있는지 혼란스러웠어요. 세상의 모든 이름을 다 불러버린 신근은 이제 여자를 의심하기 시작했습니다. 애초에 이름 같은 건 없으면서 자신에게 덫을 놓은 것 같았어요.

의심은 숲의 가시넝쿨처럼 신근의 몸을 휘감고, 숲의 맹금류처럼 신근의 오장육부를 쪼고, 숲의 산짐승처럼 신근의 사지를 쥐어뜯는 것 같았습니다. 여자도 지쳐갔습니다. 밤낮없이 일하느라 몸에서 기운이 빠져나가 허리가 구부러지고 팔이 늘어지고 옷을 짓는 손가락이 떨렸어요. 옷 짓는 일이 예전같이 빠르게 되지 않았습니다. 이제 신근은, 모든 것을 포기하고 싶을 때가 많았어요. 슬며시 숲을 빠져나가는 길을 기웃거리기도 했습니다. 어느 날 신근이 잠드는데, 여자가 혼잣말을 했어요.

"도중에 그만두거나 끝까지 나의 숨은 이름을 알아내지 못하면 무서운 일이 생길 거예요."

여자는 치마 뒤쪽에서 금색 실을 뽑아 바구니에 모은 뒤 옷을 짜기 시작했습니다.

의심을 쌓아왔던 신근은 다음날 아침에 숲으로 들어가는 여자를 몰래 따라갔어요. 아래로 내려가는가 하면 위로 올라가고, 위로 올라가는가 하면 아래로 내려가며, 몇 번이나 굽이를 돌고 몇 번이나 계곡을 지난 뒤 여자는 금빛 잎사귀가 달린 나무 앞에 닿았습니다. 여자가 나무에 손을 대자 순간 몸에 광휘가 일더니 커다란 뱀으로 변했어요. 뱀은 갈라진 검은 혀를 날름거리더니 스스스스 소리를 내며 나무를 감고 올랐어요.

백년 묵은 뱀은 자신의 새 옷을 짜고 있었는데, 사랑하는 남자가 숨은 이름을 불러주면 사람으로 변신하고, 실패하면 모든 것이 수포로 돌아가 죽고 맙니다. 뱀이 삼 년의 기회를 새로 얻기 위해서는, 남자의 목을 물어 죽여야만 해요.

신근이 놀라 뒤로 넘어지는 기척에 뱀이 알아채고 말았어요. 나뭇가지 위에 있던 뱀은 비늘을 바짝 곤두세우더니 날개라도 달린 듯 단숨에 신근을 덮쳤습니다. 뱀은 신근의 목을 감았지만 신근은 있는 힘을 다해 풀어내고 도망쳤어요. 손아귀에 뱀의 살점과 비늘 몇 개가 묻었습니다. 길을 모르는 신근은 앞으로 내달리기만 했어요. 나무 사이에서 치이고 바위에 찍히고 썩은 나뭇잎 위로 미끄러져 살이 찢어지고 뼈들이 부서지는 것 같았습니다.

뱀은 나뭇가지 사이로 날듯이 쫓아왔고, 바위와 돌 틈과 나뭇잎 속으로 사라졌다가 다시 나타나며 뒤쫓았습니다. 둘은 낮동안 꼬박 쫓고 쫓기며 달렸습니다. 밤이 되자 뱀은 여자로 변신했어요. 신근은 여자와 집으로 돌아가 잠을 잤습니다. 사흘 동안, 여자와 뱀과 신근은 밤에는 함께 자고 낮에는 쫓고 쫓기기를 하였답니다. 둘의 얼굴과 목과 팔다리와 몸통엔 무수한 상처가 났습니다. 그러던 어느 날 신근은 불현듯 숲에서 벗어나 예전에 지나던 고갯길에 서게 되었습니다. 신근은 달리고 뒹굴며 오르막과 내리막을 지나 마지막 재를 넘었습니다. 그리고 산밑 마을이 보이는 자리에 이르자 기진맥진해 그 자리에 주저앉고 말았어요. 지난 시간이 꿈이었는지, 생시였는지, 그사이 시간이 얼마나 흘러갔는지 알 수 없었어요. 부임지로 간다 해도 이미 자리는 채워졌을 테고 그사이 세상이 어떻게 변했을지도 알 수 없었지요. 막상 마을을 보고 있으니 아무런 희망도 생기지 않고 거꾸로 여자가 그리웠습니다. 차라리 숲으로 되돌아가서 용서를 빌까 궁리도 하였습니다. 뱀이면 어떻고 여자면 어떤가, 각박한 속세에서 덧없이 시달리며 사느니 여자와 보내는 밤의 행복 속에서 세상모르고 사는 편이 나을 것 같았습니다. 신근은 그리움과 두려움 사이에서 가지도 오지도 못하고 눈물을 쏟았습니다.

그때 머리 위에서 스스스 소리가 들렸어요. 신근이 고개를 들어보니 붉은 소나무 가지에 금빛 배와 꼬리를 걸친 커다란 뱀이 고개를 꼿꼿이 쳐들고 불꽃같은 혀를 날름거리며 내려왔습니다. 검은 얼음 같은 뱀의 눈이 눈물로 흐려진 신근의 눈을 마주보았습니다. 뱀의 눈도 녹는 듯이 젖어 있었어요. 뱀은 머리를 한번 비틀더니 다음 순간 신근의 목을 물었습니다.

고독의 질서

엄마는 외출 준비를 할 때마다 무언가를 찾느라 출발을 지연시키더니, 외출에서 돌아올 때마다 물건을 잃어버렸다. 집으로 돌아가는 길에 나는 번번이 엄마의 전화를 받고 머플러나 약봉지나 장갑 같은 것이 차 안에 떨어져 있는지 둘러봐야 했다. 전에 없이 방과 마루에 물건이 흐트러져 있고 부엌에 설거지 거리가 쌓여 있을 때도 있었다. 그럴 때가 된 것이다. 엄마는 그 나이의 노인 중에서 일을 가장 많이 했고, 깔끔하고 부지런하고 반듯하고 독립적으로 살아온 사람이었다. 제사나 명절에는 두세 번씩 큰 장을 봐 여러 날에 걸쳐 음식을 장만해 자식들이 돌아갈 때 일일이 나누어 싸주었고, 겨울엔 백 포기씩 배추를 들었다 놓았다 하며 김장을 해 자식들에게 보내주었다. 가을엔 고추장과 된장을 담그고 간장을 따라냈고 들깨며 콩, 고추와 온갖 채소들을 수확해 자식들에게 보냈다. 자신의 생산물을 주는 것이 엄마의 사랑이었고, 그것을 통해서 자기 존재를 증명하려 했다. 아마도 마지막날까지도 그럴 것이다.

어느 날은 나가려는 참에 틀니를 찾기 시작했다. 조금 전까지 입안에 끼고 있던 틀니가 없어졌다는 것이었다. 부엌과 욕실과 안방과 작은방에서도 찾지 못하자, 엄마는 자신의 손가방을 뒤지다가 겉옷 호주머니를 뒤지다가 문갑 서랍 속까지 뒤졌다. 내게는 마당을 좀 돌아보라고 했다. 입안에 있던 틀니가 마당에 떨어졌을 리 없었지만 나는 시멘트로 포장한 마당과 화단과 텃밭까지 살폈다. 그러다가 부엌 뒤편 식료품 창고의 선반에서 분홍색도 아니고 선홍색도 아닌 불그레한 인조 잇몸에 붙은 인조 이들을 발견했다. 나로선 늘 흉측스럽게 여겨온 틀니였다. 마치 쥐와 마주친 기분이었다. 엄마를 부를까 하다가, 간신히 틀니를 손가락으로 쥐었다. 틀니가 꿈틀대는 것만 같았다. 그 순간 사람이 삶을 감당한다는 게 무엇인지 어렴풋이 알 것 같았다. 신의 한계를 덮어주며 신을 믿는 것과 같은 것이다. 틀니를 쥐고 뒷마당을 돌아서 가니 엄마는 살아온 이유를 모두 잃어버린 사람처럼 막막한 얼굴로 현관 앞에 서 있었다. 엄마의 손을 잡아 손바닥에 틀니를 놓아주는데, 엄마의 얼굴에 수치심이 어렸다. 엄마는 틀니를 감추듯 황급히 옷 주머니에 넣었다.

"애야, 멀리 가지 마라."

엄마는 틀니가 든 주머니 속에 손을 넣은 채 말했다. 틀니를 꼭 쥐고 있는지, 한쪽으로 밀쳐내고 있는지 알 수 없었다.

"먼 곳으로 돌아가지 말고 지금처럼 곁에서 살면 안 되는 거냐?"

나는 처음으로 엄마 곁에 머물고 싶어졌다. 그러나 채워야 할 내 삶의 양이 있으니 떠나야 했다. 마치 가장 사랑할 때 다시 떠나기로 예정되어 있었던 것만 같았다. 엄마의 빰이 붉어지며 두 눈에 눈물이 가득 고였다. 눈물도 사람을 따라 늙는지 굴러떨어지지 못하고 기름처럼 번지며 주름 사이로 파고들었다.

"내가 미안하다. 내가 네게 잘못한 게 많아."

나는 다급해서 손바닥으로 엄마의 눈물을 닦았다.

"왜 그런 말을 해요. 그런 말을 하니, 눈물이 나잖아요."

나는 엄마를 안았다. 그리고 알게 되었다. 처음으로 내가 나를 안았다는 것을. 엄마의 몸은 내가 밤마다 찾아가 잠들었던 바로 그 장소였다. 내 영혼이 맨몸으로 빠져나가 머물다 오들오들 떨며 돌아오곤 했던 내 몸 바깥의 숙소였다.

"내가 잘못했어요. 내가 미안해요, 엄마."

늘상 어색해하고, 수줍어하고 냉담했지만 엄마와 나 사이의 변함없는 진실은 단 하루도 빠짐없이 서로를 생각했다는 사실이었다. 멀어지고 또 멀어져도, 더러는 원망했고 미워했으며 사랑을 주고받을 능력조차 없이 가난했어도, 서로의 한계 안에서 항상 그리워한 것만은 진실이었다. 심지어 생각하지 않은 날들이 있었다 해도 생각한 것이나 마찬가지였다. 내가 이 세상을 겪을 때 나는 늘 엄마의 마음속에서 겪었던 것이다.

예전에 자신이 커다란 소라 속에서 태어났다고 주장한 친구가 있었다. 지극히 평범한 아이였지만, 나는 그 말을 믿었다. 내가 몸을 돌리지 않았더라면 소라는 그만 깨어졌을 거야. 내가 아주 잘했기 때문에 멀쩡했지. 아이는 나선형으로 빙글빙글 돌며 소라 속에서 태어난 기억을 선명하게 간직하고 있었다. 나는 그 아이가 번데기 속에서 태어났다고 해도 믿었을 것이다. 동굴이나 나무 위나, 물속에서 태어났다고 해도 납득했을 것이다. 나는 곰이 여자로 변신했다거나 사람이 알에서 태어났다는 신화를 이해했다. 그리고 나 역시 의식이 깨어나 처음으로 나를 발견했던 격렬한 기억의 기원을 언제까지나 간직하고 있었다.

눈을 떴을 때 나는 노란 유채꽃에 둘러싸여 있었다. 그 위로는 이제 막 벌어진 구멍같이 파랗고 까마득한 하늘이었다. 최초의 의식은 당혹감과 자기 연민이다. 맙소사, 내가 바닥에 붙박여 있구나, 가엾게도. 나는 등이 땅에 붙은 채 팔다리를 버둥거렸다. 하늘은 머나먼 곳에서 비정하게 내려다보고 있었다. 호감도 없고 비호감도 없고 아무런 냄새도 온기도 없는 광물의 시선이었다. 갓털 씨앗처럼 둥둥 떠다니던 습성을 간직한 나는 땅에 등이 붙은 것이 당황스러워 버둥대다가 울음을 터뜨렸다. 아마도 누군가가 나를 발견할 때까지 계속 울었을 것이다. 나는 엄마의 얼굴을 아직 모르고 있었다. 그러니 누구를 기다리는지도 모른 채 그 누군가를 기다리며 울었다. 아마도 온 힘을 다해. 후각은 언제 생기는가. 청각은 언제 생기는가. 세상은 아무런 소리도 냄새도 없었다. 세상 아무것도 내게 관심이 없었다. 나를 둘러싼 유채 꽃송이들은 아름답게 흔들리고 날카로운 햇빛은 바늘처럼 아프게 떨어졌다. 그날 나는 유채밭에 숨어 있던 알에서 갑자기 세상에 나왔다. 그토록 낯선 봄, 유채꽃이 피는 사월에. 사월은 홀로 부화하기 좋은 계절이다. 그리고 가장 먼저 달려와 나를 안은 사람은 엄마였다.

가을이 가고 겨울이 오는 사이에 큰 지진이 두 번이나 지나갔다.

처음의 것은 자동차가 달리던 속도 그대로 높은 방지턱에 차 밑판을 쾅 부딪쳤을 때 같은 충격으로 왔다. 지각이 충돌한 것 같았다. 뒤이어 지면이 깨지는 듯한 흔들림이 이어졌다. 두번째는 태풍에 휘감긴 듯 유리창들이 요란한 소리를 내며 뒤흔들리는 것으로 시작해 거실 바닥이 앞뒤 양옆으로 춤을 추는 큰 지진이었다. 의지할 데 없는 허공에서 그네를 타는 느낌이었다. 나는 희도가 가르쳐준 대로 식탁 아래로 기어들어갔다. 몸을 잔뜩 숙이고 손바닥으로 바닥을 짚고 있으니, 집이 사방으로 떠밀리는 감각이 손목을 타고 고스란히 심장으로 전해졌다. 밤중에 빈집에서 혼자 비명을 지를 때 가장 절실한 존재는 희도였다. 그를 잃은 것이다. 희도는 이제 나의 현실에 없었다. 지진이 지나간 뒤에도 놀란 가슴을 진정하지 못하고, 언제 다시 덮쳐올지 몰라 뜬눈으로 밤을 새웠다. 그리고 아침이 오자 창문으로 환히 비치는 햇살과 함께 희도의 음성이 들려왔다. 까맣게 잊고 있었던 말이었다.

이다음에 나이가 들어 내가 출장을 가지 않는 때가 오면, 그땐 같이 시장에 가고, 같이 음식을 만들어 먹자. 청소도 설거지도 세탁도 산책도, 뭐든 같이하자. 내가 더 많이 할게. 너는 곁에만 있어. 정원도 가꾸고, 채소도 심고, 커다란 개와 고양이도 늙도록 오래 키우자. 그리고 이렇게 같은 물에 발을 담그고 오래오래 함께 있자……

나는 국가 번호를 붙여 희도의 번호를 눌렀다. 아침 여덟시였다. 희도는 전화를 받지 않았다. 처음엔 이내 끊었다가 두번째엔 신호음이 바다를 건너가는 소리를 오래 들었다. 나는 냉동실에 쌓여 있던 바나나 케이크를 꺼내 먹었다. 마음이 좀 식는 것 같았다. 오후에 한번 더 전화를 했다. 희도는 받지 않았다. 나는 언 바나나 케이크를 꺼내놓고 먹기 시작했다. 마음이 차갑게 식기를 바랐다. 그날은 아침부터 흐리더니 비가 내리다가 나중엔 싸락눈이 떨어졌다. 누가 유리창에다 한 줌씩 모래를 던지는 것 같은 소리가 들렸다. 희도는 이제 나의 전화를 받지 않기로 결심한 것 같았다. 내가 한 말을 기억해내라고 요구하지도 않았다. 나를 잊은 듯 바다 건너편이 적막했다. 그러고 보니 애초에 멀리 떠난 사람은 내가 아니라 희도였다. 언 바나나 케이크를 먹는데, 희도와 함께 먹었던 오월의 풋콩맛이 났다. 유월의 참외맛이 나고, 칠월의 뜨거운 옥수수맛이 나고 팔월의 수박맛이 났다.

'우리가 이대로 헤어져야 한다면 인생이 너무 나쁜 거라는 생각이 들어. 아니면 우리가 인생에게 너무 나쁘거나.'

희도가 전화를 해왔다면 나는 그 말을 했을 것이다. 희도는 침묵했다. 때론 너무 나쁜 것까지 포함한 그것이 인생이라고 대답하는 것처럼.

강은 내가 바란 대로 역세권인데다 지은 지 오래되지 않았고, 욕조도 있는 빌라를 구했다고 했다. 공원도 가깝고 거실 전망도 낮은 주택가 쪽으로 활짝 열린 집이었다. 북동향이라는 점이 결점이지만, 강은 도시 생활에서는 전망 없는 남향보다는 그편이 낫다고 했다. 구입하는 것도 아니니 나도 그 정도는 감수할 수 있을 것 같았다. 사무실 근처에 그런 집이 있다니 강의 말대로 더 따질 때가 아니었다. 하지만 나는 곧바로 갈 수 없었다.

"왜 그래?"

"어디 좀 다녀오려고 해."

"나애, 혹시, 혼자야?"

강은 불현듯 무슨 느낌에 사로잡힌 듯 직설적으로 물었다. 나는 강도 혼자라는 것을 알았지만 모르는 척했다.

"희도는 일본에 가 있어."

"……윤주도 떠났어. 장인이 돌아가신 뒤 장모님이 쇠약해져서 몬트리올에 자주 가 있었어. 삼 개월 전에는 여기 일들 정리하고 엘로이 데리고 몬트리올로 가버렸어. 네게 말할까 했는데, 할 수가 없었어."

강이 저편에서 필기구 같은 것으로 탁자를 톡톡 쳤다.

"뭔가, 완전히 연소된 느낌이야. 남은 게 아무것도 없는 느낌. 엘로이조차 환상 같아."

허윤주는 대학 삼 학년 봄에 가족을 따라 캐나다로 이민을 떠났다. 그곳에서 대학을 졸업하고 영국에서 직장 생활을 하다가 떠난 지 십 년 만에 불쑥 돌아왔었다. 아무리 거침없는 성격이라 해도, 강에게로 오는 길에 망설임이 없지는 않았을 것이다. 그녀 역시 생각하고 또 생각했을 것이다.

"나애, 그때 난…… 거절할 수가 없었어."

"알아."

"안다고? 뭘?"

"그럴 수밖에 없었다는 거."

강을 떠난 후 당시의 일에 대해 이야기해본 적이 없었다. 한사코 그 이야기는 피했다. 대신 업무에 대해서나 자잘한 일상의 문제들을 의논했다. 강의 마음이 어떤 것이든, 이제 와서 강과 속내를 나누고 싶지는 않았다. 다 지나간 이야기였다. 그사이에 회사는 작지만 탄탄하게 실속을 갖추었고 업계에서 신뢰를 얻었다. 그것으로 충분했다.

"나애, 너도 네 생각부터 했어야지. 때론 나를 너무 쉽게 포기한 너를 원망하기도 했어. 적반하장이지만."

강은 삶에 대해 내가 꾸었던 유일한 꿈이었다. 결혼 같은 형식이 없어도, 한집에서 살지 않아도 평생 함께할 수 있다고 믿었다. 불완전한 형식 속에서 내가 미처 예상하지 못한 일들이 생겨도 모두 감당하겠다고 다짐했다. 상처를 받을 막연한 각오도 했었다. 강이 허윤주 이야기를 했지만 지나간 이야기 같은 건 귀에 들어오지 않았다. 설마 허윤주가 돌아올까, 라고 생각했을 것이다. 나는 강의 조금 긴 반곱슬머리와 아련하고 깊은 눈을 좋아했다. 조용한 움직임과 뛰어난 감각과 천성적인 다감함을 사랑했었다. 강은 진심을 다해 예쁜 말을 하고 그 말을 지키는 사람이었다. 나는 진심을 다해 예쁜 말을 하는 그 마음을 믿었다. 일 속에 파묻혀 살았지만, 그의 진심을 내가 경험하고 나의 진심을 그가 경험하는 일이 내게는 사랑이었다. 강과 함께 일하고, 주말에 함께 장을 보고, 음식을 해먹고, 좀 밋밋한 사랑을 나누는 삶이 언제까지나 계속되기를 바랐었다. 그런데 왜 나는 엘로이 같은 아이를 상상하지 못했을까? 강과 결혼을 하고 엘로이 같은 아이를 만들고 그 아이를 함께 키우고 학부모가 되고 아이가 좀더 자라면 셋이 함께 캠핑을 다니고 여행을 가고 함께 삶을 느끼며 온 인생을 살아가는 꿈을 꾸지 못했을까? 그것을 몸으로 상상하고 실현한 사람은 허윤주였다.

"나애, 이번 생에서 난 네게 빚이 있어. 그러니 너는 나에 관한 한 뭐든 너 좋을 대로 해. 항상 네 입장부터 생각하고. 어디든 잘 다녀오고, 가능한 한 빨리 이사하고 네 사무실로 돌아와."

그러자 눈물이 쏟아졌다. 전화를 끊은 뒤, 나는 한번은 울기를 기다려온 사람처럼 오래 울었다. 어디에 그렇게 많은 눈물이 있었는지 속눈썹 사이사이로 분수처럼 솟구쳐 흘러내렸다. 오직 자신 외에는 아무도 알 수 없는 이유로 눈물은 스스로 흐르는 것 같았다.

늘 멈추었던 교차로에서 도로를 건너가 폐선로 길 끝까지 가보기로 했다. 마지막 산책이라는 예감이 들었다. 집을 보고 간 사람들 중에 한 명이 세를 조금 낮추어달라고 요구해 부동산 업자와 주인이 흥정하는 중이었다. 점집들이 늘어선 천변에 걸린 다리를 건너 1970년대식 단층 구옥들과 새로 지은 빌라들과 구름다리 아래를 지나자 옛 역과 공원이 나왔다. 역 광장과 전시실로 꾸며놓은 옛날 대합실과 벤치와 운동기구가 설치된 공원엔 나이든 노인들만 어슬렁거렸다. 전시실 바깥벽에 철도 개통 1905년이라는 표시가 적혀 있었다. 그해는 종려할매가 태어난 해이기도 했다. 그곳을 지나 다시 도로를 건너가자 아까와 비슷한 다리를 건너게 되었다. 이번에는 역 대신 산동네의 시장이 나타났다. 기름집, 프라이드 치킨 가게, 슈퍼마켓, 채소 가게 같은 것이 드문드문 비어 있는 점포들을 사이에 두고 문을 열고 있었다. 선로엔 쓰레기가 흩어져 있고 흐릿한 악취가 났다. 그 시장 어딘가에 내과 의사의 병원집과 도이네 채소 가게와 상이네 철물점이 있었을 것만 같았다. 봉자와 오원 언니와 우똥상과 로미오와 다리를 저는 떡장수 여자와 난쟁이도 살았을 것만 같았다. 라애 같은 여자아이가 도이와 상과 어울려 놀았을 것만 같았다.

이주 보상이 끝나고 벽에 검은색 페인트로 X자 표시가 된 공가들을 지나, 작은 숲길을 지나자 허공에 떠오른 듯 높고 긴 구름다리가 나타났다. 아래 도로의 자동차 안에서 바라보면 손바닥만하게 보이는 내가 하늘로 올라가는 듯할 것이다. 폐선로 길은 산중턱 동네 앞에서 스트로브 잣나무 숲으로 들어가 날카롭게 잘려 있었다. 앞을 막은 통나무 난간 너머는 벼랑이었다. 녹슨 선로가 잘린 뼈처럼 허공에 노출되어 있었다. 발밑엔 금빛으로 물든 바늘 모양의 스트로브 잣나무 잎들과 잣 방울들이 포근하게 덮여 있었다. 나는 그 작은 숲에서 오래 서성거렸다.

세상에서 좀더 선명하게 존재하기 위해서 완전히 낯선 장소에서 모든 관계를 새롭게 설정하고 싶을 때가 있다. 낯선 도시의 골목을 걷다가 희귀한 수집품들이 나열된 작은 전시장들을 둘러보고, 음악이 흐르는 공연장의 어둠 속에 몸을 파묻고, 홀로 서점과 가게들을 기웃거리고, 틈틈이 차를 마시고, 자주 연착하는 기차나 버스를 타고 낯선 풍경 속을 지나가면서 나와 나 아닌 것 사이의 거리를 정하고 후회와 고독을 받아들이며 자신의 입장을 다시 생각하게 될 것이다. 그리고 내 안의 상층에서 불분명한 형체로 서식하는 어찌할 수 없는 필연성을 확인할 것이다. 그것은 멀고 낯선 곳에서 내게 꼭 맞는 단 하나의 방의 형태로, 뜻밖의 폭우나 폭염 같은 날씨로, 길고 좁은 미로의 곡

선으로, 한 편의 시와 같이 다가와서 스쳐가는 행인의 얼굴로, 폐허의 유적으로, 끝이 없을 듯 이어지는 계단 길로, 해안가의 절벽으로, 여행객의 숙소 지붕 위에 흐르는 기나긴 밤의 정적으로 기다리고 있을 것이다. 혹은 백 년 전에 개통된 폐선로 끝에 있는 몇 그루 스트로브 잣나무의 모습으로도 나를 기다리고 있을 것이다. 때로 어딘지 모를 그 멀고 낯선 여행지는 기억과 망각이 뒤섞인 자신의 가장 안쪽일 수도 있다.

자신의 고독을 받아들이고 침묵할 때 부유하는 여행은 끝나고 삶이 시작된다. 방과 몇 개의 사물을 소유하며 거기에 기대어 살듯, 사람은 고독에 기대어 자신의 삶에 정착한다. 그렇게도 완전한 자신만의 질서가 세상에는 있는 것이다.

돌아오는 길에 스트로브 잣나무, 피라칸사스 은목서, 홍가시나무 같은 이름 몇 개와 잎을 찧어 상처에 붙이면 낫는다는 톱풀진주 같은 이름을 어느 주소의 마지막 번지수인 양 되뇌었다. 톱풀진주가 있던 자리엔 푯말만 남아 있을 뿐 풀의 흔적은 없었다. 느티나무는 노목이 되면 껍질이 비늘처럼 떨어진다, 스트로브 잣나무는 한자리에 다섯 개의 청록빛 침엽이 나온다, 은목서는 물푸레나뭇과다, 같은 말이 마지막까지 남아 머릿속을 맴돌았다.

| 에필로그 |

내가 거기로 갈게

평일 한낮의 지방 공항은 한산했다. 나는 보딩패스에 표시된 게이트로 가 대합실 가장자리에 넓게 펼쳐놓은 은회색 가죽소파에 앉았다. 높은 천장에서 바닥까지 이어진 통유리 벽 밖으로 넓은 계류장과 그 너머의 들판과 보기 드물게 파란 겨울 하늘이 한눈에 들어왔다. 좀 떨어진 곳에 비행기 한 대가 서 있고 셔틀버스가 승객을 실어날랐다. 그리고 밍크고래같이 몸체가 크고 부드러운 유선형 비행기가 수족관을 헤엄치듯 창가를 천천히 지나가고 있었다.

트렁크 바퀴 구르는 소리, 찻잔 부딪치는 소리, 예비 탑승객들이 웅얼거리는 소음이 아득히 멀게 느껴졌다. 보딩타임까지는 사십 분쯤 남아 있었다. 이제 미루고 미뤘던 전화를 해야 할 시간이었다. 그런데도 나는 전화기를 꼭 쥐고만 있었다. 한 통의 전화로 찢어진 이야기를 다시 이을 수 있을까. 지나간 시간만큼 주변을 빙빙 돌며 탐색하고 서성거려야 할지도 모른다. 희도가 전화를 받지 않을 수도 있었다. 희도가 끝까지 전화를 거절할 경우를 상상하자 현기증이 났다. 그렇게 되면 여행을 하는 동안 나는 희도가 영영 사라지는 것을 목도해야 하는 것이다.

전화가 왔을 때는, 막 희도의 번호를 누르려던 순간이었다. 너무 동시적이어서 전화를 한 것인지 받은 것인지 혼란스러울 정도였다.

"출장 일이 끝나고 시간이 좀 남아서 유자와에 왔어."

희도는 전날도 통화한 사람처럼 예사로웠다.

"여긴 꼭 그날처럼 눈이 내린다."

눈은 유자와를 둘러싼 에치코의 설산에서 날려와 하루종일 시나브로 흩날렸다. 눈의 갓털 씨앗 같은 눈이었다. 나는 고반여관 방의 발코니에서 바라본 장엄한 에치코 설산의 능선들과 좁고 긴 협곡을 지나가는 긴긴 선로와 가지가 휘어지도록 눈을 이고 선 창가의 삼나무와 리프트가 오르내리던 언덕의 새하얀 스키장을 떠올렸다. 선로를 뒤덮는 눈을 녹이느라 철로변에 설치된 스프링클러들이 김을 내며 더운물을 뿜고 있었다. 그곳은 혼자서는 아무것도 할 게 없는 단조로운 장소였다. 한 번의 방문이면 족한 곳이어서 두번째엔 관광객을 끌기 위해 덧씌워놓은 '설국'의 이미지마저 아무 소용이 없을 것이다.

"역 앞에서 예전처럼 족욕을 하고 있어."

나는 시간을 확인했다. 희도는 예전처럼 고반여관에 들었을 것이다. 고반여관은 화재로 전소되어 1970년대에 다시 지은 건물이었다. 로비에 들어섰을 때는 이층으로 연결되는 높고 가파른 에스컬레이터의 위용에 놀랐었다. 소설 속 여관에 대한 환상을 박멸하는 시설이었지만 소설을 떠받치고 있는 철도와 터널이라는 웅장한 근대성과 묘하게 어울리기도 했다. 야외 온천 입구에는 소설 속처럼 스키를 타고 온 사람들의 젖은 털부츠들이 신발장을 넘쳐나 몇 겹이나 동그랗게 쌓여 있었다. 체크인을 한 뒤엔 잠시 쉬었다가 온천을 하고 가와바타 야스나리가 『설국』을 쓸 당시의 집필실을 재현했다는 안개의 방을 구경했다. 낮 동안 조금씩 녹은 눈의 습기가 에치코 설산들을 넘어가지 못하고 안개가 되어 새벽마다 하얗게 밀려들 것만 같은 방이었다. 작은 책상과 경대와 화로와 옷걸이가 전부인 간소한 방. 옛 경대 속에 흰 눈을 배경으로 한 고마코의 청결한 얼굴이 잔영으로 남아 비칠 것만 같았다. 가와바타 야스나리의 얼굴은 굶주린 새끼 고양이를 연상시켰다. 작고 야윈 얼굴을 차지한 커다란 두 눈은 모성을 향한 순수하고 집요한 관능의 빛을 허기처럼 머금고 있었다.

지역 특산물로 차려진 가이세키 정식을 먹은 뒤 몇 명의 관광객 속에서 빔 프로젝트로 상영하는 〈설국〉을 관람했었다. 다음날은 역이 있는 마을로 내려가 '설국관'을 둘러보았고, 택시로 눈 내리는 숲과 산속 마을과 스키장을 드라이브했다. 유자와는 단지 '설국'이라는 테마파크에 지나지 않았지만 둘이었기에 느슨한 마음으로 정해진 관광 프로그램을 즐기는 것도 나쁘지 않았다. 가와바타 야스나리가 당시 신칸센을 타고 들어오곤 했던 시미즈 터널 앞에서 택시기사가 『설국』의 첫 문단을 낭송해주자 희도가 통역했다. "국경의 긴 터널을 빠져나오자 설국이었다. 밤의 밑바닥이 하얘졌다. 신호소에 기차가 멈추었다……"

택시기사를 보낸 뒤 한산한 역 앞 족욕탕에 발을 담그고 앉아 있었다. 그사이 기차가 몇 번 지나가고, 승객들이 광장으로 나와 이내 마을로 흩어졌다. 거리는 텅 비었고 눈은 계속 내려 우리의 머리와 속눈썹과 어깨에 쌓였다. 눈의 갓털 씨앗 같은 눈, 눈이 눈을 부르고 눈이 눈을 낳아 끝없이 내릴 것만 같았다. 나와 희도는 몇 번이나 서로 눈을 털어주었다. 희도의 젖은 머리카락은 부드럽고, 어깨는 듬직하고, 속눈썹은 검고 가지런했다. 그날 희도가 말했었다.

이다음에 나이가 들어 내가 출장을 가지 않는 때가 오면, 그땐 같이 시장에 가고, 같이 음식을 만들어 먹자. 청소도 설거지도 세탁도 산책도, 뭐든 같이하자. 내가 더 많이 할게. 너는 곁에만 있어. 정원도 가꾸고, 채소도 심고, 커다란 개와 고양이도 늙도록 오래 키우자. 그리고 이렇게 같은 물에 발을 담그고 오래오래 함께 있자……

"네가 전화 받지 않으면 계속 이 물속에 발을 담그고 있으려고 했어."

족욕탕의 수온은 따뜻한 정도였다. 눈이 계속 내리면 그날처럼 희도가 발을 담근 물이 차갑게 식어갈 것이었다. 나는 희도가 언제부터 자기 마음을 표현하게 되었는지 되짚어보고 있었다. 무표정한 얼굴, 웃는 얼굴, 정색한 얼굴, 단 세 가지로 살던 희도의 표정이 섬세한 분화를 일으키다가 마침내는 햇살을 핥는 아이처럼 환하고 맑은 웃음 터뜨리던 그때부터인 것 같았다. 내가 다가올 이별을 근심했던 무렵이었다.

"그사이 언 바나나 케이크를 다 먹었어."

"언 바나나 케이크라고?"

"그런 게 있어."

그런 게 있었다. 다 알지 않아도 되는 그런 게. 우리 사이에도 어느새 차이의 긴장과 동질성의 공감을 넘어 다정하고 무심한 자리가 생긴 것 같았다.

"나애, 뱀 여인 이야기 말이야. 난 오랫동안 뱀 여인의 이름을 생각해보곤 했어."

신근이 세상의 모든 사람과 사물의 이름을 다 부르고 상상으로 지어내고 모든 글자를 다 조합해 만들고도 알아내지 못한 이름이었다.

"이 수수께끼에서 단 하나 부르지 않은 이름이 있었어. 그건 바로 남자 자신의 이름이야."

그 순간 나의 얼굴을 가린 검은 천이 풀리며 발등에 스르르 떨어진 것 같았다. 희도는 수수께끼를 푼 것이다.

"희도."

"하지만 걱정 마. 그건 옛날이야기일 뿐이야. 너의 이름은 나애야. 네 속에 다른 이름이 숨어 있다 해도 난 괜찮아. 나애, 난 네 이름을 부르며 사는 것으로 충분해."

이제 네게 보여주고 싶어…… 희도가 내 꿈속을 찾아와 트렁크에 숨겨두었던 붉은색 스웨터를 꺼내 갈아입고 눈물을 반짝이던 모습이 떠올랐다. 내 속의 숨은 이름은 무엇일까. 나는 그것을 희도라는 단 하나의 이름으로 부를 수는 없었다. 그러나 희도는 내 상실의 심연에 모여든 그 모든 이름을 합친 단 하나의 실체였다.

"물이 식지 않았어? 눈송이가 물위에 떨어져 녹잖아."

"그러지 않아도 추워서 떨고 있어. 물속에 발을 담근 채 오래 있었거든."

"희도."

"응."

"감기 들어. 여관에 들어가."

"나애, 그대로 있어. 여관에 가서 전화할게."

승객들이 게이트 앞에 줄을 서고 있었다. 활주로 끝에서 이제 막 밍크고래를 닮은 비행기 한 대가 하늘로 떠오르고 있었다.

"희도, 여기 공항이야. 내가 거기로 갈게."

사흘간 가마쿠라에 방이 예약되어 있었다. 가마쿠라는 내가 도쿄로 가서 희도를 만나기에도, 희도가 나를 찾아오기에도 적절한 거리라고 생각했다. 하지만 이젠, 유자와 외엔 세상 어느 곳도 헐겁게 느껴졌다. 나는 빙빙 돌며 우회할 필요가 없었다. 내가 가야 할 곳은 세상에서 오직 한 장소뿐이었다.

"곧 출발이니 밤에 도착할 거야."

희도의 숨소리에 동요가 일었다. 희도의 체벽에 온기가 돌고 수액이 흐르는 것이 느껴졌다. 나리타공항에서 리무진을 타고 도쿄로 들어가 긴자의 역에서 조에쓰 신칸센을 타는 여정이었다. 관서와 관동을 가르는 에치코 산맥을 뚫고 갈 긴긴 어둠의 터널들이 떠올랐다. 터널을 지나면, 새하얀 세상에 눈의 갓털 씨앗들이 날리고 있을 것이었다.

"역에 나가 있을게. 나애, 알지? 내가 너를 얼마나 기다릴지?"

희도의 들뜬 음성에서 초여름의 식물 향기가 났다. 내 귓가의 머리카락이 바다 건너 희도가 있는 쪽으로 기울어지며 조금 더 길어지고 있었다. 언젠가 희도와 나를 스쳐간 바람과 우리를 감싸던 햇살과 우리를 적신 빗방울이 저편에서 돌아오고 있었다. 포근하지만 어딘가 골치 아픈 꿈을 머리에 이고. 보딩타임을 알리는 방송이 흘러나왔다. 나는 게이트를 향해 다가갔다.

| 작가의 말 |

열정의 말과 향수의 말

누구에게나 이마를 비추는, 발목을 물들이는 이야기들이 있을 것이다. 기쁨과 슬픔의 이야기, 열정과 향수의 이야기들…… 나는 밤마다 공작새의 깃털 눈처럼 많은 이야기의 눈꺼풀을 모두 감긴 뒤에야 마지막으로 잠들 수 있었다. 삶이라는 곳은 참으로 이상한 장소이다. 아무리 시간이 가도, 아무리 멀리 떠나가도 언제나 지난 삶의 한가운데이다. 차곡차곡 접힌 합죽선 부채를 펼쳐 부치면 동시에 바람을 일으키는 부챗살처럼, 우산을 펼치면 처음과 끝을 모르게 빙빙 돌아가는 우산살처럼, 공작이 깃털을 펼치면 동시에 눈을 뜨는 아르고스의 눈들처럼.

이 소설은 오래전에 발표했던 단편 「첫사랑」이 소재가 되어 발전한 작품이다. 1970년대와 2010년대의 윤곽을 그리고, 내면을 연결하고, 전체를 감당하는 사이에 플롯이 조각조각 흩뿌려지고 뒤섞였다.

소설 중심에 놓여 인물들과 과거와 현재와 미래를 종횡으로 연결하는 뱀 여인 이야기는 여러 민담의 영향을 받아 재창작한 스토리이다. 소설을 쓰는 동력은 무엇보다 쓰는 사람의 절실함에 달려 있다. 이 소설의 의미나 가치에 대해서는 말하기 어렵지만, 내가 얼마나 절실했는지는 안다. 이번 소설을 쓰는 사이에 말에 대해 조금 더 알게 된 기분이다. 열정의 말은 단 하나의 경험과 남다른 표현을 찾아 고독하게 방황하지만, 향수의 말은 세상에 스며들어 모든 것 속에서 모두와 함께한다. 슬픔이라고 쓰면 같은 말을 하며 살았던 세상 모든 사람의 슬픔이 일렁거린다. 사랑이라고 쓰면 세상 모든 사람의 사랑이 겹치고, 기쁨이라고 쓰면 세상 모든 사람의 웃음이 피어난다. 모든 말이 너무 깊고 너무 넓고 너무 높은 순간이 있었다. 창문이라는 말에는 이 세상 모든 창문이 담겨 있고, 밥이라는 말엔 세상 모두의 밥이 들어 있고, 하늘이라는 말에는 세상 모든 하늘이 이어진다. 그러니, 내가 글을 쓰는 것이 까마득한 우주를 넘어가 검은 배경이 된 도이와 상과 수호 같은 무명의 이름들에게 무슨 소용이 있을까, 하는 회의를 이제 거둔다. 내가 너를 기억하는 힘으로.

예전에 살던 집 앞에 동네 빵가게가 있었는데, 여주인은 언제나 카운터 위에 소설책을 펴놓고 있었다. 빵을 고르고 계산을 할 때마다 혹시 내 소설도 읽을까, 하는 기대를 품었지만 그런 적은 한 번도 없었다. 이 소설을 시작하면서, 빵가게 여주인이 읽을 소설을 쓰고 싶다는 생각을 했었다. 하루종일 유리장 속의 케이크처럼 좁은 가게의 카운터에 갇혀 지내는 그녀가 내 소설의 문장을 따라 멀리 밖으로 나가 낯선 바람을 쐬고 돌아오기를. 그 뜻밖의 외출이 깊이 빠져들 만한 여정이기를.

이 소설을 시작하고 지금까지, 오랫동안 책상에 붙어 지냈다. 이제 일어서야 할 때라는 느낌이 든다. 모든 극복이 자유를 확장하듯이, 이번 소설을 쓴 뒤로 한결 자유로워질 것 같다.

늘 그랬지만, 교정 과정이 없다면 아마도 나는 책을 내지 못했을 것이다. 이번엔 교정의 과정이 더 지난했다. 그리고 이 과정을 거치면서 소설이 한결 반듯하고 선명한 얼굴을 갖게 되었다. 책임편집을 맡아준 강윤정씨와, 책을 만드는 전 과정을 함께해준 모든 이들에게 감사 인사를 보낸다.

2017년 12월

전경린

문학동네 장편소설
이마를 비추는, 발목을 물들이는

1판 1쇄 2017년 12월 20일
1판 2쇄 2018년 3월 13일

지은이 전경린
펴낸이 염현숙
책임편집 강윤정 | 편집 김봉곤 김영수 김필균 | 모니터링 이희연
디자인 김선미 이주영 | 마케팅 정민호 박보람 나해진 우상욱
홍보 김희숙 김상만 이천희
제작 강신은 김동욱 임현식 | 제작처 한영문화사

펴낸곳 (주)문학동네
출판등록 1993년 10월 22일 제406-2003-000045호
주소 10881 경기도 파주시 회동길 210
전자우편 editor@munhak.com | 대표전화 031) 955-8888 | 팩스 031) 955-8855
문의전화 031) 955-3576(마케팅) 031) 955-2678(편집)
문학동네카페 http://cafe.naver.com/mhdn | 트위터 @munhakdongne

ISBN 978-89-546-4952-0 03810

* 이 도서의 국립중앙도서관 출판예정도서목록(CIP)은 서지정보유통지원시스템 홈페이지(http://seoji.nl.go.kr)와 국가자료공동목록시스템(http://www.nl.go.kr/kolisnet)에서 이용하실 수 있습니다.(CIP 제어번호: 2017032285)

www.munhak.com